PAVEL FEINSTEIN

KROKODI LOPOLIS

HIRMER

INHALT

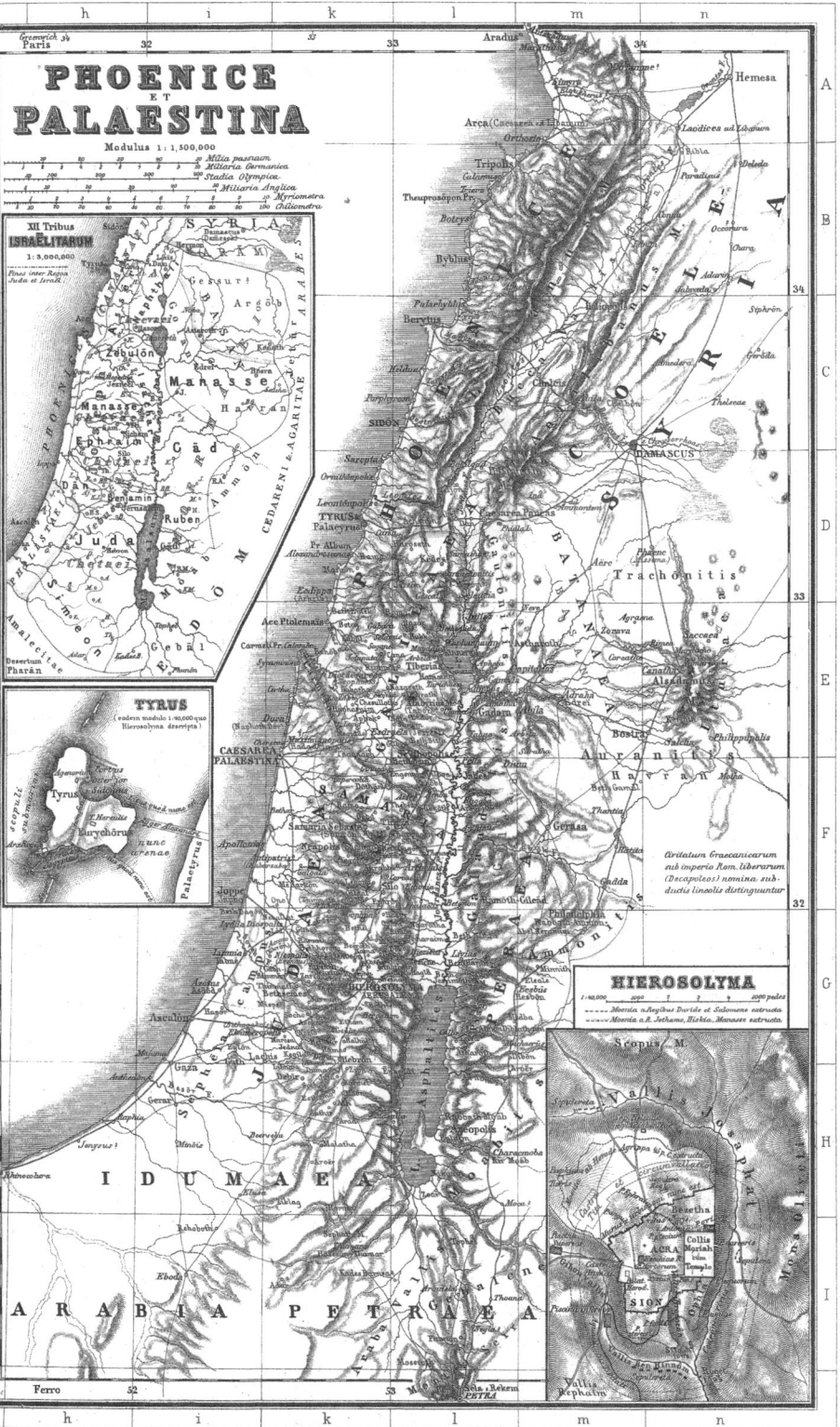

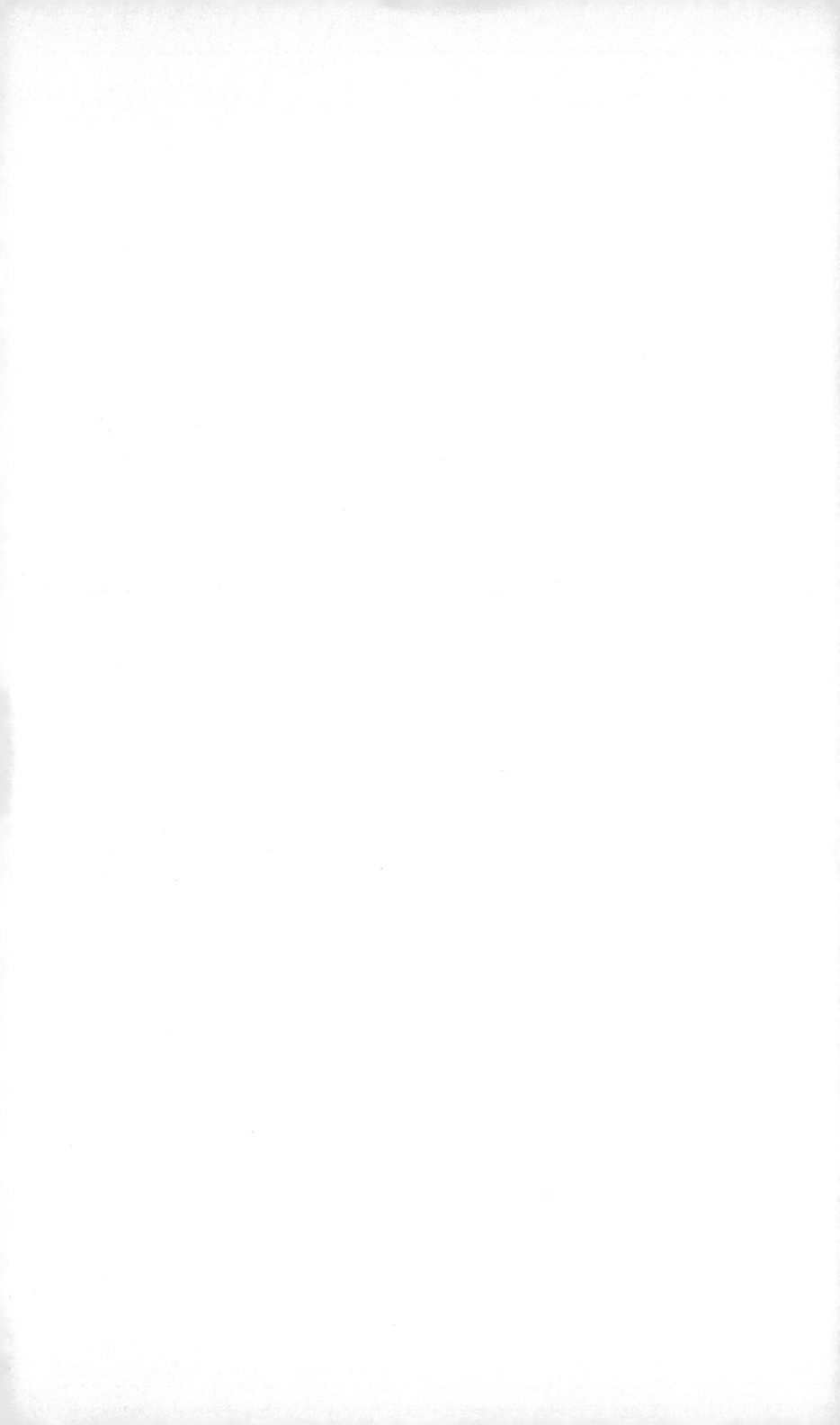

PAVEL FEINSTEIN

KROKODILOPOLIS

Und ich sah:
alle Mühsal und alles Können
entsprießen dem Neid.
Auch das ist Eitelkeit
und Greifen nach dem Windhauch.

Kohelet 4:4

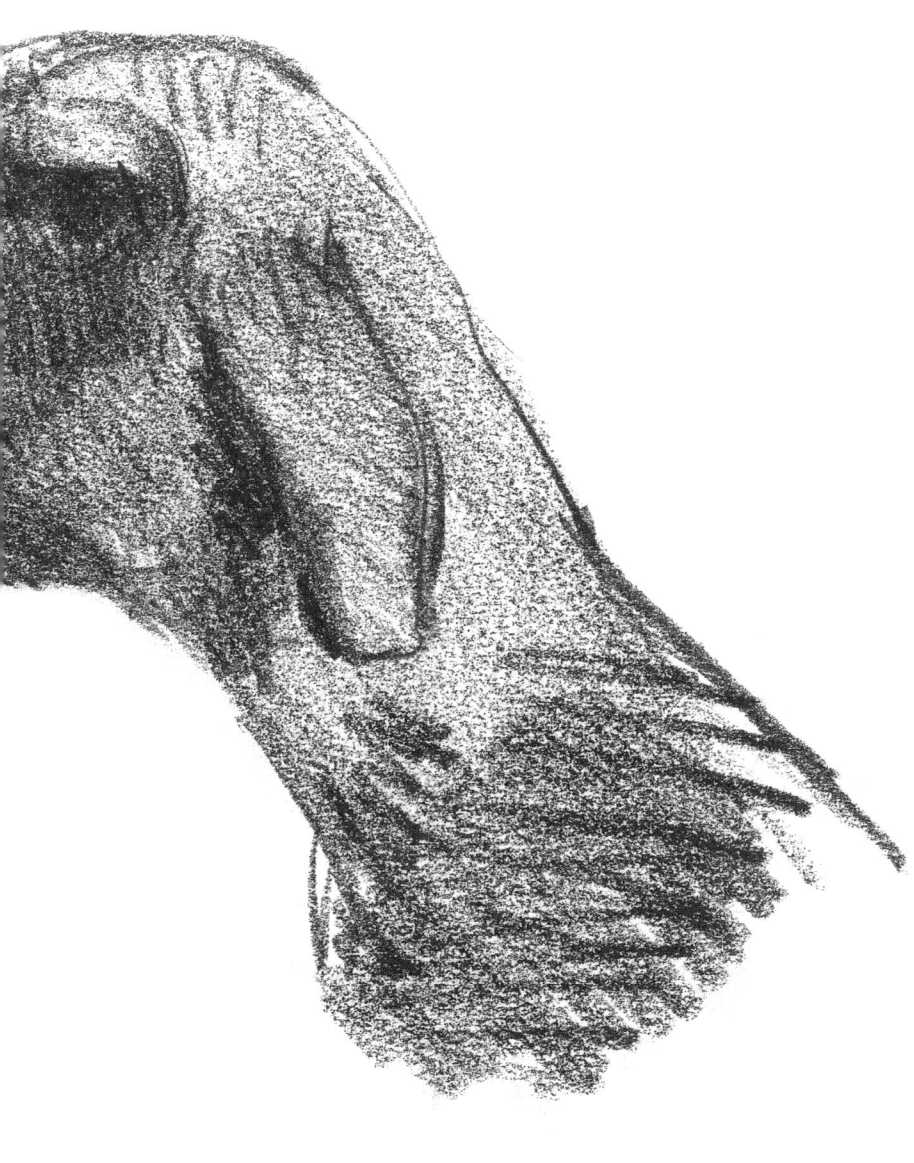

PROLOG

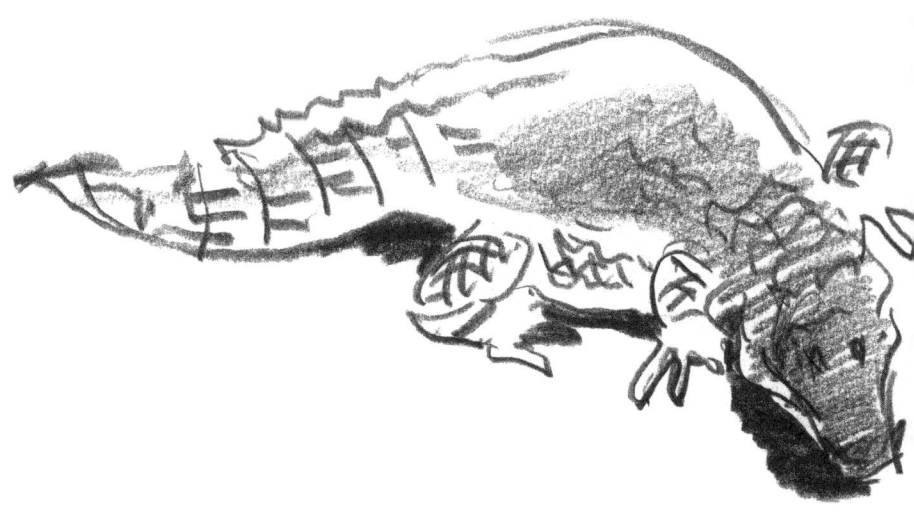

Im Jahre 1936 führte der rührige Archäologe und Dominikanermönch Pater Louis-Hugues Vincent von der École Biblique zu Jerusalem einige Probegrabungen im Norden Galiläas durch. In der Nähe von Kfar Nahum, dem antiken Kapernaum, stießen seine Arbeiter eines Morgens auf eine recht ungewöhnliche Grabkammer: sie war, von einer Kalksteinplatte abgedeckt, fast drei Meter lang, zwei Meter breit und etwa achtzig Zentimeter hoch. In der Kammer befand sich ein aus dem gleichen Kalkstein gefertigtes Ossuar, mit menschlichen Knochen darin. Links von dem Ossuar lag, die gesamte Länge der Grabkammer einnehmend, das Skelett eines *Crocodylus niloticus*, eines Nilkrokodils – ein zugegebenermaßen für diese Gegend äußerst überraschender Fund. Auf der anderen Seite des Ossuars stand ein breiter Tontopf, in dem vier dicke, etwa fünfunddreißig Zentimeter breite Pergamentrollen staken. Der Rand des Topfes war mit einer Inschrift versehen – auf den ersten Blick dem Namen der hier wohl bestatteten Person.

Gegend Abend kam ein aufgeregter Arbeiter, den man zum nahe gelegenen Dorf geschickt hatte, um Lebensmittel zu besorgen, und berichtete von großem Unmut unter den Fellachen – im Dorf gehe das Gerücht um, die Ausgräber schändeten das Grab eines muslimischen Heiligen, eines Drachentöters und Gefährten des Propheten. Um Schlimmeres abzuwenden, solle man die Grabkammer schleunigst wieder mit der Kalksteinplatte zudecken, die Aushebung zuschütten, alles zusammenpacken und noch heute von hier verschwinden. Dem Pater Vincent blieb nichts anderes übrig, als der Empfehlung zu folgen. Allerdings ließ er auch den Topf mit den Pergamentrollen einpacken und im Gepäck verstauen. Unglücklicherweise stolperte der Arbeiter, der den schweren Tontopf hielt, in der allgemeinen Hektik und schlug den Topfrand mit der Inschrift an der Grabplatte auf, sodass ein Teil absplitterte. Wäre es heller gewesen und würde man die Ausgrabung nicht so Hals über Kopf verlassen müssen, hätte man die Splitter noch einsammeln und später zusammensetzen können. So aber blieb die Inschrift beschädigt und der Name unvollständig. Später, in seinem Arbeitszimmer im Konvent St. Étienne in Jerusalem, stellte Pater Vincent fest, dass der Name, recht ungeschickt in hebräischer Quadratschrift in den Topfrand eingekratzt, Shimon ben S. heißen müsse. Der Rest des Vaternamens war auf den verlorenen Splittern an der Ausgrabungsstelle geblieben. Aber auch so konnte man sicher sein, keine bekannte und bedeutende Persönlichkeit der biblischen Geschichte vor sich zu haben. Der einzige Shimon, dessen Vatername mit S oder Sh anfing und der von Bedeutung wäre, war Shimon ben Shetach, aber der hatte wesentlich früher gelebt, zu Zeiten König Alexander Jannäus', während das Grab anhand des Topfes eindeutig auf das dritte christliche Jahrhundert datiert werden konnte. Die Pergamentrollen waren für Pater Vincent ebenfalls eine Enttäuschung: Sie waren brüchig, und die antike Rußtinte, mit der sie beschriftet worden waren, schien von minderer Qualität gewesen zu sein; sie zerbröselte so stark, dass nur wenige Buchstaben und noch weniger Wörter zweifelsfrei zu lesen waren – eine mühsame und undankbare Arbeit.

Und so landete der Tontopf samt Pergamentrollen besserer Zeiten harrend in der archäologischen Asservatenkammer des Konvents St. Étienne. Die Geschichte und die Beschreibung des Fundes fand später eine Erwähnung in der *Revue Biblique* von 1937.

Diese besseren Zeiten brachen an mit der Erfindung der Fluoreszenz-Fotografie. Allerdings befand sich der Topf zu diesem Zeitpunkt schon lange nicht mehr in der Obhut des Konvents. Gegen Ende des Zweiten Weltkrieges kam er auf verschlungenen Wegen in den Besitz eines historisch interessierten Leutnants der Britischen Armee. Nach Abzug der Briten und dem Ende des Mandats tauchte der Topf auf dem archäologischen Schwarzmarkt auf, wechselte mehrmals den Besitzer und wurde schließlich bei einem zwielichtigen Händler durch die israelische archäologische Behörde konfisziert.

Im Labor des Israel-Museums und im Lichte der UV-Strahlen entpuppten sich drei der Rollen als Memoiren eines vagabundierenden Künstlers Ende des zweiten Jahrhunderts unserer Zeitrechnung mit Beschreibungen seiner angeblichen Bekanntschaften – darunter große Autoren der Antike, Apuleius und Lukian – und einiger anderer, ziemlich unwahrscheinlicher Begebenheiten. Geschrieben hauptsächlich in Aramäisch, aber auch mit hebräischen, griechischen und lateinischen Einsprengseln, erweckt der Text den Eindruck, von einem prahlerischen Aufschneider verfasst worden zu sein, einem hemmungslosen und selbstgefälligen Fantasten. Einige interessante Erkenntnisse kann man jedoch hinsichtlich der Lebensmittelherstellung seiner Zeit gewinnen, speziell was die Herstellung von Käse in der Antike betrifft. Auch sonst entbehrt das vorliegende Buch nicht einiger unverfälschter Einblicke in die gesellschaftlichen Strukturen und religiösen Bräuche des ausgehenden zweiten und beginnenden dritten Jahrhunderts.

Die vierte Pergamentrolle war von geringerem Interesse. Sie enthielt lediglich Zeichnungen und Skizzen. Mit Holzkohle ausgeführt, zeigen sie eine gewisse Leichtigkeit in der Darstellung von Menschen und Tieren, aber ohne, wie übrigens auch die Memoiren selbst, berechtigten Anspruch auf zweifelsfreien Tiefgang erheben zu können.

Ich meine dennoch, dass das nun vorliegende Buch, das diesem Shimon ben S. wohl eindeutig zuzuschreiben ist, durchaus kurzweilig ist und dem geneigten Leser ein paar Stunden unterhaltsamer Lektüre bereiten kann.

1. KAPITEL

in dem der Verfasser der Ehe-Falle
zu entkommen sucht
und in dem weitreichende
Entscheidungen getroffen werden

Unser Dorf in den Judäischen Bergen hieß *Anus Mundi*. Das war natürlich nicht sein ursprünglicher Name, der lautete nämlich so ähnlich wie Ziegenquelle. Laut der Legende verschlug es eines Tages einen römischen Prätor auf Inspektionsreise in unser Dorf. Nachdem er sich bei uns umgeschaut und Geschenke eingestrichen hatte, seufzte er tief und sagte, er sei hier wohl wirklich am Arsch der Welt. Arsch der Welt hat er auf Lateinisch (*Anus Mundi)* gesagt. Zunächst regte sich noch Widerstand seitens unserer Dörfler gegen den neuen Namen, schließlich waren sie im Besitz gewisser ästhetischer Gefühle, wenn sie bei uns auch nicht so stark ausgeprägt sind wie in der Stadt. Diese Geringschätzung war äußerst ärgerlich. Aber dann gewöhnte man sich daran – mit der Reichsleitung zu diskutieren, lohnte sich nicht. Diese Begebenheit hat sich lange vor meiner Zeit zugetragen, und ob sie so stimmt, wie erzählt wird, das kann ich nicht sagen.

Ich war schon kein Kind mehr, hatte meine *pubertas* bereits hinter mir, als unser Dorf wiederum Besuch bekam. Ein glatt rasierter Mann mit rundlichem Bauch, der Selbstzufriedenheit und Prosperität ausstrahlte und in eine fast durchsichtige grüne Toga aus irgendeinem ausländischen, angeblich von Larven gewebten Stoff gewandet war. Und, man stelle sich vor, er war auch parfümiert! Mit persischem Rosenwasser. Selbst unsere Dorfziegen waren schockiert und hielten den Atem an, wenn er in der Nähe war. Gerüche aus einer sehr, sehr fernen Welt drangen in unseren Alltag. Mit einiger Mühe erkannte man in ihm schließlich Joseph, den Rotzlöffel von einem Sohn unseres Dorfschmieds Chaim. Fünfzehn Jahre zuvor war er verschwunden, den väterlichen Prügeleinheiten entflohen. Und nun kam er zurück, um zu zeigen, dass aus ihm etwas geworden war. Er habe fast die ganze Welt bereist, in Athen griechische Buchhaltung studiert, sei sogar in Byzanz gewesen und lebe nun als Kaufmann in Alexandria. Womit er Handel treibe, erzählte er uns nicht, streute lediglich nebulöse Andeutungen über seine Beziehungen nach ganz oben und über seine Freundschaften mit den bekanntesten Tragödiendichtern unserer Zeit ein, mit Letzteren war er angeblich sogar per Du. Die Stadt Alexandria lobte er über den grünen Klee. Er erzählte vom dortigen Nachtleben, von Mixgetränken auf Basis eines Papyrusdestillats und von Frauen, die ebenso schön wie barmherzig waren und so aufgeschlossen, dass selbst nubische Sklaven mit ihrer Zuneigung rechnen konnten. Allerdings machte er einen Fehler, als er eingestand, ein Epikuräer zu sein. Denn unsere Dörfler waren, obwohl nicht ganz ungebildet, dennoch sehr konservativ und fest in ihrem überlieferten Glauben an den Einen, der gewiss keinen Zweiten an Seiner Seite brauchte. Damit war Joseph ben Chaim bei uns endgültig unten durch. Wetterfahne halt ... Was hatte man schon von einem solchen Luftikus zu erwarten? Nichts. Ein Mensch ohne Rückgrat und Substanz. Der ganze Respekt, den er zunächst durch seine Erscheinung erworben hatte, schmolz dahin.

Der Einzige, der weiterhin an seinen Lippen hing, war ich. Und so blieb ihm nichts anderes übrig, als seine ganze Prachtentfaltung an mich zu verschwenden. Als er sich zur Erleichterung des ganzen Dorfes wieder auf den Weg machte, lud er mich ein, ihn in Alexandria zu besuchen und überhaupt ... ich solle auch von hier fortgehen, um mein Talent nicht hier zu begraben. Talent ... Er war der Erste, der meine allgemein belächelte Neigung, alles zu zeichnen, was mir vor Augen kam, als Talent bezeichnete. Damit hat er mir sehr imponiert. Denn alle unsere Dörfler hielten mich entweder für nicht ganz dicht, nicht wenige bezichtigten mich gar der Sünde (womit sie, wie ich jetzt gestehen muss, nicht ganz Unrecht hatten).

Als ich einmal den Kaleb, den Veteran der Hasmonäischen Kriege mit Hilfe meines rechten Zeigefingers im Sand verewigt hatte, erwischte mich besagter Kaleb am linken Ohr und wischte mit meiner rechten Gesichtshälfte unter dem Gejohle der Umstehenden mein Werk weg. Und das, obwohl er selbst gestehen musste, dass ich ihn gut getroffen hatte. Oder gerade deswegen?

Als Joseph nun abgereist war, fing ich an, fürchterlich zu schmachten. Auch früher war mir durchaus bewusst, dass die Welt direkt hinter unseren Bergen nicht zu Ende war, dass es große Städte gab, und dass man in dieser Welt einiges mehr tun könne, als Ziegen zu hüten, in der Erde zu wühlen oder darüber zu grübeln, worüber sich die Schulen von Hillel und Shammai nicht einigen konnten. Und so verfestigte sich das Gefühl in mir: ich muss weg von hier.

Dieses Gefühl trug an dem Tag endgültig den Sieg davon, an dem mich der unverwüstliche Veteran der Hasmonäischen Kriege Kaleb mit seiner Enkeltochter erwischte, und zwar ausgerechnet in dem höchst schöpferischen Moment, als ich die frühreife Dina-Calliope in Ton modellierte. Als Aphrodite Callipigia, die mit einer lasziven Geste ihren Chiton abwirft. Um bei der Wahrheit zu bleiben, muss ich hinzufügen, er hatte seinen Augen nicht sofort getraut. Vermutlich, weil ich Dina etwas abrundete und ihre spitzen Brüstchen ein wenig schwerer und präsenter gemacht hatte, ähnlich denen von Kalebs Schwiegertochter – dem Objekt stiller Begierde des gesamten *Anus Mundi*.

Zunächst hatte er, wie ich bereits sagte, seinen Augen nicht getraut. Als ihm aber klar wurde, dass seine Augen für das, was sie sahen, nichts konnten, schrie er auf und ging zu einer wütenden Attacke über, indem er versuchte, mich mit einer Hand zu fassen zu kriegen, während er mit der zweiten gleichzeitig nach meinem Werk zu greifen versuchte, zornig wie Marduk höchstpersönlich.

Dina schnappte sich flink ihren Chiton und entschwand gerade noch rechtzeitig, bevor der alte Dummkopf mit seinem Geschrei alle Nachbarn über die kostenlose Vorstellung in Kenntnis setzte. Der Skandal war perfekt, und unsere Klatschmäuler hatten ihre Freude daran.

Die, die mich noch irgendwie mochten, schauten mich nur noch kopfschüttelnd an, und andere … ach, lassen wir das lieber … An Kaleb habe ich mich später gerächt: bevor ich das Dorf verlassen habe, bemalte ich die Wände seines Hauses mit Wasserfarben, als wäre es Zaraat, der Aussatz. Worauf unser ehrwürdiger, unter Altersschwachsinn leidender Kohen über das Haus die Quarantäne verhängte. Bis irgendwann der lang ersehnte Regen den falschen Zaraat von den Wänden spülte.

Diese Farben übrigens habe ich bei einem reisenden und sehr hungrigen Händler erstanden. Im Tausch gegen eine halb tote Ziege desselben Kaleb, was man durchaus als ausgleichende Gerechtigkeit verstehen darf. Den Händler verschlug es in unsere Gegend, weil irgendein Witzbold ihm erzählt hatte, bei uns herrsche großer Mangel an Künstlermaterialien. Eigentlich war das nicht mal gelogen, Künstlermaterialien waren bei uns wirklich rar. Was sollten die Ziegenhirten und Köhler damit auch anfangen …

Also, was tun? Mein Renommee hatte Kaleb, der alte Idiot, vollends ruiniert. Und die Familiensituation war auch kompliziert. Ich wohnte zu der Zeit im Haus meiner lautkehligen Tante, der Schwester meines verstorbenen Vaters, und ihres Mannes Motti, eines harmlosen und wortkargen Köhlers. Als junger Mann hatte er auch gewisse künstlerische Ambitionen gehabt. Er dichtete. Der Höhepunkt seines Schaffens war ein erotisches Poem in Aramäisch, eine Mischung aus dem Lied der Lieder und Obszönitäten römischer Lyrik, das selbst den alten Soldaten Kaleb jedes Mal wie einen Jungen erröten ließ, wenn er es am Freitagabend mit seiner krächzenden Stimme in der Mikwe deklamierte:

… Oh, wie erhebt er sein Haupt von staub'gen Knien,
Ziel aller Bestrebungen zwischen den Falten erahnend …

Aber Motti hatte richtig Pech. Als sein noch zarter literarischer Ruhm bis zu den Ohren seiner Eltern – des düsteren Köhlers Abraham und der energischen Hebamme Malka – vordrang, beeilten sie sich, ihn mit meiner damals noch jungen, aber bereits lautkehligen Tante Geula zu verheiraten, und brachten ihn im Familiengeschäft unter. Der blühende Körper meiner Tante erstickte schnell alle literarischen Ambitionen, und einsetzender Kindersegen entsorgte sie ein für allemal.

Und selbst wenn ich mit seinem stillschweigenden Mitgefühl rechnen konnte, meine Tante war fest entschlossen, den bewährten Weg einzuschlagen und auch mich schleunigst zu verheiraten. Mit Dina natürlich. Nach dem Motto ›als Ehrenmann bist du nun verpflichtet … Und Familienbetrieb ist auch nicht zu verachten …‹ Und zungeschnalzend sagte sie: »Schau was für eine Blüte du bekommen würdest – ein Pfirsich von einem Mädchen!« Und wieder schnalzte die Zunge, als rinne ihr tatsächlich Pfirsichsaft übers Kinn. Ich wollte aber keinen Pfirsich haben. Gegen Dina persönlich hatte ich eigentlich nichts, obgleich der dunkle Schatten über ihrer Oberlippe eine für meinen Geschmack übertriebene Entschlossenheit und ein cholerisches Temperament versprach. Aber ich hätte mir wahrlich eine andere angeheiratete Verwandtschaft gewünscht als den penetranten alten Dummkopf Kaleb. Mottis Beispiel war auch nicht gerade dazu angetan, mir meine Aussichten zu versüßen – lieber blieb ich ein einfacher Ziegenhirt, dafür aber tagaus tagein an der frischen Luft, als dass ich

Köhler würde. Nur über meine Leiche! Was tun also? Sollte ich vielleicht tatsächlich von der Einladung Joseph ben Chaims Gebrauch machen und mich zu ihm nach Alexandria begeben? Der Gedanke gefiel mir zusehends. Einstweilen zog ich jedoch mit der von mir betreuten Ziegenherde in die Berge, um abzuwarten, bis sich der Skandal gelegt hatte, und um weitere Pläne zu schmieden. Und um zu träumen.

In den Bergen traf ich damals auch den besagten Händler, dem ich seine Farben abkaufte. Außer Farben hatte er noch eine dicke Rolle mit *papyri* dabei, die in unserer Gegend eigentlich sehr selten und teuer waren. Nun aber war er sogar froh, sie zu einem Bruchteil ihres Preises zu verkaufen, so hungrig war er, als er eines Abends auf einem klapprigen Esel reitend bei dem Feuer haltmachte, das ich gerade angefacht hatte, um mir mein Abendessen zu rösten. Ich lud ihn ein, sich mir anzuschließen und reichte ihm auch den Weinschlauch, dessen wir uns dann abwechselnd bedienten. Als ich ihm von meinen Umständen und Plänen erzählte, sah er mich mitleidig an und meinte, ich solle lieber heiraten und Köhler werden, als mich von Hirngespinsten leiten zu lassen. Und er wisse ganz genau, wovon er spreche, denn er habe ähnliche Träume gehabt, ging sogar bei einem Maler und Bildhauer in Tiberias in die Lehre. Und musste Schiffbruch erleiden, denn die wenigen prosperierenden Künstler teilten die wenigen Aufträge so unter sich auf, dass Außenseiter wie er, und wie auch ich einer sein würde, wenn ich darauf beharrte, keine Chance hätten, sich an diesen Fleischtöpfen gütlich zu tun. Ich wäre also gut beraten, mir diesen Unsinn aus dem Kopf zu schlagen. Und ob ich nicht wisse, was Kohelet gesagt habe? »… alle Mühsal und alles Können entsprießen dem Neid. Auch das ist Eitelkeit und Greifen nach dem Windhauch.«

Worauf er nach dem Weinschlauch griff. Je mehr er trank, desto klagender wurde seine Stimme. Und desto klarer wurde mir, dass ich einen verbitterten Pechvogel vor mir hatte, der vielleicht gar kein Talent besaß, während ich ... was genau ich besaß, wusste ich zwar auch nicht, aber das Gefühl, etwas zu besitzen, ein schöpferisches Potenzial vielleicht, dieses Gefühl verlieh mir eine fröhliche Überheblichkeit, deren Berechtigung erst noch zu beweisen war. Um ehrlich zu sein, ich schäme mich immer noch ein wenig deswegen, weniger wegen der Überheblichkeit selbst, sondern weil ich sie so unreflektiert auskostete. Am nächsten Morgen trottete der Händler bestens gelaunt von dannen, Kalebs Ziege vor sich hertreibend und ohne seine kaum verkäuflichen *papyri*.

Die *papyri* waren von minderer Qualität und dennoch das Beste, was ich bis dahin hatte, um darauf zu zeichnen. Das tat ich übrigens mit Holzkohle, an der es keinen Mangel gab. Da mir lediglich Ziegen als Modelle zu Diensten waren, füllten sich die Blätter eben mit Ziegen. Mir war es egal, was ich zeichnete. Ich war zufrieden.

Bis mich eines Tages eine Delegation, bestehend aus meiner Tante Geula, dem alten Kaleb und noch einigen besonders ehestiftungsfreudigen Verwandten beider Familien aufsuchte. Mir wurde dringend nahegelegt, Dina zu heiraten, da ich sie angeblich entehrt hätte. Da wurde ich richtig sauer. Haarklein habe ich ihnen auseinandergesetzt, dass, falls Dina tatsächlich entehrt wurde, ich damit nichts zu tun gehabt habe. Dass ich ferner an ihre Entehrung nicht glaube, dass vielmehr in dem alten Kaleb nur Erinnerungen an seine Jugendzeit hochkochten (altersbedingt alternativlos), als er angeblich noch syrisch-griechische Jungfrauen zu genießen imstande war, was ich allerdings stark bezweifle, so hohlbrüstig und schwächlich wie er aussah. Zugegeben, das war despektierlich, aber ich war auch empört darüber, wie sie mich in die Enge zu treiben beabsichtigten.

Den nächsten Versuch, mich mit Dina zu verkuppeln, unternahmen sie, als ich einige Wochen später gezwungen war, die Herde wieder ins Dorf zu treiben. Statt eines eisigen Empfangs, den ich aus gutem Grund befürchtet hatte, wurde mir eine unerwartet gefühlvolle Aufnahme zuteil. Ich wurde umsorgt, gewaschen, gefüttert und gestreichelt. Am nächsten Tag sollte mein Geburtstag gefeiert werden, oder besser gesagt – nachgefeiert, denn tatsächlich lag er schon Wochen zurück. Zu dem Fest erschienen alle Nachbarn, auch einige entfernte Verwandte aus den Dörfern der Umgebung. Dina setzte man neben mich, was sie auch durchaus bereitwillig geschehen ließ, während Tante Geula mir bedeutungsvolle Blicke zuwarf. Es war offensichtlich, man wollte mich diesmal auf nette Weise rumkriegen und auch gleich unsere Verlobung verkünden. Frauen lachten, wackelten mit den Hüften und machten zweideutige Bemerkungen. Je älter sie waren, desto unverblümter waren ihre Anspielungen. Frauen scheinen überhaupt ihre Daseinsberechtigung vom Verkuppeln unschuldiger Mitmenschen abzuleiten.

Bei den Männern ist es übrigens andersherum – je älter sie sind, desto zurückhaltender werden sie in der Regel. Vielleicht weil sie wissen, was ihnen blüht, wenn sie sich erst auf dieses Spiel eingelassen haben. Nur in sehr hohem Alter und bei Witwern kippt ihre Schweigsamkeit gelegentlich um.

Was mich angeht, ich saß in der Falle. Es war abzusehen, würde ich mich weiterhin weigern, wären sie vermutlich sogar bereit, mir Dina ins Bett zu legen. Ich hätte das Mädchen sicherlich nicht zurückweisen können, die Versuchung wäre zu groß gewesen. Auch hätte Dina eine solche Zurückweisung nicht verdient. Also lächelte ich und suchte verzweifelt nach einem Ausweg. Und ich fand ihn. Er war sicher nicht sehr elegant, aber mir war auch nicht nach Eleganz zumute, es ging mir schließlich um nichts anderes als darum, meinen Kopf aus der Eheschlinge zu ziehen. Oder zumindest den Zeitpunkt meiner Hinrichtung hinauszuzögern. So nahm ich bereits nach den ersten Bissen Reißaus, täuschte ein starkes Magengrimmen vor und schloss mich für den Rest des Abends auf dem Lokus ein. Die Idee dazu war mir noch vor dem Fest gekommen, und so hatte ich für diese Stunden der Einsamkeit vorgesorgt: Ich organisierte mir einen Weinschlauch und etwas Brot und lieh mir heimlich eine dicke Papyrusrolle aus der kleinen Büchersammlung meines wortkargen Onkels Motti (er versteckte seine Lieblingsbücher vor Tante Geula in einem Geräteschuppen). Das alles wartete hinter dem Wohnhaus auf mich, an der Außenwand des kleinen Lokushäuschens, unter einer Plane verborgen. Hier war ich einigermaßen sicher vor den Heiratswütigen, die dann gelegentlich den Tisch verließen, um sich nach meinem Befinden zu erkundigen und mich zu ermahnen, ich solle mich beeilen, der Ziegenbraten sei vorzüglich und schon fast aufgegessen. Als Antwort gab ich nur gequälte Geräusche von mir, und so zogen sie unverrichteter Dinge von dannen. Die, die selbst rein mussten, denen blieb nichts anderes übrig, als ihre Bedürfnisse woanders zu befriedigen.

Die Papyrusrolle entpuppte sich ausgerechnet als die *ars amatoria* von Publius Ovidius Naso, genannt Ovid. Eine Anleitung, wie und wo man geneigte Frauen findet. Und nun sitze ich, das gejagte Wild, auf dem Lokus und lese:

Erstens bemühe du dich, was du lieben möchtest,
zu finden,
Der du als Krieger zuerst Waffen ergreifest, dir neu!

Dann ist das nächste Bemühn, das erwählete Weib
zu erbitten,
Und das dritte, dass du lange die Liebe dir wahrst.
Dies ist der Gang, dies Feld wird dir mein Wagen
bezeichnen,
Dies Ziel werde von dir eilenden Rades verfolgt ...
... Eine Gelegenheit gibt auch die Tafel des Gastmahls;
Dort gibt's außer dem Wein etwas zu suchen für dich.
Amor, der purpurne, hat des dort verweilenden Bacchus'
Hörner mit zärtlichem Arm häufig gefasst und gedrückt;
Und besprengete mit Wein des Cupido durstige Flügel,
Bleibet er und stehet fest auf dem genommenen Platz ...

Erst spät in der Nacht traute ich mich, meine Festung zu verlassen und schlich ins Bett. Als ich am nächsten Morgen auf-
wachte, deutete alles auf ein Gewitter hin – Tante Geula
schaute düster drein und schwieg. Sie schwieg unheilverkün-
dend. Nur Onkel Motti lächelte mir verständnisvoll zu, wenn
wir allein waren und er von niemanden sonst gesehen wurde.
Es war klar: Ich musste so schnell wie möglich fliehen, noch
einmal käme ich nicht mehr so leicht davon.

2. KAPITEL

in dem sich
die Eselin Deborah,
der Verfasser,
der Käse und
ein Weggefährte
zusammenfinden

Schön und gut, aber um in Würde zu fliehen, brauchte ich einen Vorwand, sonst würde man nach mir suchen lassen und mich vermutlich sogar finden. Außerdem braucht man zum Reisen nicht nur Wegzehrung, sondern auch strapazierfähige Kleidung, etwas zum Warmhalten für Innen und Außen, und nicht zuletzt ein Transportmittel.

Letzteres war das kleinste Problem: Ich besaß eine zwar etwas betagte, dafür aber ruhige und kluge Eselin namens Deborah. Jedenfalls benahm sie sich um einiges klüger und einsichtiger als der vermaledeite Veteran der Hasmonäischen Kriege, Kaleb. Sie hatte mir öfters geduldig als Modell gedient. Wenn ich an meiner Zeichnung verzweifelte, bewegte sie ihre weichen Lippen, als wolle sie mich ermuntern – nur nicht verzagen!

Kleidung konnte ich meiner Tante abluchsen, der Monat Adar nahte bereits, und es wurde recht kühl in unseren Bergen. Ich bekam von ihr unter anderem Beinlinge aus Ziegenfell. Dumm nur, dass sie sowohl innen wie außen aus Fell waren, was mir, außer wohltuender Wärme, auch eine gewisse Ähnlichkeit mit dem heidnischen Satyr einbrachte und unsere Ziegen etwas irritierte. Und sie kratzten, und wie!

Was mir fehlte, war nur noch der Vorwand, aber auch der bot sich bald.

Unser Dorf konnte sich nämlich einer weithin bekannten Käserei namens *Pinkas und Söhne* rühmen. Der Käser Pinkas führte das Geschäft schon in sechster Generation. Angeblich beeinflusste sein Käse sogar die Geschicke des Römischen Reiches, als ein Stück davon zum Zankapfel zwischen Iulius Caesar, Marcus Licinius Crassus und Gnaeus Pompeius wurde und schließlich zum Bruch des Triumvirats führte. So jedenfalls wurde hinter vorgehaltener Hand gemunkelt. Denn der Käse hatte es in sich. Niemand weiß, welche Scheußlichkeiten unsere Käser über Generationen hinweg der Ziegenmilch beimischten – das Rezept war streng geheim und wurde nur mündlich vom Vater an die Söhne weitergereicht. Das Ergebnis war auf jeden Fall überwältigend. Es stank. Was auch erklärte, warum die Käserei sich weit außerhalb des Dorfes befand. Und wenn ich sage, dass es stank, so ist nicht der normale Ziegengestank gemeint, an den wir alle naturgemäß gewöhnt waren, sondern etwas Besonderes, Infernalisches. Ausgesehen hat der Käse dementsprechend – blass und von grün-blauem Schimmel durchzogen, wie eine verwesende Leiche. Als ein Vorfahr unseres Pinkas einmal auf die glorreiche Idee kam, eine Probe seiner Erzeugnisse im Tempel zu Jerusalem als Dankesopfer darzubringen, wurde er von aufgebrachten Gläubigen tüchtig vermöbelt und hochkant rausgeschmissen. Spätere Versuche, die Vorräume, wo er seine Gabe gelagert hatte, zu reinigen, führten schließlich zu den bekannten umfassenden Umbauarbeiten an der Tempelanlage unter König Herodes, dem Großen.

Deswegen konnte niemand verstehen, wieso die Römer einen Narren an diesem Käse gefressen hatten. Es ist kaum zu glauben, aber kleine, sogar – ehrlich gesagt – sehr kleine Schachteln aus Olivenholz mit der Aufschrift *foetor judaicus* wurden von ihnen heiß begehrt und von Zwischenhändlern weiter bis nach Rom verkauft. Auch an die Kaiserliche Vorratskammer, was eines Tages zu dem oben erwähnten Bruch des Triumvirats geführt haben soll. Es hieß, der Caesar habe sogar während des Zweiten Gallischen Feldzugs den Käse dortigen Käsemachern gezeigt und sie angehalten, selbst Ähnliches herzustellen, da der Nachschub nach Gallien durch uns nur schwer zu gewährleisten war. Die gallischen Käser scheiterten. Das war wohl eines der wenigen Unterfangen Caesars, die zu einem guten Ende zu führen ihm nicht vergönnt war.

Des Weiteren wird erzählt, Kaiser Vespasian habe seinem Sohn Titus, der sich über die Besteuerung öffentlicher Latrinen echauffierte, das daraus erwirtschaftete Geld vor die Nase gehalten und den berühmten Ausspruch *Non olet!* – es stinkt nicht! getan, und Titus habe nicht widersprechen können, weil seine Nase gerade mit dem Produkt von *Pinkas und Söhne* beschäftigt war, das sich just in diesem Moment vor seinem Vater auf einem goldenen Tablett befand. Es sei aber gut möglich, dass die Erzähler es mit dem goldenen Tablett etwas übertrieben haben.

Der Käse wurde fortan nicht mehr nach Jerusalem geliefert (da wir Juden nicht mal unsere Nase in Aelia Capitolina, wie die ehemals heilige Stadt nun hieß, zeigen durften), sondern nach Caesarea, wo die gesamte Lieferung von dem Großhändler Zrubavel übernommen wurde. Dieser Transport stellte *Pinkas und Söhne* jedes Mal vor ein riesiges Problem. Nur wenige Menschen, und auch diese nur selten, waren bereit, die pestilenzartig stinkende Fracht zu befördern. Und wenn, dann nur für eine sehr ansehnliche Entschädigung. Denn dieser Transport brachte erhebliche Gefahren mit sich. Nicht nur, dass an eine anständige Übernachtung in einem Gasthaus unterwegs nicht zu denken war, man musste auch sein Biwak weit außerhalb eines jeden Dorfes auf seiner abwindigen Seite aufschlagen und hoffen, dass der Wind nachts nicht drehte. Zu befürchten war auch, dass man der schlimmsten Krankheiten verdächtigt und verprügelt wurde, wenn gute Leute im wahrsten Sinne des Wortes Wind von dem Käse bekamen.

Hinzu kommt, dass auch nicht jeder Esel bereit war, sich mit diesem Käse beladen zu lassen. Da ich aber auf den Langmut meiner Deborah zählen durfte, war es mir nur recht, als sich der aktuelle Pinkas mit dem Vorschlag an mich wandte, sein olfaktorisch prekäres Produkt nach Caesarea zu transportieren. Ich war schnell einverstanden und Pinkas so froh, dass er kaum feilschte, als ich ihm meine Bedingungen unterbreitete. Dazu gehörte, dass ich anständig im Voraus bezahlt und mit einer ordentlichen Menge Trockenfleisch, Oliven und Brot versehen würde, nebst zwei Weinschläuchen mit jungem Wein aus letzter Ernte und einem langen Messer.

Um sich für alle diese Ausgaben schadlos zu halten, übertraf Pinkas meine schlimmsten Befürchtungen − seine Delikatessen waren ihm diesmal ganz besonders gelungen. Selbst Deborah schien zu erstarren, als man ihre Flanken mit zwei großen Wollbündeln behängte, in deren Innerem Schachteln mit dem kostbaren *foetor judaicus* untergebracht waren. In einem dieser Bündel verstaute ich auch meine Habe, was mich den Pinkas und seinen Käse noch eine sehr, sehr lange Zeit danach nicht vergessen ließ. Kein Waschen konnte dem Geruch meiner Kleidung etwas anhaben.

Und so zogen wir eines Abends los − ich und Deborah −, Sternenhimmel über, freiheitlicher Imperativ in und das Aroma um uns. Am Dorfrand schlug ich nicht den Weg Richtung Hauptstraße ein, sondern zog es vor, die vielen Ziegenpfade zu benutzen, die Gefahr auf Menschen zu stoßen, war somit wesentlich geringer. Ihnen ausweichen wollte ich nicht nur wegen des Gestanks, sondern auch, weil die Zeiten, obwohl relativ ruhig, dennoch nicht ganz sicher waren, und Menschen waren eben auch nur Menschen − alles, was nicht fest verzurrt und angebunden war, ging das Risiko ein, sich in Luft aufzulösen. Zwar konnte ich mir beim besten Willen nicht vorstellen, dass irgendwer sich an meiner Ware vergreifen würde, aber sicher ist sicher. Und die besagten Ziegenpfade kannte ich bestens. Bis dicht vor die nächste Stadt würde ich sie nicht verlassen müssen. So gingen wir einige Stunden, als ich vor uns und hinter einer Biegung plötzlich ein Lagerfeuer sah. Im Schein des Feuers waren zwei Gestalten zu sehen, deren Gestik große Unruhe verriet, vermutlich hatte der Gestank sie als unser Vorbote bereits erreicht. Den moralischen Vorteil ausnutzend, trat ich, Deborah am Zaumzeug führend, aus der Dunkelheit. Die beiden schreckten hoch, und ich stellte mit Beruhigung fest, es waren keine Fremden. Der eine war ein alter, verwitterter Ziegenhirt aus dem Nachbardorf. Wie er hieß, wusste wahrscheinlich kaum jemand, er wurde immer nur Asasel gerufen und war ein sehr kleiner, verwildert aussehender Mensch, der nur ganz selten im Dorf erschien, um seiner Frau ein neues Kind zu zeugen. Und zu den hohen Feiertagen natürlich. Sonst lebte er das ganze Jahr in den Bergen mit seinen Ziegen und war kaum von ihnen zu unterscheiden. Und glücklich. Den Zweiten kannte ich gut. Der war aus unserem Dorf und zwei Jahre älter als ich. Shlomo, ein hagerer Kerl mit überdimensionalem Adamsapfel und gewissermaßen meine Konkurrenz. Er hatte ebenfalls künstlerische Ambitionen und musste auch Hohn und Schimpf erleiden, sogar noch ärger als ich. Seine Leidenschaft galt der Bildhauerei. Sie führte ihn auf einige Abwege. So baute er zum Beispiel aus Lehm eine Monsterfigur und stellte sie nachts im Hof unserer Synagoge auf. Als sie entdeckt wurde, waren alle furchtbar erschrocken – es verbreitete sich das Gerücht, unser alter Dorfkohen sei völlig verrückt geworden und bastele sich einen Golem. Der Kohen selbst war nicht minder verängstigt und wusste natürlich keine Erklärung. Keiner wagte den Golem anzufassen und zu entsorgen. So stand die Figur im Hof, Unruhe und Bestürzung verbreitend, bis der Winter kam und mit ihm schlechtes Wetter: Nach dem ersten Regen löste sich der Lehm auf und der Golem zerfloss. Der Witzbold blieb unentdeckt. Eines Winters, als wir einen der bei uns seltenen Schneefälle hatten, modellierte Shlomo aus dem Schnee zwei sich umarmende halb nackte Figuren. Halb nackt waren sie, weil er sie zum Zwecke der größeren Irreführung spärlich mit abgetragener Kleidung versah – gerade genug, um unzüchtige Handlungen vorzutäuschen. Das wäre an sich halb so schlimm gewesen, wenn sein Werk nicht den Veteranen der Hasmonäischen Kriege, Kaleb, mit seiner Nachbarin, einer ehrbaren Witwe, dargestellt hätte. Wobei er nicht bedacht hatte, dass die Witwe zwei starke erwachsene Söhne hatte, die überhaupt nichts von Kunst hielten. Und vor allem – man hatte ihn beobachtet. Das, was darauf folgte, hätte er eigentlich ahnen können.

Sein Meisterstück aber hat er vollbracht, indem er in die hintere Wand unserer Mikwe, die an die Synagoge grenzte und von ihr gerade mal durch einen engen Spalt getrennt war, ein Loch gebohrt und, von allen unbemerkt, durch das Loch schauend, fast das ganze Dorf verewigt hat. Inklusive des vom Alter verblödeten Dorfkohen. Er ritzte alle Figuren detailreich und erstaunlich naturalistisch auf kleine Tontafeln, die er dann mit Hilfe eines Mitwissers in einem Ofen brannte. Von den Originalen hat er auch zahlreiche Kopien angefertigt, die dann plötzlich hie und da auf den Feldern auftauchten. Zur großen Belustigung einiger und dem Ärger anderer. Wer ihm beim Brennen seiner Terrakotten behilflich war, hat man nie rausbekommen. Eines ist sicher, es muss ein Köhler gewesen sein. Ich meinerseits habe meinen Onkel Motti schwer im Verdacht. Als die Sache aufflog, hat er sich auffallend unauffällig benommen, er machte sich fast unsichtbar.

Aufgeflogen war die Chose durch puren Zufall. Shlomo war gerade völlig in seine Arbeit vertieft, mit einem Auge am Loch, um die berühmten Reize der drallen Schwiegertochter Kalebs in Ton festzuhalten, als ausgerechnet dieser Kaleb, dem unwiderstehlichen Befehl seiner Blase gehorchend und unter seinem Chiton tastend, sich in den Spalt zwischen Synagoge und Mikwe quetschte. Da der Spalt spitz zulief, hatte Shlomo keine Rückzugsmöglichkeit. Der alte Kaleb hatte ihn nach allen Regeln der Kriegskunst festgesetzt, wenn auch ohne es selbst zu ahnen. Der Schrei des Alten ließ die in der Mikwe Badenden erstarren. Shlomo konnte sich gerade noch retten, indem er wie ein Blitz an der Mauer hoch aufs Dach kletterte. Beweisstücke seines Verbrechens blieben aber zurück und waren nicht zu leugnen. Noch am selben Tag verschwand er aus dem Dorf, fürchtete er doch nicht ohne Grund, von dem Ehemann der Schönen, dem Sohn des alten Kaleb, windelweich geprügelt zu werden. Seitdem versteckte er sich in den Bergen.

Und nun saß er da mit gekreuzten Beinen am Feuer neben Asasel und glotzte mich an. Als Erster rührte sich Asasel. Er räusperte sich und krächzte: »Um Gottes Willen, Mann, führe dein Vieh hinter die Bäume dort, falls du hier rasten willst oder gehe ganz schnell weiter, es stinkt unerträglich. Sag mal, bist du nicht der aufstrebende Artifex von dem Arsch ha-Olam?«, grinste er, »und wenn du Wein bei dir hast, dann her damit!«, rief er mir nach, während ich Deborah wegführte. In einer gehörigen Entfernung befreite ich das arme Tier von seiner stinkenden Last und kam mit einem der Weinschläuche von *Pinkas und Söhne* zum Feuer, über dem sich bereits ein Spieß mit einer Ziegenhälfte drehte. Der Wein war nicht schlecht, obwohl er im Abgang statt eines Hauchs von Brombeeren und Vanille, wie von Pinkas versprochen, ein leichtes, aber unverkennbares Aroma des Ziegenfells, in dem er nachgereift war, vermittelte. Das störte uns nicht im Geringsten, und während der Weinschlauch sich zunehmend leerte, lösten sich auch unsere Zungen, hatte man doch zu tüchtig trinkenden Kumpanen mehr Vertrauen als zu nüchternen, sauertöpfischen dahergelaufenen Fremden.

Und so, nun also etwas angeheitert, erzählte ich den beiden von meinen Plänen, in die weite Welt hinauszuziehen. »Darauf«, meinte Asasel, »müssen wir einen trinken.« Was wir auch taten. Und dann noch einen, und noch ... Shlomo blieb während des Gelages zumeist still. Nicht, dass er den Mund gehaltenen hätte, das wahrlich nicht, er trank und aß, und erzählte sogar einen alten Witz, aber man konnte ihm ansehen, dass etwas an ihm nagte. Schließlich rückte er damit raus. »Sag mal, Kollege«, fragte er mich plötzlich, »hättest du was dagegen, wenn ich mich dir anschließe? Ich möchte auch schon länger weg von hier, bloß hatte ich keine Lust, dabei ohne Gesellschaft zu sein. Und zu zweit ... einen Esel habe ich auch. Und der wird sich schon an deinen Gestank gewöhnen«, sagte er schaudernd, »der arme ...«. Ich überlegte kurz, dann war ich einverstanden. Letztendlich waren wir beide Opfer der Rachsucht eines gewissen Veteranen der Hasmonäischen Kriege geworden, beide teilten wir die Liebe zu den schönen Künsten und beide hatten wir von der Zukunft hier nichts Gutes zu erwarten. Wenn zwei junge, alleinstehende Männer so vieles verbindet, dann bleibt ihnen gar nichts anderes übrig, als gemeinsam loszuziehen. Und einen Freund an seiner Seite zu wissen, wirkt ja auch beruhigend.

Alexandria, wir kommen!

3. KAPITEL

in dem der Verfasser
und Shlomo
in ein Bacchanal geraten
und ihren Mann stehen müssen

Asasel verabschiedete uns schweren Herzens – zu gerne hätte er sich uns angeschlossen, aber was sollte dann aus seinen treuen Ziegen werden … Auch für seine Familie hatte er zu sorgen, obwohl fast alle seine Kinder schon erwachsen waren. Es fällt einem schon schwer, in seinem Alter das Leben von Grund auf zu verändern. Vor etwa zehn Jahren, erzählte er, hätte er sich einem Cousin anschließen können, der in die Welt hinausziehen und ihn zum Mitkommen überreden wollte. Aber zu dem Zeitpunkt war seine Frau wieder einmal schwanger, und auch die anderen Kinder waren noch zu klein, um nicht auf ihn angewiesen zu sein. Von dem Cousin hat er seitdem nie wieder etwas gehört.

So machten wir, Shlomo und ich, uns am frühen Morgen in unsere gewiss glorreiche Zukunft auf, von der wir in Wirklichkeit nicht den Schimmer einer Vorstellung hatten.

Deborah schien gegen die Gesellschaft eines braven Eselmannes nichts einzuwenden zu haben, der ihr zudem einen Teil ihrer duftenden Last abgenommen hatte. Um eben diese Fracht loszuwerden, mussten wir zunächst den Weg nach Caesarea einschlagen.

Zwei Tage später, Anfang des Monats Adar, befanden wir uns in der Nähe von Arimathäa, an der Grenze zu Samaria. Da wir aus schon beschriebenen Gründen beschlossen hatten, die Städte unterwegs zu meiden, umgingen wir Bet-El mit seinem staubigen Basar, und auch Arimathäa wollten wir rechter Hand liegen lassen. Diese Gegend war nicht sehr gut beleumundet: ständig gab es Rangeleien zwischen den Bevölkerungsgruppen – neben einigen Dörfern von Juden, die sich zu den Resten des Stammes Ephraim zählten und daher uns, die wir vom Stamm Yehuda abstammten, nicht grün waren, fanden sich auch Ansiedlungen der noch viel stureren Samariter. Außerdem gab es Dörfer der überaus prüden und argwöhnischen Nazarener, die sich einbildeten, ›bessere‹ Juden zu sein, weil sie glaubten, ihr unter merkwürdigen Umständen verstorbener Rabbiner sei der Messias gewesen. Zuletzt gab es in der Gegend ein paar Dörfer der einst zahlreichen Paganim, mit ihren kleinen Tempeln im alten Baustil. Bei dieser Vielfalt von Frömmigkeit sind Konflikte natürlich programmiert. Besonders, wenn zum Beispiel nazarenische Schafe plötzlich verschwinden und sich dann auf einem Altar der Paganim wiederfinden. Dann laufen die Nazarener zu ihrem Priester, der wiederum setzt den Himmel in Bewegung, damit er die Heiden bestrafe; der Himmel empfiehlt ihm, die Strafe selbst zu verhängen und zu vollziehen, und nun laufen sie, mit Stöcken bewaffnet, auf die Nachbarn zu, die ihrerseits den Jupiter in den Zeugenstand rufen und den aufgebrachten Nazarenern blutige Nasen verpassen. Das alles findet unter größtem Geschrei statt, während das Schaf friedlich auf dem Altar verglüht und alle Götter, inklusive des Einen, lachen.

Wie sich aber herausstellte, war es ein Fehler, Arimathäa zu meiden. Dort hätten wir uns Proviant besorgen und unsere Weinschläuche auffüllen können – einer von uns hätte problemlos, ohne unsere Fracht natürlich, hineinreiten und heil mit dem Proviant auch wieder herauskommen können. So aber hatten wir fast nichts mehr zu essen und noch weniger zu trinken.

An dem besagten Tag wurde es mit Anbruch der Dämmerung sehr kühl. Wir machten halt und zogen gerade unsere Beinlinge aus Ziegenfell an, als aus der Schlucht links vor uns das schneidende Kreischen aufgeregter Frauen emporstieg, begleitet von den Klängen eines Tamburins und sonstiger Krachmacher, die man allgemein als Musikinstrumente bezeichnet. Shlomo und ich sahen einander an. Und in unseren

Augen glomm Hoffnung. Die Hoffnung auf ein Abenteuer. Denn, um ehrlich zu sein, wir hatten beide bis jetzt keine anderen Erfahrungen mit Frauen genossen als rein optische. Wie denn auch – in einem Dorf weiß schließlich jeder alles über jeden, wobei Männer so tun, als ob sie sich nur für Torah und Broterwerb interessierten und Frauen … wer weiß schon, wofür sie sich interessieren, wenn sie nicht gerade rotzige Babys säugen. Wenn wir nun beide also unser Wissen über diese wunderlichen und so aufreizenden Kreaturen der Schöpfung in einen Topf würfen, das Ergebnis fiele trotzdem sehr dürftig aus: meine Erinnerung an die bescheidenen Formen Dinas und Shlomos an die etwas üppigeren der Schwiegertochter Kalebs, des dämlichen Veteranen der Hasmonäischen Kriege, die er allerdings auch nur durch ein kleines Guckloch gesehen hatte und nicht in ihrer ganzen mutmaßlichen Pracht. Dieses Thema hatten wir übrigens in den letzten zwei Tagen ausgiebig behandelt – mit dem Fazit, dass die Theorie zwar auch ganz schön sei, aber mit Erfahrung im Felde nicht mithalten könne. Jetzt waren wir unserer sozialen Bindungen ledig und bereit zu jedem Abenteuer, das unsere Zweifel hinsichtlich Anatomie und Funktionen verschiedener Körperteile beseitigen und unseren Geist erhellen würde. Wir harrten der Frucht der Erkenntnis! Diese freudige Erwartung wich jedoch schnell dem peinlichen Eingeständnis, dass der Käsegeruch, der uns entströmte, uns einen dicken Strich durch die Rechnung machen könnte. Unsere Haare, unsere Kleidung, unsere Esel – alles stank nach diesem schauerlichen Ziegenkäse. Wie würden die Frauen erst kreischen, wenn ihrem Geruchssinn derart zugesetzt werden würde! Zweifelnd bogen wir um einen kleinen Hügel und erschraken: Eine große Prozession ergoss sich aus dem Tor einer gut befestigten Siedlung und strömte in ein anderes Tor wieder hinein. Und so Runde um Runde. Angeführt wurde sie von einem halben Dutzend paganischer Priester auf efeugeschmückten Eseln. Die Priester sahen blass und erschöpft aus, ihre Blicke waren irr und unstet. Als unsere Augen sich an das flackernde Licht und das Getümmel gewöhnt hatten, offenbarte sich uns der Grund: Hinter den Priestern liefen kreischend Frauen, junge und ältere, mit dem gleichen irren Blick, auch sie bekränzt mit Efeu, in den Händen mit Rankenschnitzwerk verzierte Stöcke, gekrönt von einem geschnitzten Pinienzapfen. Trotz der Kälte waren sie kaum bekleidet, von ihren Schultern hingen Fuchsfelle.

»Mänaden« – stießen Shlomo und ich gleichzeitig aus. Uns war sofort klar: Völlig unvermittelt waren wir mitten in ein Bacchanal hineingeplatzt – zwei bald gerupfte Hühnchen inmitten von berauschten Mänaden, wegen des Fuchsfells auch Bassariden genannt. Eine solche Erfahrung im Felde war nicht das, was wir uns erträumt hatten.

Für den Rückzug war es allerdings schon zu spät, denn unsere braven Esel verfielen mit lautem Iah in einen so schnellen Galopp, wie wir ihn von diesen geduldigen und arbeitsamen Viechern niemals erwartet hätten, und stürzten sich mitten in die kreischende Menge. Um nicht gänzlich das Gleichgewicht zu verlieren, mussten wir uns an Mähne und Zügel klammern, während wir mit den Beinen idiotische Kapriolen vollführten. Die Menge stob auseinander und alle Blicke – hoffnungsvolle der sich nach Erlösung sehnenden Priester, und begehrliche der Mänaden – richteten sich auf uns. »Satyrn!!!«, rief plötzlich eine etwa dreißigjährige rundum rundliche Mänade aus, »sei gesegnet, o Dionysos, der Du uns unseren täglichen Wein gibst!« »O-o-o-o-o-o-oh!!! Gesegnet seiest Du, der den Weinstock erschaffen hat«, antworteten ihre Kameradinnen und Priester im Chor. »Ha!«, dachte ich mir, »den zweiten Segen haben sie zweifellos von uns abgekupfert!« Dieser Gedanke beruhigte mich ein wenig. Und überhaupt – der Wein. Sind wir nicht seinetwegen hier? Welche bessere Grundlage gibt es für eine freundliche Verständigung? Keine! Aus dem Augenwinkel sah ich, dass Shlomo wohl ähnliche Gedanken durch den Kopf schwirrten. Und er sah wirklich wie ein Satyr aus: Staubige Locken kringelten sich auf seinem Kopf, kleinen Hörnern nicht unähnlich, seine Beine mit dem gekräuselten Ziegenfell wirkten absolut echt, die Augen glänzten schmalzig und seine Blicke schossen von einer Mänade zur anderen. Vermutlich habe ich auch nicht viel anders ausgesehen. Nun aber wurde die Situation etwas brenzlig, denn die Mänaden umstellten uns, heftig atmend und mit wogenden Busen. Gut, dass sie uns für Satyrn hielten und keinen von uns für einen Orpheus. Warum ich das als beruhigend empfand, brauche ich wohl nicht zu verdeutlichen. Die sechs Priester bahnten sich einen Weg zu uns. Trotz ihrer Weinlaubbekränzung sahen sie zum Erbarmen aus – als ob sie vor Entkräftung gleich hier und jetzt zusammenbrechen würden. Dann wandte sich einer von ihnen an die Mänaden und sagte mit tiefer Stimme: »Meine Schwestern, geduldet euch! Die geehrten Satyrn müssen erst etwas zu essen und zu trinken bekommen, bevor sie ihres Amtes walten können«… »walten müssen«, fügte er nach einer kleinen Pause hinzu. Dies leuchtete den Bassariden wohl ein und sie ließen uns, leicht knurrend, von den Priestern zum Tempel geleiten. Zwei von ihnen führten unsere mit Käse beladenen Gefährten am Zaum. Im Inneren des Tempels, in einem Seitengang, fielen die übrigen Priester gleich übereinander und schliefen ein. Nur einer, ein etwas älterer, der hier offensichtlich den Befehl führte, blieb bei uns, obwohl auch er beim Gehen wankte und sich gelegentlich auf uns stützte. Dass der Käsegeruch von den Priestern nicht sofort wahrgenommen wurde, lag wohl an ihrem erschöpften Zustand, zu dem offensichtlich nicht nur Wein beigetragen hatte. Nun aber fingen selbst die schlafenden Priester an, etwas zu riechen. Ihre Nasenflügel bebten leicht. Der ältere Priester, der bei uns blieb, zog vernehmlich die Luft ein und blickte uns fragend an. Während Shlomo schwieg, klärte ich ihn über unsere Fracht und Aufgabe auf. »Na ja«, meinte er, »dann müssen die Bassariden noch ein bisschen warten, erst ein Bad, und dann …« Schlimmes befürchtend, gab ich mich etwas betreten und blieb stumm, während Shlomo plötzlich zeigte, dass er zu verhandeln versteht. »Erst Verpflegung«, sagte er, »dann Arbeit. Und wie ich sehe, seid Ihr ziemlich geschafft von Eurem Dienst, nicht wahr? Also, zuerst ein Bad, dann ein kräftigendes Essen und erst dann …«, seine Augen glänzten vor kaum gezügelter Erregung, »ran an Eure Bassariden!« Ich war, obwohl jünger, weniger begeistert von dieser Perspektive und fragte den Priester vorsichtig, »wie kommt es, dass Sie und Ihre Kollegen sich kaum auf den Beinen halten können?« – »Nun«, sagte er verlegen, »wir sind schon seit fast einer Woche im Einsatz. Und dabei haben wir rechtzeitig vor fast einem halben Jahr bei der obersten Tempelbehörde in Caesarea den Antrag eingereicht, uns zu den Feiern sechs Satyrn und wenigstens einen *priapus* zu schicken, aber diese …«, er schluckte etwas Unfeines herunter, »… statt dessen schickten sie uns zwei ›besonders erfahrene Bassariden‹, wie es im Begleitschreiben hieß«, und bitter fügte er hinzu, »erfahren sind sie tatsächlich … Und so mussten wir sechs diesen ehrenvollen Dienst selbst versehen, wobei es den da«, er nickte mit seinem bärtigen Kinn in Richtung eines jungen Priesters, der sich unruhig und zappelnd in tiefer Bewusstlosigkeit auf dem Tempelboden wälzte, »besonders hart getroffen hat. Nicht nur, weil er hübsch und noch bartlos ist, sondern weil er eigentlich dem Dienst an

Ganymed geweiht ist, und diese Weiber ihm ein Gräuel sind. Wobei, wie Ihr sehen könnt, sind die meisten von uns etwas betagter und können diesen wahrlich (er hob den Finger) wichtigen Dienst nicht mehr zu unserer und der Bassariden vollen Zufriedenheit leisten. Und obwohl Ihr beide, wie ich vermute, Hebräer seid, erscheint Ihr uns wie *deus ex machina* und kommt, auch wenn ich Euch gehen ließe, an den Bassariden nicht ungeschoren vorbei. Wenn Ihr aber diese Nacht und den morgigen Tag überstanden habt (und das werdet Ihr, so jung und kräftig wie Ihr seid), dann stehen wir tief in Eurer Schuld. Und ich ganz besonders.«

Daraufhin führten uns zwei schwarze Sklaven in einen kleinen Raum, in dem ein Bottich mit lauwarmem Wasser stand. Sie entkleideten uns, rieben uns ab, zogen uns unsere Beinlinge aus Ziegenfell wieder hoch und führten uns zurück in die Tempelhalle. Inzwischen wurde dort aufgetischt. Auf den am Boden ausgerollten gewebten Teppich legte eine schmucke Dienerin mehrere noch warme Fladenbrote, daneben stellte sie eine große Schüssel mit saurer Milch und, zu unserem Unbehagen, eine große Platte mit gegrilltem Ziegenfleisch. Der Priester bemerkte den zweifelnden Blick, den wir uns zuwarfen, und meinte mit süffisantem Lächeln: »Die Milch, meine werten Satyrn, ist ganz frisch, das Fleisch aber nicht mehr ganz ... So können sie beide in keiner Euch verbotenen engen Verwandtschaft zueinanderstehen, greift beherzt zu!« Und wir griffen zu. Auch Wein in einer verzierten Amphora wurde kredenzt. Und er schmeckte vorzüglich. Fladen in die saure Milch tunkend, Fleischstücke in den Mund stopfend (oh, wie waren wir ausgehungert!), spülten wir sie mit fein geharztem Wein hinunter und verscheuchten alle Gedanken an die bevorstehende Prüfung. Halb im Schlaf beobachtete uns der Priester, und als wir völlig gesättigt waren, bedeutete er uns, dass es Zeit sei, zur Tat zu schreiten. Aber erst einmal besuchten wir die hinter dem Tempel versteckten Latrinen (wie ich diese römische Erfindung liebe!), denn nichts ist für einen Mann peinlicher, als im entscheidenden Moment den Ruf der körperlichen Schwäche zu vernehmen. Und dann standen wir bereit. Der Priester führte uns in die längst angebrochene Nacht hinaus auf die Stufen des Tempels, gab jedem von uns eine Phiole mit einem stark riechenden Getränk und bedeutete uns, sie auf ex zu leeren – der Trank würde uns ungeahnte Kräfte verleihen. Bevor er uns verließ, um sich schlafen zu legen, wünschte er uns noch viel Glück. Wir standen alleine da, während unten die von Fackeln beleuchteten Mänaden mit glänzenden Augen anstimmten:

Semeles ruhmvollen Sohnes Dionysos will ich gedenken
wie er erschien am Strande der Salzflut inmitten der
Brandung
auf hochragender Klippe: ganz gleich einem jüngeren
Manne,
jugendlich-frisch, wie schön ihn umflossen in Fülle
die Locken
bläulich-schwarz, einen purpurnen Umhang über
die starken Schultern geworfen...
Und wir versanken...

4. KAPITEL

in dem die beiden den Käse endlich loswerden, einen
jungen Sklaven geschenkt bekommen
und in der Hafenstadt Caesarea Maritima
ihre Firma gründen

Fünf Tage später hatten wir uns noch immer nicht auf den Weg gemacht. Die dankbaren Priester ernannten uns zu Ehrengästen des Tempels und füllten uns ab, als wollten sie uns mästen. Für die nächsten Feierlichkeiten. Die noch vor wenigen Tagen haltlosen Mänaden hatten sich in zärtliche und fürsorgliche Geschöpfe verwandelt. Vor allem eine hatte es mir angetan, sie hieß Pulcheria. Sie salbten unsere von ihnen zerkratzten Rücken und ließen uns auch sonstige Annehmlichkeiten zuteilwerden. Ihre männlichen Verwandten waren ohne Arg, denn als Satyrn, wenn auch zweifelhafter jüdischer Provenienz, besaßen wir einen fast heiligen Status und waren außer Konkurrenz.

Status hin oder her, an diesem besagten Tag erreichten uns erste diskrete Andeutungen, dass unser Käse trotz niedriger Temperaturen und obwohl außerhalb der Stadt in einer Scheune gelagert, zunehmend reife und dass wir, wenn wir uns nicht beeilten, ihn in Caesarea abzuliefern, Gefahr liefen, es überhaupt nicht mehr zu schaffen, denn er verwandele sich in eine zwar ausgesprochen reizvoll duftende, aber halbflüssige und klebrige Masse. Außerdem sollte die Scheune, so war es seit Langem vorgesehen, nun unverzüglich abgerissen werden. Um ehrlich zu sein, der Gedanke, den Käse etwa eine weitere Woche lang zu transportieren, entzückte uns nur mäßig. Sich nach einer so anstrengenden, aber auch wonnevollen Zeit wieder in die Notwendigkeit fügen, diesen stinkenden Misthaufen zu befördern ... Nachdem der ältere Priester höflich, aber entschieden abgelehnt hatte, wenigstens einen Teil des Käses als Geschenk von uns an Dionysos anzunehmen, fingen wir mit Tod im Herzen an, uns moralisch für die Weiterreise zu rüsten. Die Rettung kam, so unerwartet wie willkommen, in der nächsten Nacht. Die Scheune brannte aus. Eine furchtbar aufgeregte Pulcheria behauptete am nächsten Tag,

Dionysos sei in Bezug auf den Käse anderer Meinung gewesen als sein alter Priester und habe ihn sich samt Scheune zur edel duftenden Opfergabe werden lassen. Diese Aussage, von dem sichtlich zufriedenen Priester offiziell beglaubigt und dreifach ausgefertigt – wovon zwei Exemplare (eines für Zrubavel) mir feierlich ausgehändigt wurden –, erlaubte später der Käserei *Pinkas und Söhne*, die Zentrale Tempelbehörde auf Entschädigung und den entgangenen Gewinn erfolgreich zu verklagen. Somit kam die Säumigkeit und Vernachlässigung ihrer Pflichten gegenüber provinziellen Tempelanlagen die Behörde teuer zu stehen. Und ich war entlastet. Man könnte es durchaus als wahre göttliche Gerechtigkeit ansehen.

Unsere Lage hatte Dionysos damit nun einerseits erleichtert, indem er uns unserer Verpflichtungen enthob, andererseits wurde unsere Situation etwas prekär, denn die schwarze stinkende Säule, zu der die Opfergabe geworden war, ging in Form nicht minder stinkender Asche über der kleinen Stadt nieder. Es war klar: Das Bacchanal war vorbei, und wir sollten die Freundlichkeit des dankbaren Volkes nicht weiter strapazieren. Und so kündigten wir an, am nächsten Morgen weiterziehen zu wollen. Die Paganim taten ihr Bestes! Unsere Reisesäcke wurden mit Proviant vollgestopft: Dörrfleisch, Trockenfrüchte, Brotfladen, Halwa ... Eine verweinte Pulcheria brachte ein Hähnchen, gefüllt mit Innereien und Nüssen. Nicht nur, dass sie unsere Weinschläuche auffüllten, sie gaben uns noch zwei weitere – mit ihrem besten geharzten Wein.

Der ältere Priester versah uns mit zwei Empfehlungsschreiben auf *papyri*. Das eine an einen Freund, der im Hafen von Caesarea für auslaufende Schiffe zuständig war, und eines an einen Priesterkollegen in Alexandria, den er uns wärmstens ans Herz legte. Danach nahm er uns beiseite und fragte leise, ob wir bereit seien, ihm einen riesengroßen Gefallen zu tun.

Er habe nämlich einen nichtsnutzigen jungen Tempelsklaven namens Titus, einen Rotzbengel von zwölf oder dreizehn Jahren, niemand wisse es so genau, und der schien neuerdings dem ›griechischen Laster‹ zu verfallen. Jedenfalls bringe er den jungen, dem Ganymed geweihten Priester, den wir kennengelernt haben, in arge Gewissensnöte. Kurzum, er würde ihn gerne loswerden, ob wir ihn nicht als Geschenk annehmen könnten? Er bekäme zum Abschied auch einen Esel sowie einen Satz Kleider. Und vielleicht übe die Gesellschaft zweier so hochbegabter Satyrn (seine Augen blinzelten belustigt) auch einen pädagogischen Einfluss auf ihn aus, sodass er seinem Laster abschwöre und uns eines Tages alle Ehre mache … Und da er an unserer Gutwilligkeit keinen Zweifel hege, sei er so frei gewesen, den Schenkungsvertrag bereits auszufertigen. Er pfiff leise, und aus dem Schatten der dicken Säulen kam dieser Titus, einen beladenen kleinen Esel am Zaum führend. Er, Titus, und nicht der Esel, schaute uns an und grinste.

Und so zogen wir nun zu dritt und ohne den Käse weiter. Erstaunlich, wie so ein Produkt die Wahrnehmung manipulieren kann! Bis dahin waren wir, angeführt und umgeben von einer Duftwolke, jener wohl nicht unähnlich, von der unsere Altvorderen in der Wüste angeführt wurden, buchstäblich unter einer Käseglocke dahingeritten, und jetzt sogen, an diesem frischen Morgen Mitte des Monats Adar, unsere befreiten Nasen genüsslich alle Gerüche Samarias ein.

Schnell durften wir feststellen, dass unser Sklave ein recht kurzweiliger Reisegeselle war. Schon beim ersten Rastplatz zog er aus seinem Gepäck ein Säckchen mit Cannabis – eine äußerst nützliche Pflanze, um, wie alle Paganim behaupten, mit Göttern – ihren Göttern! – in näheren Kontakt zu treten.

Das Säckchen hat er vermutlich aus der Asservatenkammer des Tempels mitgehen lassen. Er entnahm ein paar Krumen, rollte und zermalmte sie gründlich zwischen den Händen. Dann legte er das Häufchen in eine Schale, zündete es an, steckte seine Nase rein und atmete entzückt den Rauch ein. Danach reichte er uns die Schale weiter und wir taten es ihm gleich. Und uns wurde wohl. Wie wir später feststellen konnten, ließ sich das Wohlgefühl sogar noch steigern, indem wir anschließend noch etwas Wein tranken. In umgekehrter Reihenfolge war die Wirkung auch nicht schlechter. Bald gewöhnten wir uns so sehr an die sich weit öffnenden Sinne, dass wir sogar anfingen, über tiefschürfende Dinge zu räsonieren, über die zu räsonieren wir bis dato vermieden hatten, obwohl sie unmittelbar mit unseren vagen Lebensträumen verwoben waren.

Einmal, wir waren einen Tagesritt von Caesarea entfernt, meinte Titus, nachdem wir unser Morgengebet verrichtet, unsere Tefillin wieder eingewickelt und uns nach dem Frühstück etwas Cannabis mit Wein gegönnt hatten, unsere Religion sei schrecklich öde und moralisierend, unser Einer habe, im Unterschied zu den Göttern der Paganim, wenig Sinn für Schönheit. Bei den Paganim gehöre die Schönheit zur Grundlage der Religion. Zunächst waren wir sprachlos, auch wenn diese Frechheit eine gewisse Berechtigung haben mochte, tief im Inneren waren wir überzeugt, dass er sich irrte. Mit einer Kopfnuss für den Unverschämten war diese Behauptung nicht aus der Welt zu schaffen. Ich sah, wie Shlomos Adamsapfel anfing zu hüpfen. »Unsinn«, sagte er, mit dem Zeigefinger Titus anpeilend, »als der Einzige, gesegnet sei sein Name etc., die Welt schuf, begutachtete Er bekanntlich die einzelnen Arbeitsphasen und befand sie für ›gut‹. Was sollte dieses ›gut‹ denn sonst bedeuten, wenn nicht etwas rein Ästhetisches, eine

Empfindung, die außerhalb jeder Moral steht? Die die Ästhetik zur Grundlage einer jeden Schöpfung erklärt?«

Ich konnte ihm nur zustimmen und fiel meinerseits ein: »… und übrigens, als Er in seiner unnachahmlich resoluten Manier uns all die Gebote und Verbote diktierte, da hat Er sich auch nicht viel mit Erklärungen abgegeben – tu dies, tu dies nicht! – es gibt keine auch nur annähernd moralischen Begründungen nach dem Motto, dies sei schlecht, weil … Nur in wenigen Fällen begründete Er seine Verbote, wie im Falle von … dem ›griechischen Laster‹«, fügte ich vielsagend hinzu, »Er sagt, dies sei Ihm zuwider. Punktum. Und dieses ›zuwider‹ ist wiederum reines Empfinden, eine ästhetische Kategorie. Eben Geschmackssache, festgelegt von der obersten Instanz.«

Titus blinzelte nur, erschlagen von so viel Gelehrtheit seitens zweier ehemaliger Satyrn. »Na ja, eine Geschmackssache … über die lässt sich nicht …« – »Und ob!«, fielen wir nun im Chor ein, »schau dir, elender Sklave, deinen Dionysos an, der so viel Geschmack an diesem so furchtbar stinkenden Käse gefunden hat! Wer hätte das gedacht und wer könnte das schon nachempfinden!« Der vollkommene moralische Sieg war unser!

Am nächsten Morgen erreichten wir Caesarea. Es war die erste große Stadt, die ich in meinem Leben betreten habe. Der Kulturschock war dementsprechend. Aber das ist schon so lange her, und die damaligen Eindrücke wurden seitdem von so vielen anderen überlagert, dass ich keine Lust habe, sie zu beschreiben. Außerdem, wer kennt Caesarea nicht und hat nicht ebensolche Eindrücke gehabt? Es ist immer dasselbe … In den großen Hafenstädten gleichen sich selbst die Gauner wie ein Ei dem anderen. Und so eilten wir an dem berühmten Amphitheater vorbei und unter dem nicht minder berühmten

Aquädukt zum Hafen. Zunächst wollten wir alles Notwendige erledigen, uns eine Bleibe suchen, eine Überfahrt nach Alexandria buchen, und erst dann uns der Stadt widmen. Eine kostengünstige Unterkunft fanden wir unweit des Hafens in einer verwinkelten Wohnanlage mit mehreren Höfen und Ställen, in der, wie es schien, vor allem zerlumpte Straßenhändler lebten, schielende Hütchenspieler und imposante, dralle Hafenhuren verschiedener Hautfarbe, auf die wir wohl keinen besonders guten Eindruck machten – zwei verdreckte jüdische Provinzler, an den Beinen verklebtes Ziegenfell und in fleckiger, zerrissener Reisekleidung, die immer noch pestilenzartig stank (oh, dieser unausrottbare *foetor judaicus*). Dazu ein junger magerer Sklave mit verschlagenem Gesichtsausdruck. Nach fetter Beute sahen wir sicherlich nicht aus. Wir schauten einander zweifelnd an – in dieser Aufmachung konnten wir weder unsere Empfehlungsschreiben überreichen, noch uns überhaupt in die Stadt trauen. Unsere widerspruchslosen Esel im Stall untergebracht, begaben wir uns deshalb in die Thermen, nicht weit von unserer Bleibe. Unterwegs kauften wir uns zwei schlichte wollene Tuniken und ebenso schlichte Pänulen mit Kapuzen. Titus war ja von dem Priester mit Kleidung versorgt worden.

Nachdem wir uns den ganzen Dreck und sogar den Käsegeruch von einem feisten lybischen Sklaven mit seltsam weiblichen Hüften wegrubbeln ließen, schlüpften wir in unsere neuen Kleider und begaben uns zunächst zu Zrubavel. Er befand sich in seinem Kontor unweit des Hafens, ein kleiner dicklicher Mann mit Glatze und dem traurigen Blick eines kaiserlichen Leichenbeschauers. Als er vernahm, was seinem lang erwarteten Käse zugestoßen war, beklagte er sein Schicksal, raufte sich die restlichen Haare und weigerte sich, uns seinen Teil unseres Lohnes zu bezahlen, mit der fadenscheinigen Begründung, die Tat Dionysos' sei höhere Gewalt und keine Versicherung würde ihm seinen Verlust ersetzen. Das war der erste Schlag, der uns an diesem Tag traf. Der zweite folgte kurze Zeit später, als wir den Freund des Priesters aufsuchten und ihm unser Empfehlungsschreiben überreichten. Der Aufseher über auslaufende Schiffe war zwar freundlich zu uns, meinte aber, dass wir mit einer Passage nach Alexandria frühestens in einem Monat rechnen könnten, wenn nicht gar später. Kein Schiffseigner würde in dieser Jahreszeit auch nur daran denken, sein kostbares Eigentum den Stürmen anzuvertrauen. Am besten sollten wir in fünf Wochen wiederkommen und Geld mitbringen ... hier nannte er eine Summe, die unsere Barschaft bei Weitem überstieg.

Wie geprügelte Hunde erreichten wir unser Quartier, schenkten uns Wein ein und verfielen in Trübsinn. Es war klar, dass wir uns von unseren Tieren trennen mussten: wir konnten sie weder weiterhin durchfüttern noch nach Alexandria transportieren. Meine treue Deborah verkaufen! Shlomo schien wie versteinert, und nur sein Adamsapfel bewegte sich ruckartig auf und ab. Allein Titus saß entspannt da, sprach tüchtig dem Wein zu und blickte uns nicht ohne Häme an. »Meine edlen Herren«, hob er an, »schaut Euch doch an: selbst ein schwanzloser Priapus sieht zuversichtlicher aus und lässt seine Nase nicht so tief hängen! Seid Ihr nicht die Auserwählten von *Anus Mundi*, von Apollo verhätschelt und von Musen geküsst?« Gerade öffnete er den Mund, um uns weiter zu verhöhnen, als meine Beinlinge aus Ziegenfell, von Shlomo geworfen, ihn stoppten. »Gut, gut, gut ... es reicht«, lispelte er und spuckte Ziegenhaare aus, »aber jetzt mal ernsthaft, die Herren könnten eine Werkstatt eröffnen. Herr Shlomo kann nackte Weiber modellieren und Terrakotten herstellen, Herr ...«, er schaute mich an, »kann sie auf *papyri* zeichnen, und ich übernehme den Verkauf. Modelle dafür haben wir hier reichlich, jeder Größe, Farbe und Reife.« Der Schelm hatte recht. Uns blieb sowieso nichts anderes übrig – irgendwie mussten wir Geld verdienen, nicht zuletzt, um auch diesen Frechling zu ernähren, wie es unsere Pflicht war. Natürlich hätten wir ihn auch verkaufen können, aber irgendwie ... erstens hatte man ihn uns anvertraut und zweitens hatten wir uns an ihn gewöhnt. Und drittens blieb uns diese Option immer noch, wenn ... Und so tranken wir zu dritt auf den Erfolg unseres Unternehmens, dem wir den Namen *Apollos Träne* gaben. Am nächsten Tag verkaufte Titus unsere Tiere an einen jungen griechischen Fuhrunternehmer zu einem völlig überhöhten Preis, mit der Versicherung, dass alle drei bei guter Pflege in einem halben Jahr Silberdenare scheißen würden. Und wenn nicht, würden wir sie zurückkaufen zum selben Preis, abzüglich entsprechender Monatsmieten, für jeden angefangenen Monat, den die Viecher bei ihm zugebracht hätten. Danach gingen wir zum Quartier der Töpfer und mieteten uns in einer geräumigen leeren Töpferei mit einem großen Ofen ein. Deren alter Besitzer war kürzlich von seinen Göttern wohin auch immer abberufen worden und hinterließ ein kräftiges Weib im besten Alter. Und das war unser Glück, denn wir wussten zwar wie man Ziegen hütet, hatten aber keine Ahnung vom komplizierten Vorgang des Brennens. Seine Witwe, Ipsitilla mit Namen, entstammte selbst einer alten Töpferfamilie und kannte den Beruf aus dem Effeff, sodass wir nur die künstlerische Leitung zu übernehmen hatten und eine Menge dabei lernen konnten. Vor allem Titus, den die lebensfrohe Witwe unter ihre wenig mütterlichen Fittiche nahm. Zu seinem anfänglichen Verdruss und unserer aufrichtigen Schadenfreude. Die Töpferei besaß mehrere nebeneinanderliegende Wohnräume, einen Lagerraum mit angrenzendem Ofen, ei-

nen kleinen Tonspeicher, einen Brunnen im Hof und – zur
Straße hin – einen kleinen Laden. Zum Einstand, um in der
Nachbarschaft gut gelitten zu sein, gaben wir für unsere Töp-
fer-Nachbarn ein feucht-fröhliches Fest, bei dem Ipsitilla sich
als ausgezeichnete Köchin erwies, und als der letzte Gast laut
gröhlend davonschwankte, hatten wir unseren Platz in der
werten Töpfergemeinschaft fest etabliert. *Apollos Träne* konnte
nun ihre erfolgreiche Existenz beginnen.

5. KAPITEL

in dem vom Erfolg,
von den Phalli und
vom Zeichenunterricht
bei Meister Kleon die Rede ist

Und wir hatten Erfolg. Zunächst einmal engagierten wir mehrere der Straßenhuren, die uns Modell stehen sollten, modellierten sie handtellergroß in allen möglichen Stellungen. Mit Amphoren, ohne Amphoren, mit Paddel, ohne Paddel, auf allen Vieren und hoch zu Ross, wobei ein Hocker das Tier zu spielen hatte. Gleichzeitig ritzte ich dieselben Figuren mit feinen Stäbchen in den roten Schlick der Teller und Vasen, die der Drehscheibe, eingeklemmt zwischen den kräftigen Schenkeln Ipsitillas, in großer Fülle entsprangen. Anschließend bemalte ich die Figuren mit einer aus Ruß hergestellten schwarzen Farbe und stellte sie in den Ofen. Wenn der Ofen zum Bersten voll war, wurde gebrannt. Sittsam war unsere Produktion sicherlich nicht, aber sehr gefragt. Ganz besonderen Erfolg hatten Darstellungen eines Hermaphroditen, den der unermüdliche Titus irgendwo aufgelesen hatte. Er war sehr vielseitig, taugte sowohl als Priapus wie auch als Herakles und Omphale.

Als gut einen Monat später das Pessachfest gefeiert wurde, waren wir schon geachtete Mitglieder der jüdischen Gemeinde Caesareas, unserem jugendlichen Alter zum Trotz. Einige ihrer angesehenen Mitglieder zählten bereits zu unseren Kunden, die wir noch rechtzeitig vor dem Fest mit neuen Speiseservicen ausstatteten. Bemalt von mir mit Szenen aus der Torah – ›Frau Potiphar greift nach Yaakov‹, ›Tamar mit Yehuda‹ und ähnlich erbauliche Motive. Ganz besonderen Erfolg hatte das komplizierte Motiv ›König Salomon mit seinen Frauen‹. Es zierte einen Pessachteller und hat mich ganze zwei Tage Arbeit gekostet, ständig unterbrochen vom dämlichen Gekicher Ipsitillas und Titus', bis ich sie unter Androhung häuslicher und herrschaftlicher Gewalt aus der Werkstatt vertrieb. Sollten sie doch draußen weiter kichern … Den Teller sicherte sich das Oberhaupt einer der zwei örtlichen Yeshiven für, wie das Oberhaupt frohlockend meinte, »einen ganz exklusiven Sederabend«.

Wie man sich gut vorstellen kann, machte uns die Arbeit Spaß. Nur der Rabbiner unseres Viertels war anfangs noch etwas irritiert. Nicht, dass er prüde gewesen wäre: Er war ziemlich jung und aufgeschlossen und pflegte ein sehr gutes Verhältnis zu Tiresias, dem Oberpriester des Asklepios-Tempels in der Nachbarschaft, doch er ermahnte uns nachdrücklich, kleine körperliche Mängel bei der Anfertigung von Figuren nicht zu vergessen, damit diese nicht als Götzen gebraucht würden. Als wir seine Sorgen zerstreut hatten, brachte er uns mit dem oben erwähnten Tiresias zusammen und empfahl uns diesem. Und damit ergab sich eine weitere Verdienstmöglichkeit: Votivgaben, die fromme Paganim seinem Tempel bringen würden, zumeist bemalte Abbildungen von Körperteilen, die dank der Fürsprache des Asklepios und seines Priesters geheilt werden sollten. Meist lief es so ab: Tiresias empfahl uns seinen Gläubigen, und sie kamen in Scharen zu uns, damit wir ihre Körperteile genau abmessen und abbilden konnten. Von dem Honorar gingen zehn Prozent an Tiresias und weitere zehn Prozent an den Rabbiner, der uns seinen Segen gab. Es war eine für alle Beteiligten äußerst befriedigende Übereinkunft. Die Kunden waren mit unserer Arbeit so zufrieden, dass es bald hieß, die Heilungsquote sei rapide gestiegen. Dies brachte uns weitere Auftraggeber und Tiresias neue Gläubige aus allen Teilen der Stadt. Die von uns angefertigten Votivgaben erfüllten zwar allesamt ihren Zweck, besonders große Erfolge stellten sich jedoch offenbar bei der Heilung spezifischer Männerleiden ein. Deren Behandlung machte bald fast achtzig Prozent unserer Aufträge aus. Selbst ein fünfzigjähriger Greis soll, Gerüchten zufolge, danach geheiratet und seine ehelichen Pflichten erfolgreich erfüllt haben. Und ein Blick

in unseren Ofen, vollgestopft mit Phalli jeder Größe und Be-
schaffenheit, ließ ein jedes frohe Herz höherschlagen.

Und so kam es, dass nach nur sechs Monaten (an die Weiterreise war unter den gegebenen Umständen nicht zu denken) *Apollos Träne* mit Aufträgen so überschüttet wurde, dass
wir kaum noch nachkamen, alle Wünsche zu befriedigen. Eines Abends nach getaner Arbeit besprachen wir, ich, Ipsitilla
und Titus, bei einer Amphora Carmel-Wein sitzend, unsere
Lage und kamen zu dem Schluss, wir bräuchten dringend
einen Gehilfen, den wir anlernen könnten.

Am nächsten Tag suchte ich also unseren Rabbiner auf
und bat ihn, uns einen Lehrling zu empfehlen. Einen Unbekannten von der Straße zu nehmen, war uns nicht ganz ge-
heuer. Der junge Rabbiner zupfte an seinem Bart, der ihm
noch nicht recht wachsen wollte, beschrieb gedankenverloren
Kreise mit dem Zeigefinger der rechten Hand und sagte nach
einer Weile, er habe eventuell einen passenden Kandidaten.
»Er ist vierzehn, mein Neffe, Sohn meiner Schwester. Aber ...«,
er machte eine Pause, »er hat zwar flinke Finger und ist sehr
gelehrig, aber er ist auch ein Tunichtgut und Witzbold. Neulich hat er zwei Wochen lang jeden Morgen in aller Frühe die
Ziege eines Nachbarn gemolken, sodass, wenn dann der
Nachbar kam, um sie zu melken ... tja ... Erst als der Nachbar
sich schließlich entschloss, die Ziege zu schlachten, gestand er
den Streich. Und letztes Jahr, als ich ihm aufgetragen habe, das
Lied der Lieder zu kopieren – der Schelm hat eine sehr schöne
Handschrift und sichere Hand –, da hat er zwischendurch an
mehreren Stellen eigene Verse hinzugefügt, und es waren solche Zoten! Als dann aus dieser Megillah bei feierlichem Anlass
in der Synagoge vorgelesen wurde ...«, er lachte bei dem Gedanken verzückt auf, »ich denke, er ist für euch genau der
Richtige! Ihr werdet euren Spaß an ihm haben.«

Als es etwas später am Tor der Töpferei klopfte, stand da ein schlaksiges Kerlchen mit langen wirren Schläfenlocken und einem vor scheinbarer Frömmigkeit geradezu triefenden Fastengesicht. »Ich bin Nahum«, sagte er und blieb bei uns. Eine sichere Hand hatte er tatsächlich. Er vermaß die Phalli mit der Geschicklichkeit eines erfahrenen Mohel und manch einer zuckte, wenn er in der Hand Nahums das scharfe Messer sah, das man für den Feinschliff der Nachbildungen benutzte. Ein heller Kopf war er auch. Nachdem er sich bei uns eingelebt hatte, zeigte er Initiative, indem er anfing, die Phalli nach dem Abmessen etwas größer zu modellieren. Nicht so groß, dass es unglaubwürdig würde, aber dennoch ... Man bedenke, alle Abbildungen der zu heilenden Glieder waren im Asklepios-Tempel öffentlich und mit Namensschildern ausgestellt. Es konnte noch hingehen, dass man einen kleineren Fuß oder eine kürzere Nase hatte als sein Nachbar, aber was die Phalli betraf, da waren alle Kunden sehr pingelig, da wollte keiner hinter seinem Nachbarn zurückstehen. Zumal auch Frauen die Sammlung besuchen und dementsprechend Vergleiche ziehen konnten. Dies alles führte zu zahlreichen Nachbestellungen besagter Glieder und hatte zur Folge, dass wir zahlreiche neue Kunden gewannen und zwar auch Legionäre aus der in Caesarea stationierten *Legio XII fulminata*, die die Hilfe Asklepios' häufig in Anspruch nehmen mussten, wie es das soldatische Leben eben mit sich brachte. So kam es, dass wir sämtliche Dienstgrade zu unseren zufriedenen Kunden zählen und zum krönenden Abschluss sogar für den Legaten der Legion tätig werden durften. Allerdings hatten wir keine Gelegenheit, ihn zu vermessen – er schickte uns einen Militärtribunen mit genauer Beschreibung und den Maßangaben des besagten Gliedes. Es war beeindruckend.

Nahum war so gescheit, dass wir bald fast die gesamte rein handwerkliche Arbeit auf ihn und Ipsitilla abwälzen konnten. Titus übernahm das Geschäftliche. So konnten Shlomo und ich uns unseren Studien widmen. In dem Bestreben, unsere Modelle einigermaßen naturgetreu mit Kohle und Kreide festzuhalten, verbrauchten wir stapelweise teuren Papyrus. Wäre Titus nicht unser Sklave gewesen, wir hätten von ihm einiges über die Verschwendung zu hören bekommen. Langsam, sehr langsam wurden wir besser.

Eines Tages hörten wir von einem unserer Modelle, einer üppigen Blondine (in unserer Region äußerst selten anzutreffen, was sie sehr gefragt machte), es gebe in der Stadt einen älteren Maler namens Kleon, der sich rühme, als ganz junger Mann sein Handwerk bei dem großen Cornelius Pinus gelernt zu haben, der als Letzter die Wandmalereien in dem berühmten Latrinenraum Kaiser Vespasians gestaltet hatte. Nun lebte er in Caesarea, genoss seine alten Tage, führte gelegentliche Aufträge aus und wäre nicht abgeneigt, Unterricht zu erteilen. Bis jetzt hatten wir noch nie auch nur eine Unterrichtsstunde gehabt. Als reine Autodidakten waren wir eigentlich schüchtern und unsicher, voller Selbstzweifel, was zu kaschieren uns aber recht gut gelang.

Die Blondine zeigte uns, wo er wohnte, wir klopften am Tor und wurden von einem jungen Mannsbild, etwa in unserem Alter, in den Hof eingelassen. Aber von was für einem Mannsbild! Er war groß, mit langen honigfarbenen Haaren und einem ebensolchen welligen Bart, die elegante Tunika, lässig von einer *fibula* zusammengehalten, war sorgsam Falte für Falte geordnet. Große, dunkle Augen im edlen, blassen Gesicht schauten durch einen hindurch. Der höhere Dienst an Musen und Apollo umschwebte sein Haupt. »Der Meister kommt gleich«, sagte er und entfernte sich so würdevoll, dass wir, ziemlich verlegen, meinten, ihn bestimmt in seinem sakralen Dienst gestört zu haben. »Wenn das ein Schüler ist, oder gar Diener, wie sieht dann der Meister aus?«, fragte Shlomo mich leise und kratzte sich an der Nase. Die Antwort kam eilends und polternd eine für uns nicht einsehbare Treppe hinter dem Hauseingang herunter. Sie war eher klein und mager, leicht krummbeinig, mit einer kuppelähnlichen Glatze, auf welcher, fast mittig, eine Erhebung prangte – rund und wohlgestalt, von der Größe eines Silberdenars. Das Gesicht rund, mit kleinen braunen Augen unter breiten zusammengewachsenen Brauen. Seine Tunika stand vorne und hinten etwa eine halbe Handbreit vom Körper ab – so behaart war Meister Kleon.

Wir stellten uns vor und zeigten ihm unsere mitgebrachten Zeichnungen. Der Meister schob seine Unterlippe weit nach vorn und klopfte uns nacheinander auf den Rücken. Ein bisschen gönnerhaft, aber durchaus nicht unfreundlich, gab er uns zu verstehen, dass das, was wir ihm zeigten, Kinderkram sei, wir könnten noch rein gar nichts, müssten erst die Grundlagen erlernen, aber wenn er sich unserer annähme, dann ... nun ja ... vielleicht könnte aus uns noch etwas werden. Nicht, dass wir sonderlich begabt wären, aber das gewisse Etwas sei vorhanden und unter seiner Anleitung ... gegen eine bescheidene Aufwandsentschädigung von sagen wir ... Nun, er würde vorschlagen, wir sollten zweimal wöchentlich zum Unterricht kommen ... etwa am *dies lunae* und *dies mercurii* jeweils um die *hora quarta*, montags und mittwochs gegen zehn Uhr also, und wir würden es nicht bereuen, ganz sicher nicht. Aber jetzt müssten wir ihn entschuldigen, er erwarte heute Gäste und müsse in der Küche nach dem Rechten sehen. Mit diesen Worten schob er uns höflich aber entschieden durch das Tor auf die Straße und verschloss es hinter uns.

Am Montag darauf standen wir um die *hora quarta* vor seinem Haus und wurden wieder hineingebeten. Diesmal vom Meister persönlich. Er führte uns in einen großen hellen, aber mit allem möglichen Gerümpel gefüllten Raum, der ihm als Werkstatt diente und in dem bereits mehrere Jungen, offensichtlich Schüler, an niedrigen Tischen saßen und etwas kritzelten. An den Wänden standen Regale mit Gips-Kopien verschiedener Büsten, Körper- und Gesichtsteile. Meister Kleon teilte uns einen freien Tisch zu, stellte darauf einen Kubus aus Gips und wies uns an, diesen mit einem Grafitstift auf einem Blatt Papyrus naturgetreu zu zeichnen. Mit gekneteter Brotkrume sollten wir alle ungenauen Linien sofort wegradieren und neu zeichnen. War das öde! Alle paar Minuten machte der Meister seine Runde, stellte sich hinter uns und nervte uns mit seiner eintönigen, nasalen Stimme: das da sei falsch, das hier zu ungenau, der Schatten sei zu lang oder zu dunkel ... nein, so wird nie was daraus ... hätten wir denn keine Augen im Kopf? Drei der Schüler, die ähnliche Aufgaben hatten, lächelten mit mitleidigem Gesichtsausdruck, der ihre eigene Verzweiflung verriet; zwei andere, die bereits eine Schale oder eine Vase zeichnen durften, schnaubten nur verächtlich.

Etwas entfernt und seitlich von uns stand der schöne Große von neulich. Vor ihm befand sich ein hohes dreibeiniges Gestell mit einer darauf befestigten Holzplatte, auf der er etwas verewigte. Man kann es nicht anders beschreiben, denn seine Handbewegungen waren von einer solchen Anmut ... Ab und zu trat er ein paar Schritte zurück, strich sich die herabgefallene Stirnlocke aus dem Gesicht und kniff mal das eine, mal das andere Auge zusammen, um dann wieder vor das Bild zu treten und fortzufahren. Was genau er zeichnete, konnten wir aus diesem Blickwinkel nicht sehen, aber ein

Schüler am Nachbartisch, der unsere bewundernden Blicke gesehen hatte, flüsterte uns zu, das sei Fabulus, der Lieblingsschüler des Meisters, der an einer Vorzeichnung für einen wichtigen Auftrag arbeite, den Meister Kleon erhalten habe – ein Entwurf für einen Mosaikboden in der großen Halle der Legionsverwaltung. Unser Respekt wuchs ins Unermessliche, als wir den Meister sahen, wie er die Arbeit seines Schülers betrachtend nur mit der Zunge schnalzte vor ehrlicher Bewunderung. Wie talentiert muss man sein und wie lange hat man zu lernen, bis man solche Höhen erreicht!

Deprimiert widmeten wir uns weiter dem idiotischen Kubus. Unsere beiden Zeichnungen wurden fleckiger und fleckiger, ohne dem Vorbild auch nur annähernd zu ähneln; die Brotkrume, statt zu radieren, verschmierte alles nur. Wie unglücklich wir aussahen! Die Mänaden hätten uns nicht wiedererkannt.

Aber alles endet irgendwann, und dieser erste Unterrichtstag war keine Ausnahme – nach vier langen Stunden befand Meister Kleon, dass es fürs Erste genug sei. Er sammelte unsere Zeichnungen ein und ermahnte uns, nicht zu verzagen, denn auf dem Weg zu den höheren Weihen der Kunst komme man um Dornen und Mühen nicht herum. Und wir sollten nicht vergessen, dass der Lohn im Dienste Apollos zwar überragend sei, aber nur sehr Fleißige es soweit brächten, ihn zu erhalten. Dann mahnte er uns, am Mittwoch unbedingt pünktlich wieder da zu sein. Um unsere Motivation zu steigern, zeigte er uns zum Abschluss, was sein Schüler Fabulus vollbracht hatte. Ein leuchtendes Vorbild, und wenn wir uns Mühe gäben, könnten auch wir irgendwann an wichtigen Aufträgen mitarbeiten. Uns wiederholt auf die Schulter klopfend (es schien seine Art zu sein, Mut zuzusprechen), führte er uns vor das Gestell mit dem Bild. Fabulus trat stolz zur Seite und gab den Blick auf sein Werk frei. Liebevoll schattiert und äußerst realistisch prangte darauf ein Phallus. Nein, nicht irgendein Phallus, sondern der des Legaten der *Legio XII fulminata*. Eine Gips-Kopie seiner von uns modellierten Votivgabe stand auf dem Regal neben dem Gestell.

6. KAPITEL

in dem der Verfasser und Shlomo,
von den Mühen des Zeichnens gebeugt,
durch das Auftauchen
der sagenhaften Phryne
getröstet werden

In der folgenden Nacht bescherten uns sowohl der Kubus wie auch der Phallus des Legaten wahre Albträume. Wie wir am nächsten Morgen feststellten, ähnelten sie sich ganz erstaunlich. Vor allem in ihrer Trostlosigkeit. Hätten wir nicht den einen Tag Pause vor dem nächsten Unterricht, um uns von der tiefsten Selbstentwertung zu erholen, wir hätten wohl hingeschmissen. Aber das hätte bedeutet, einen noch größeren Gesichtsverlust zu erleiden. Zumal Titus, der Unverschämte, als er Shlomo und mich in unserem jämmerlichen Zustand erblickte, Kübel voll Hohn über uns ausschüttete. Der Kubus sei wohl anspruchsvoller als Bassariden, kein Wunder – hier müsse man sich von Augen und Verstand leiten lassen und nicht ... Und so weiter, bis wir ihm schließlich eine Tracht Prügel androhten, die er eigentlich schon früher verdient gehabt hätte. Nahum, der auch dabei war, schwieg zunächst spöttisch, dann blinzelte etwas in seinen Augen und er rezitierte singend mit erhobenem Finger: Rabbi Shmuel ben Nahmani sagte im Namen Rabbi Jonathans: Treu gemeint sind die Wunden, zugefügt von einem Freunde, lästig aber eines Feindes Küsse. Auf wen die Spitze gemünzt war, auf uns oder auf Titus, das wollte er nicht preisgeben. Nur die gute Ipsitilla tröstete uns. So gut sie konnte jedenfalls. Und sie konnte es erstaunlich gut. Ein gutes Abendessen, eine Amphora Wein und anschließend etwas Cannabisrauch stellten unser seelisches Gleichgewicht schließlich wieder einigermaßen her. Und so fassten wir uns ein Herz und gingen am Mittwoch abermals zum Unterricht bei Meister Kleon.

Der vermaledeite Kubus wartete schon auf uns. Diesmal waren wir jedoch vorbereitet und schlugen uns besser. Das sah wohl auch unser Quälmeister, und so gab er uns im Laufe der nächsten Wochen andere geometrische Gegenstände zum Abzeichnen, ohne in seinen nervtötenden Belehrungen nachzulassen. Was wir zwar mit wachsender Abscheu und ohne jede Eleganz, die dem Glückspilz Fabulus so eigen war, aber doch immerhin irgendwie bewältigten. Und zu unserem Erstaunen stellten wir fest, dass diese stupide Arbeit Früchte trug. Wenn wir dann in unserer Werkstatt nach lebendigen Modellen zeichneten, fühlten wir uns freier als je zuvor und unsere Hände entwickelten eine gewisse Selbstständigkeit. Auch eine tiefere Einsicht in das, was wir erreichen wollten, stellte sich ein. Allerdings verloren sowohl Shlomos Terrakotten wie auch meine Keramikmalereien zunehmend ihre Unbekümmertheit. Sie wurden handwerklich besser und langweiliger. Nicht, dass es unsere Kunden störte, wir hatten sogar immer größeren Zulauf, aber der Spaßfaktor litt erheblich. Wir wurden zwar langsam besser, waren aber noch lange nicht gut genug, um das Gelernte zu überwinden. Erst im Nachhinein habe ich das verstanden, damals aber breitete sich in mir eine undefinierbare Unzufriedenheit aus. Shlomo erging es nicht anders. Nicht, dass wir nun trübsinnig wurden, diese Unzufriedenheit betraf hauptsächlich unsere gewerbliche Tätigkeit. Das Zeichnen an sich, außerhalb unseres öden Unterrichts, machte uns weiterhin großen Spaß. Aber dann bekamen wir eine Aufgabe, die uns auch in gewerblicher Hinsicht anspornte. Unter den Modellen war auch eine schöne Frau unbestimmten Alters, deren Familie aus Thessalien stammte und etwa fünfzehn Jahre zuvor nach Caesarea übergesiedelt war. Diese Frau war dafür bekannt, dass sie in der Ausübung ihres Hauptberufes nur ausgewählte Kunden empfing: ausschließlich besonders kräftige und grobe Legionäre, die zu zähmen und zu brechen ihr so gefiel. Daher war sie ebenso wie ihre Kunden vernarbt und äußerst … strapazierfähig. Selbst in den unbequemsten Stellungen konnte sie lange verharren. Eigentlich hatte sie es gar nicht nötig, bei uns zu arbeiten, und es war auch keine

Arbeit im üblichen Sinne. Es bereitete ihr Vergnügen, für uns zu sitzen. Sie war nämlich mit Ipsitilla befreundet, kam öfters zu Besuch und dann auf die Idee, bei uns einen Satz Amphoren, Teller und Becher in Auftrag zu geben, alle mit Darstellungen aus ihrem beruflichen Alltag, mit ihr und ihren glücklichen Kunden als Hauptfiguren. Und auch wenn ihre dargestellten Kunden keine Ähnlichkeit mit den realen haben sollten, so sollte sie selbst unzweifelhaft zu erkennen sein. Der Auftrag stellte uns vor gewisse Schwierigkeiten. Für Szenen etwa, in denen sie peitscheschwingend einen furchterregenden Krieger am Halsband führt, brauchten wir nur sie als Modell, alles andere konnten wir uns vorstellen oder mit einem männlichen Modell nachstellen. Andere aber, wesentlich intimere Szenen, in denen sie diesem Krieger dann zum Schluss sozusagen das Licht ausbläst oder schon zuvor, bei der Schändung seines Männerstolzes – uns das vorzustellen, war uns schlicht unmöglich. Unsere Erfahrung gab es nicht her. Zunächst hatte ich die Idee, Titus als ihren Partner einzusetzen. Phryne, so war ihr Pseudonym, unter dem sie bekannt war, zeigte sich skeptisch, ob Titus so eine Sitzung aushielte. Der Betroffene selbst wurde blass, als wir ihm eröffneten, was ihn erwartete. Zunächst wollte er sich verweigern, aber als wir ihn an seinen Stand erinnerten und daran, wie oft er sich herausgenommen hatte, sich auf unsere Kosten zu amüsieren, auch daran, dass Kunst (laut Meister Kleon) Opfer fordere, da verstummte er. Die moralische Überlegenheit, die wir ihm gegenüber nur selten verspürten, tat uns gut. Doch am Ende wurde leider nichts daraus. Oder fast nichts. Die erste Sitzung hatte gerade erst angefangen und wir begannen, eifrig auf den *papyri* festzuhalten, wie Phryne, Titus zwischen ihren Knien einklemmend, sich leidenschaftlich daran machte, ihm sein Sitzpolster zu markieren. Bevor es jedoch richtig zur Sache ging, platzte eine fürchterlich aufgeregte Ipsitilla in unsere Sitzung und riss Titus an sich. »An mich habt ihr wohl überhaupt nicht gedacht!«, zischte sie und entschwand in ihren Teil des Hauses, den nackten, zitternden Titus im Schlepptau. Die Sitzung war ruiniert. Und so schlug Phryne vor, sie könne vielleicht den einen oder anderen ihrer Kunden fragen, ob er nicht bereit sei, sich von ihr in unserer Anwesenheit glücklich machen zu lassen. Als Gegenleistung könne sie ihnen einen großzügigen Rabatt anbieten, und wenn wir versprächen, dass sie auf den Bildern gut wegkämen, oder besser noch – sehr gut, dann ließe sich wahrscheinlich etwas machen. Und ob wir einverstanden waren! Sie könne ihren Kunden versprechen, sie würden zufrieden sein. Schließlich war selbst der Legat von unserer Arbeit in hohem Maße angetan. Ich weiß nicht, welches Argument den Ausschlag gegeben hat – der Legat oder der großzügige Rabatt oder auch beide in Kombination, aber gleich mehrere Legionäre, darunter sogar ein *primus pilus* – der ranghöchste *centurio* – , erklärten sich bald ohne groß nachzudenken zu den entsprechenden Sitzungen bereit.

Der geschäftstüchtige Titus, der guten Phryne gerade noch rechtzeitig von der Schippe gesprungen, empfahl mir (Shlomo wollte sowieso Szenen lieber modellieren), nicht nur Skizzen von dieser *actuositas* anzufertigen, die dann auf die Keramik übertragen werden sollten, sondern zu versuchen, echte Bilder zu malen. Zu diesem Zweck kaufte ich mir ein Dutzend glatte Zedernholztafeln und wandte mich an Meister Kleon um Rat, wie und mit welcher Technik ich sie am besten grundieren sollte. Der Meister hörte mich an, begann dann, mir eine längere Predigt über mein fehlendes Können und die Schwierigkeiten des Vorhabens, das meine Fähigkeiten bei Weitem übersteige, zu halten, brach dann jedoch ab und schlug stattdessen vor, mir jede technische Hilfeleistung angedeihen zu lassen, wenn er auch mit von der Partie sein dürfe. Als Künstler natürlich und nicht als Phrynes Sparringspartner. Ich versprach, bei Phryne ein gutes Wort für ihn einzulegen und tat es dann auch. Und Phryne war von der Aussicht, dass ein so berühmter Maler wie Meister Kleon sie malen würde, entzückt. Weil zunächst vier ihrer Kunden ihre Bereitschaft erklärt hatten, wurden zunächst auch vier Termine angesetzt. Jeweils drei Stunden. Nicht länger, weil eine solche Aktion nicht nur Phrynes Klienten, sondern auch Phryne selbst alles abverlangte, und auch uns würden diese drei Stunden konzentrierten Zeichnens, Modellierens und Malens aller Kräfte berauben. Eigentlich wollten wir so schnell wie möglich mit dem Vorhaben beginnen, aber Phryne meinte, für eine öffentliche Veranstaltung dieser Art noch nicht in Form zu sein und verschrieb sich eine Woche Massagen und Einreibungen mit Kyphi. Da dieses Zeug aus mehr als einem Dutzend Bestandteilen gemixt wird – darunter Myrrhe, Mastix, Kardamon, Rosinen, Wein und Honig (genau nachzulesen bei Pedanios Dioscurides) –, dauerte es schon allein zwei Tage, um die Zutaten zu besorgen und es herzustellen. Wir mussten uns also gedulden. Das ließ uns aber auch Zeit, uns gründlich vorzubereiten: Holztafeln wurden grundiert, Farben hergestellt, wobei Meister Kleon mir empfahl, mich für Wachstempera zu entscheiden – also Pigmente mit *sal ammoniacus* und leimemulgiertem Wachs zu verreiben. Ich sollte auch Wachs zum Modellieren benutzen, denn der Ton und der ganze ihn begleitende Dreck kamen für Phrynes Studio natürlich nicht infrage.

Phrynes Haus oder Studio, wie sie es nannte, befand sich naturgemäß nur einen Steinwurf vom Hafen entfernt, in der *Via lupanari*: ein geräumiges Haus mit einem großen Atrium, in das sie nun ihre *actuositas* verlegt hat – sonst empfing sie ihre Kunden in einem speziell eingerichteten schalldichten Raum. Dort hätten wir allerdings nicht genug Platz für uns und unsere Gerätschaften gehabt, und dunkel war der Raum auch. Das Atrium aber war hell und erlaubte uns, alles aus verschiedenen Blickwinkeln zu betrachten. In seiner Mitte hatte Phryne ein Podium aufgebaut und es mit persischen Decken und Kissen ausgelegt. Halsbänder, Ketten und Peitschen lagen auf einem runden Beistelltisch. Die Luft war erfüllt vom schweren süßen Duft einwöchiger Einreibungen. Meister Kleon, der ihn genüsslich einsog, befand, es dufte wie in einer Werkstatt ägyptischer Einbalsamierer. Im Übrigen war der Meister seltsam aufgeregt, hatte rote Flecken im Gesicht, scharrte mit den Füßen und schien regelrecht zu dampfen. Vielleicht war es sein Alter, das ihn so unruhig machte – immerhin war er schon über vierzig und dementsprechend etwas kränklich.

Der Legionär, der am ersten Tag dran war, sah ganz anders aus – ein kräftiger *centurio*, gebürtig aus Illyricum, was an seinen kurzen Beinen und ausladenden *clunes* – den Pobacken – zu erkennen war, mit vielen Narben, die bei seinem Beruf nicht verwunderten, einige waren jedoch so frisch, dass sie in Anbetracht dessen, dass die Legion schon längere Zeit nicht an irgendwelchen Kampfhandlungen teilnahm, nur von Phryne oder vielleicht einer anderen Dame stammen konnten. Vor allem sein unbehaarter Rücken war böse zerkratzt. Meister Kleon mit seinem dichten Haarwuchs am ganzen Oberkörper wäre vermutlich weniger gefährdet. Der *centurio* und Phryne also, beide nackt, nahmen, noch etwas schüchtern, Platz auf dem Podium, wir an unseren Tischen mit Holztafeln, Wachs und Farben – und die Arbeit konnte beginnen.

Es ist nicht nötig zu beschreiben, was vorne auf dem Podium geschah, jeder schließlich kennt das oder hat es schon mal gesehen. Und wenn nicht, dann kann man das bei Athenaios, Petronius oder Martial nachlesen – in allen Einzelheiten. Außerdem soll der offizielle Schreiber des Legaten, Rufus mit Namen, eine *memoria* über seine Zeit in Caesarea verfasst haben, wo er ausführlich auf Lustbarkeiten in der Stadt eingeht und auch unsere Phryne und ihre Dienste namentlich erwähnt.

Wir zeichneten und malten also fieberhaft, mit den Augen dem Stift und Pinsel weit voraus, um dem Treiben irgendwie auf der Spur zu bleiben. Anfangs störten uns das laute Aufstöhnen des einen und das kehlige Triumphgeschrei der anderen, aber bald gewöhnten wir uns daran. In besonders interessanten und schwierigen Stellungen konnten wir sie sogar innehalten lassen. Dafür hatten wir ein kleines, auf dem Tisch bereitliegendes Glöckchen zu läuten. Besonders oft nutzte diese Möglichkeit Meister Kleon, um, wie wir später feststellten, das Wechselspiel im Gesicht des *centurio* festzuhalten, der in diesen Momenten wirklich sonderbar aussah. Nach einiger Zeit durften die beiden ihre Bewegungen fortsetzen, und so ging es weiter. Etwas schwieriger war es, wenn wir sie baten, in eine Stellung zurückzukehren, die sie zwei, drei Augenblicke vorher eingenommen hatten, es kostete beide sichtlich mehr Willensanstrengung und durfte nicht oft passieren. Als das Treiben nach drei langen Stunden zu Ende war, waren wir alle schweißgebadet und ziemlich benebelt. Der *centurio* schien glücklich zu sein. Er strahlte im Glanz neuer frischer Striemen im Gesicht. Phryne strahlte Zufriedenheit nach erfolgreicher Arbeit aus, und wir waren im Zustand geistiger und körperlicher Auflösung, in der man nicht mal sagen kann, ob man mit sich zufrieden ist. Meister Kleon bedankte sich bei Phryne und dem Soldaten, klemmte seine Zeichnungen und Bilder unter den Arm und wankte auf zittrigen Beinen aus dem Studio. Wir blieben, und die nach wie vor nackte Phryne ließ Wein und ein Tablett mit Süßigkeiten auftischen. Wir alle machten es uns auf dem zerwühlten Lager bequem, es war Zeit, sich zu entspannen. Der *centurio* entpuppte sich als kurzweiliger Bursche und gab eine Geschichte zum Besten, wie er sich in seiner Heimat mal an einer Jagd auf Zentauren beteiligt hat. Zwar hatten sie keinen Einzigen erlegt, dafür zechten sie danach die ganze Nacht mit einer Gruppe reisender Satyrn und Dryaden, die unterwegs zum großen Markt von Aquileia war. Angeregt stießen wir mit ihm an, tranken den Wein auf ex und das Wohl aller, dann war seine Zeit gekommen, und er schlief glücklich erschöpft ein. Wir verabschiedeten uns von unserer Gastgeberin – der nächste Tag war ein Shabbat und wir hatten noch Besorgungen zu machen.

Die weiteren Sitzungen verliefen (mit jeweils zwei Tagen Abstand, um den Kopf wieder frei zu bekommen) ähnlich. Nur Meister Kleon hatte uns irgendwann während der dritten Sitzung verlassen – ihm war schwindlig geworden, Schweiß brach ihm aus, er fasste sich ans Herz und meinte, das sei alles zu viel für ihn, er sei so viel Aufregung nicht mehr gewöhnt und wir sähen uns dann später bei ihm im Unterricht. Damit verpasste er etwas. Denn beim vierten Termin war *centurio* Valerius Serenus dran, der schon erwähnte *primus pilus*. Er war ein sehr stolzer Römer, etwas älter als die Legionäre zuvor, aber sehr kräftig und kampferfahren. Seinem Rang machte er alle Ehre. Als Phryne endlich mit ihm fertig war, hatten wir einen zwar glücklichen, aber völlig erschöpften und gebrochenen Mann vor uns. Und absolut kriegsuntauglich. Es war absehbar, dass seine Rekonvaleszenz einige Zeit in Anspruch nehmen würde. Nur gut, dass die Zeiten recht friedlich waren.

Unsere Ausbeute aber war nach diesen vier *actuositates* schlicht gigantisch. Mehrere Wochen lang war ich damit beschäftigt, aus den schnell auf die Holztafeln hingeworfenen Skizzen fertige Bilder auszuarbeiten. Es wurden insgesamt fast zwei Dutzend. Um mein Versprechen gegenüber Phryne zu erfüllen, hatte ich gewisse Veränderungen vorzunehmen, damit die Legionäre auch in dieser Hinsicht auf ihre Kosten kämen. Als Nahum von den Bildern zahlreiche Kopien anfertigte, fand er die von mir gemachten Veränderungen nicht ausreichend und bestückte unsere Helden so großzügig, dass es schon ans Erhabene grenzte oder diese Grenze sogar überschritt. Anfänglich regte mich seine Eigenmächtigkeit auf, verletzte gar meinen künstlerischen Stolz, aber der überwältigende Erfolg gab ihm recht – alle Betroffenen wollten diese Kopien haben und gaben immer wieder neue in Auftrag. Nur an der Darstellung Phrynes musste man nichts ändern, sie war perfekt. Und glücklich war sie auch, als sie das von mir bemalte Tafelgeschirr bekam, das sie bei uns bestellt hatte, der Auftrag, der für uns so folgenreich werden sollte. Shlomo war sogar noch erfolgreicher. Er fertigte nicht nur eine große Anzahl von Skulpturen in gebranntem Ton an, sondern, als er einsehen musste, dass er gar nicht nachkam, die Nachfrage zu befriedigen, machte er davon Gipsmodelle und ließ die Plastiken von einem hiesigen Bronzegießer in schönster Bronze ausführen. Als einer unserer Legionäre einige dieser Bronzen etwas später mit in den Heimaturlaub nahm, trug uns das einen wichtigen Auftrag ein: einen Relieffries für den Venus-Tempel in Baiae, dem Hafen der für ihre Lebensfreude berühmten Stadt Cumae. Unsere Lehre bei Meister Kleon setzte sich gleichzeitig fort. Nun durften wir uns, statt an Kubus und ähnlichem Zeug, an einer Gipsbüste die Zähne ausbeißen. Und ich komme nicht umhin, dem Meister Kleon kleinliche Rachegefühle zu unterstellen. Obwohl wir wahrlich nichts dafürkonnten, dass seine Gesundheit ihn bei Phryne im Stich gelassen hatte. Denn anders kann ich mir nicht erklären, dass er uns ausgerechnet den Kopf des Apoxyomenos zeichnen ließ. Es schaudert mich bis heute, wenn ich nur an ihn denke – seine schwammigen, weibischen Konturen waren schlicht und einfach nicht einzufangen, egal was man tat, es stimmte nicht. Nirgendwo konnte man ansetzen, um seine Charakterzüge zu erfassen. Er hatte keine. Stunde um Stunde verschmierten wir die *papyri*, aber es nützte nichts. Da haben wir richtig gelernt, das Zeichnen zu hassen. Nur ein Gutes hatte das Ganze – es verhinderte, dass uns der Erfolg zu Kopf stieg.

7. KAPITEL

in dem Asasel Phryne
in null Komma nichts erobert

Eines Abends, als wir mit Phryne, die schon fast unserem Haushalt angehörte, nach beendetem Tagwerk im Kreis um eine große Platte mit in Granatapfelsaft gesottenem Lammfleisch saßen, klopfte es an unserem Tor. Titus ging öffnen und kehrte zurück mit zwei winzigen verwilderten Gestalten, die Beinlinge aus Ziegenfell (ähnlich denen, an die Shlomo und ich noch gelegentlich mit Wehmut dachten) und einen blubbernden Weinschlauch trugen. Die eine Gestalt war noch jung und schüchtern, vielleicht fünfzehn Jahre alt, die andere, vergnügt und strahlend, war alt und runzlig, soweit man der Runzeln unter dem wilden Gestrüpp, das sein Gesicht umgab, überhaupt ansichtig werden konnte – es war kein anderer als unser alter Freund Asasel. Wir umarmten uns, klopften einander auf die Schultern, und ich machte ihn mit den Anwesenden bekannt. Er begrüßte alle, verbeugte sich lächelnd und galant vor Ipsitilla, trat vor Phryne, schaute sie nur an und pfiff leise, den Pfiff mit einem halbblauten Halleluja! begleitend. Und dann fuhr er, ohne mit der Wimper zu zucken, fort:

Siehe, du bist schön, meine Freundin, siehe, du bist schön; deine Augen sind Tauben hinter deinem Schleier; dein Haar gleicht der Ziegenherde, die vom Bergland Gilead herabwallt.

Deine Zähne gleichen einer Herde frisch geschorener Schafe, die von der Schwemme kommen, die allesamt Zwillinge tragen, und von denen keines unfruchtbar ist.

Deine Lippen sind wie eine Karmesinschnur, und dein Mund ist lieblich; wie Granatäpfelhälften sind deine Schläfen hinter deinem Schleier.

Dein Hals gleicht dem Turm Davids, zum Arsenal erbaut, mit tausend Schildern behängt, allen Schilden der Helden.

Deine beiden Brüste gleichen jungen Gazellen, Gazellenzwillingen, die zwischen den Lilien weiden …

Der alte Faun riskiert eine ganz schön dicke Lippe, dachte ich bei mir und wurde prompt eines Besseren belehrt, denn Phryne – unsere Phryne! – wurde plötzlich ganz rosig und schlug schamhaft die Augen nieder, während wir den unsrigen nicht trauten. Nur Titus lachte lauthals und nicht ohne Häme, wofür er sich von Ipsitilla postwendend eine unsanfte Klatsche einhandelte.

Als wir dann alle am Tisch saßen, der Wein aus dem Schlauch in eine Amphora umgefüllt, zartes Lammfleisch verschlingend, erzählte Asasel, dass Gerüchte über unseren und *Apollos Träne*-Erfolg bis nach *Anus Mundi* vorgedrungen seien, wodurch er auf die Idee verfallen war, uns zu bitten, Amos, seinen zweitältesten Sohn (bei diesen Worten tätschelte er die Wange des Jungen) als Lehrling aufzunehmen, denn er habe kein Talent fürs Ziegenhüten, er träume nur davon, mit uns in die weite Welt zu ziehen. Und auch er, Asasel, habe Lust, auf seine alten Tage, zumal er vor gut einem Jahr Witwer geworden sei, noch etwas zu erleben (unmerklich verirrte sich seine schwielige Hand in Richtung Phrynes Knie, die sich jedoch nichts anmerken ließ). Und so habe er seine Ziegen dem ältesten Sohn überlassen und sich auf den Weg zu uns gemacht. Er prostete uns zu, und sein Blick wanderte fragend von einem zum anderen, bis er, bei Phryne ankommend, begehrlich aufleuchtete. Aber natürlich, meinten Shlomo und ich, könnten die beiden bei uns bleiben: Amos könnte Titus im Laden zur Hand gehen und, wenn sich herausstellte, dass er künstlerisches Talent habe, könne er auch Nahum behilflich sein. Und was Asasel selbst betraf, so ließe sich ... da mischte sich plötzlich eine heftig errötende Phryne mit dem Vorschlag ein: Wenn wir keine Einwände hätten, sie habe für Mar Asasel eine Beschäftigung, er könne ihr eine große Hilfe sein. Näheres könne sie uns noch nicht erklären, aber ... ihr schwebe etwas sehr Gutes vor … Asasel hüpfte vor Freude, während wir sprachlos und mit ungläubigen Augen dasaßen. Allein Amos lächelte den Vater etwas verlegen an.

Schließlich war das Lamm aufgegessen, der Wein getrunken und der Abend zu Ende. Phryne stand auf, verabschiedete sich und machte, abermals tief errötend, Asasel ein Zeichen und sagte, dass er, wenn er wolle, mit ihr kommen könne, sie habe in ihrem Hause reichlich Platz. Asasel, fast zwei Köpfe kleiner als sie, hakte sich sofort bei ihr unter, und sie gingen. Zum Abschied meinte Asasel, er komme morgen zum Frühstück. Wäre Amos nicht gewesen, wir hätten sicherlich gewettet, wann und ob der arme Asasel wieder imstande sein würde, hier zu erscheinen. Und wir hätten alle verloren, denn am nächsten Morgen schon zur *hora prima*, also gegen sechs Uhr morgens, stand er vor uns, vor Glück fast platzend, und ließ eine endlose Schilderung über uns niedergehen, was für eine zartfühlende Frau doch die schöne Phryne sei, wie unbeschreiblich weiblich und devot.

Asasel blieb bei Phryne als ihr Hausmeister, Fertige-Kunden-Entsorger und, wie die gute Phryne immer wieder unterstrich, ihr Meister und Gebieter. Ihr Beruf störte ihn nicht im Mindesten. Im Gegenteil, wenn der Kunde nichts dagegen hatte, nahm er als Zuschauer teil an den Liebesübungen, unterstützte beide mit Lob oder Ratschlägen und dankte für die erbrachte Leistung mit begeistertem Applaus. Das kam so gut an, dass manche Kunden Anstalten machten, ihn entsprechend zu entlohnen, weil seine Anwesenheit ihre Kräfte steigere. Was er allerdings immer mit der Begründung ablehnte, eine gute Tat sei schon Lohn an sich. Wobei er verschwieg, dass zu diesem Lohn später auch eine ausgetobte, zärtliche und gefügige Phryne gehörte. Nur in einem Punkt hatte er eine kleine Kröte zu schlucken – Phryne entlockte ihm das Versprechen, tagein, tagaus seine Beinlinge aus Ziegenfell als eine Art Uniform zu tragen, sie würden sie ungeheuer erregen und inspirieren. Asasel blieb nichts anderes übrig, als sich zu fügen. Um vor Hitze nicht umzukommen, sorgte er für etwas Ventilation, indem er zwischen einzelne Ziegenlocken kleine Löcher schnitt, die man von außen nicht sehen konnte. Das hat, wenn auch nicht viel, so doch ein wenig Abhilfe geschaffen. Aber was zählen schon solche Kleinigkeiten im Vergleich zur Liebe der schönen Phryne!

Amos blieb bei uns und machte sich tatsächlich nützlich. Unter Nahums Aufsicht grundierte er Holzplatten und zerrieb Pigmente. Für Titus spielte er den Boten, belieferte den Asklepios-Tempel mit fertigen Votivgaben und schäkerte unterwegs mit Frauen. Mit großen Frauen, denn wie sein Vater war auch er nur an den großkalibrigen interessiert. Und sie waren ihm gegenüber in der Regel auch aufgeschlossen. Vielleicht weckte er ihre mütterlichen Gefühle, wer weiß das schon ...

Unser Unterricht bei Meister Kleon aber fand eines Tages ein abruptes Ende. Der Meister verstarb plötzlich in den Armen einer Hetäre aus der *Via lupanari*. Sein Herz war einfach stehen geblieben. Wir, seine Schüler, sorgten für einen würdigen Sarkophag, in dessen Außenwände Shlomo einige Szenen aus dem aufregenden Leben des Meisters meißelte – sein erster Versuch als Steinbildhauer. Besonders gut war ihm die Szene des Ablebens gelungen – voller Dramatik und echter Gefühle. Als Vorlage diente ihm eine meiner Skizzen mit Phryne und dem *primus pilus*. Nach der ergreifenden Trauerfeier gingen wir alle auseinander. Später übernahm der schöne Fabulus die Werkstatt, indem er die hübsche junge Witwe des

Meisters ehelichte. Niemand von den anderen Schülern neidete ihm das, denn er war bei allen gut gelitten.

Inzwischen lebten wir schon seit gut drei Jahren in Caesarea und waren hier so etabliert, dass wir es uns sogar leisten konnten, Aufträge auch abzulehnen. So traten mal einige Honoratioren der Gemeinde der *carpocratiani*, einer relativ neuen Abspaltung der Nazarener-Sekte, mit dem Ansinnen an uns heran, ihnen ihr Bethaus auszumalen. Wir verwiesen darauf, dass unser Gesetz uns verbietet, einen fremden Gottesdienst zu begünstigen und damit daran Teil zu haben. Aber es war nicht nur das, was uns, und mich ganz besonders, störte. Nach den merkwürdigen Vorstellungen der *carpocratiani* haben die Gläubigen alle möglichen körperlichen Sünden und Ausschweifungen zu begehen, um sich dadurch – das verstehe wer will! – davon zu befreien. Sündigen, nicht um Freude zu empfinden, sondern um zähneknirschend das angebliche Heil zu erlangen! Als wir das eines Abends in Anwesenheit Phrynes und Asasels besprachen, waren beide fast explodiert – niemals habe ich einen gerechteren und tugendhafteren Zorn erlebt. Phryne selbst hing zunächst, dank dem häufigen Umgang mit Legionären, die zumeist dem Mithraskult huldigten, demselbigen an. Sie hat sogar einmal versucht, sich zu dem unterirdischen Mithräum, unweit des Viehmarktes, Zutritt zu verschaffen, aber als die dort versammelten Legionäre ihrer ansichtig wurden, haben sie Phryne mit aufrichtigem Bedauern, aber ganz schnell wieder hinausbefördert. Sie hat noch nicht mal herausfinden können, wer von denen welchen Weihegrad hatte. Nun aber, da sie in Asasel verliebt war und den Alten als ihren Meister betrachtete, fing sie an, sich für den Einen zu interessieren. Und das ging mir, ich gestehe es, bisweilen auf die Nerven. Wenn wir, Asasel, ich und Amos, gemeinsam beteten, war Phryne so manches Mal dabei und schaute fasziniert auf ihren Liebsten, oder besser gesagt auf einen sich wiegenden gestreiften Gebetsmantel mit kuscheligen Ziegenfellbeinen darunter. Wie so viele Frauen, hatte sie eine natürliche Schwäche für alles Übernatürliche, für Mysterien. Und als Nahum ihr eines Tages in allen Einzelheiten darlegte, wie der Eine die Welt erschaffen und ihren Asasel aus Ägypten geführt hat, war sie hingerissen und schaute mit noch mehr Bewunderung auf Asasel herunter.

Das brachte mich auf die Idee, als Geschenk zu Phrynes Geburtstag, ein Porträt von ihm anzufertigen. Als Faun auf Tellern und Amphoren hatte ich ihn bereits öfters verewigt, aber ein Porträt hatte ich überhaupt noch nie gemalt. Gleichzeitig wollte ich eine für mich neue Technik ausprobieren – die Enkaustik. Deswegen ging ich zu Fabulus, der damit schon einige Erfahrungen gesammelt hatte, als er, noch zusammen mit Meister Kleon, einige Bilder für das Gebetshaus der Nazarener schuf, um ihn um ein paar Tipps zu bitten. Fabulus war sehr freundlich und hilfsbereit, machte aber keinen so unbeschwerten Eindruck wie früher. Auch seine langen Haare fingen an, sich zu lichten. Auf meine Frage, wie es bei ihm mit den Musen und Apollo stehe, bekam ich nur ein müdes Lächeln zu sehen – die Werkstatt, die Ehe ... ach was soll's ... Zur Enkaustik meinte er, die Technik sei zwar sehr unhandlich, aber wenn ich es mir unbedingt antun wolle, dann sei er gerne bereit, mir das Wenige, was er könne, zu zeigen, er habe gerade wieder so einen nazarenischen Auftrag und ich könne ihm dabei behilflich sein. Die Technik hatte es tatsächlich in sich. Erst musste man Bienenwachs auf eine Holzplatte streichen, dann wurden Farbpigmente mit heißem *cauterium* aufgetragen, zum Schluss musste alles erhitzt werden, wobei man aufpassen musste, dass Farben und Zeichnung nicht verliefen und dass man sich am Kohlebecken keine lebensgefährlichen Verbrennungen zuzog.

Ich beschaffte mir also für Asasels Brustbildnis eine Zedernplatte von zwei Fuß Höhe und einer Elle Breite, grundierte sie, bestrich sie mit *cera punica*, dem Punischen Wachs, und malte mit schnellen Strichen und Temperafarben das, was ich vor mir auf einem Schemel sitzen sah: ein fast bis unter die Augen zugewachsenes Gesicht, eine dicke, massive blau geäderte Nase, die in diesem Gestrüpp ruhte wie ein Falke im Nest, ein Mund, dessen rote Unterlippe vergeblich aus dem Bart zu schlüpfen versuchte, fleischige abstehende Ohren und Augen, die sich immer wieder schlossen und unter den Brauen verschwanden – denn Modell zu sitzen ist wohl, gleich nach dem Ziegenhüten, die nahezu langweiligste Beschäftigung überhaupt. Zwischendurch, wenn ich die nächste Schicht ›einzubrennen‹ hatte, konnte er sich einem Nickerchen hingeben, dann aber wurde er von mir jedes Mal gnadenlos geweckt. Was ihn nicht gerade gnädig stimmte. Als das Bild nach etwa drei Stunden fertig war, stellte er sich davor wie vor einen Spiegel und meinte giftig, jetzt wisse er, warum Kaleb, der Veteran der Hasmonäischen Kriege, mich gezüchtigt habe. Seine Reaktion war symptomatisch, später musste ich feststellen, dass alle ausnahmslos Porträtierten an ihren Porträts etwas auszusetzen hatten. Und wenn man die Männer mit ihrem Schicksal noch aussöhnen konnte, galt dies nicht für Frauen. Sie waren sehr schnell beleidigt, wenn man sie so malte, wie sie waren. Und so musste ich, der Lehren Nahums eingedenk, öfters einige plastische Veränderungen vornehmen, um vor ihnen Gnade zu finden. Allerdings konnte auch das gelegentlich ins Auge gehen. Einmal hatte ich einen Auftrag von einem *centurio* Phrynes, der seine Geliebte, die er zu heiraten gedachte, gemalt haben wollte. Sie saß mir brav Modell, und ich konzentrierte mich auf ihr Gesicht, während ich ihre Tunika nur leicht andeutete, um sie später in aller Ruhe zu gestalten. Als ich dann die Tunika malte, fast durchsichtig und blassgrün, gab ich mir viel Mühe, ein Paar ausgesprochen schöner und voluminöser Brüste zu erzeugen. Als das Bild endlich fertig war, benachrichtigte ich den Auftraggeber, der mit seiner Geliebten dann auch gleich zur Besichtigung erschien. Kaum sahen sie jedoch das Bild, wurde die Geliebte zunächst ganz grün im Gesicht, dann leuchtend rot, während der *centurio* anfing zu wiehern wie ein Pferd und sich dann vor Lachen auf dem Boden krümmte. Ein Blick auf die junge Frau genügte, um den Grund dafür zu erraten – sie war, was mir nun peinlich bewusst wurde, flach wie eine Flunder. Und sie nahm mir diesen meinen Fehltritt auch sehr übel, sie dachte wohl, ich hätte sie im Auftrag einer Rivalin vorführen wollen. So blieb ich auf dem Bild sitzen, bis ich es irgendwann viel später als Originalbildnis der großen Sappho an einen angehenden ägyptischen Dichter verkauft habe.

Phryne jedoch war über ihr Geschenk sehr glücklich und beteuerte, ich hätte Asasel gar nicht besser treffen können. Das Bild kam ins Schlafzimmer, in dem sie ihren Liebsten zu ihrer größten Freude nun in doppelter Ausführung gewärtigen durfte.

So entdeckte ich ein neues Betätigungsfeld, das sehr schnell meine ganze Aufmerksamkeit forderte. Da aber die Auftragsflut für Votivgaben und unsere Keramiken immer noch nicht abebbte, stellten wir mehrere unserer ehemaligen Mitschüler aus der Werkstatt von Meister Kleon an. Nahum übernahm die Aufsicht und die Qualitätsprüfung. Auch einige junge Töpfer fanden bei uns Beschäftigung – Ipsitilla stöhnte schon länger, sie könne nicht alles allein bewältigen und bei Titus komme sie deshalb auch zu kurz. Das Verhältnis von

Ursache und Wirkung wollte sich mir zwar nicht unbedingt erschließen, denn Titus hatte dank der zusätzlichen Töpfer sogar noch mehr im Laden zu tun als zuvor, aber insistieren wollte ich auch nicht, weibliche Logik hat bekanntlich ihre eigenen Gesetze. *Apollos Träne* brummte jedenfalls, ohne dass Shlomo und ich uns um die alltägliche Arbeit kümmern mussten, und so konnten wir das tun, was uns am meisten interessierte. Ich malte meine Porträts und Shlomo meißelte an zwei marmornen Sarkophagen herum, die uns den halben Hof versperrten. Der Sarkophag von Meister Kleon hatte ihn nämlich auf die Idee gebracht, sich darauf zu spezialisieren und die fertigen Stücke dann ihrer künftigen Belegschaft anzubieten. Eine der Steinkisten war mit den Heldentaten des Herakles reich verziert und offensichtlich für einen vermögenden *centurio* bestimmt. Mit der zweiten beabsichtigte er anscheinend einen reichen Kunden aus der jüdischen Gemeinde Caesareas zu gewinnen – die Geschichte der Wüstenwanderung zierte die vier Seiten in allen Einzelheiten, während er auf dem schweren Deckel drei fast lebensgroße Figuren mit gefalteten Händen meißelte: den Erzvater Yaakov inmitten seiner zwei Frauen – Lea und Rachel.

Wir waren beide zwar noch weit davon entfernt, unseren eigenen Ansprüchen zu genügen, aber es ging lebhaft und vergnügt voran. Bis eines schönen heißen Arbeitstages eine furchtbar aufgeregte Phryne in unseren Hof rauschte, in Begleitung des ebenso aufgeregten Asasel und dem uns bereits bekannten *centurio*, einem unserer damaligen Modelle. Der *centurio*, gebürtig aus der Stadt Cumae in Kampanien, kam gerade frisch aus seinem Heimaturlaub zurück, wo er wohl hemmungslos mit seinen und Phrynes Darstellungen aus Shlomos Hand angegeben hatte, denn nur so war zu erklären, wie er dazu kam, uns einen äußerst schmeichelhaften Auftrag mitzubringen. Der von ihm ausgehändigte Papyrus war in sehr schöner Schrift verfasst: der Ältestenrat des Venus-Tempels in Baiae würde es als große Ehre betrachten, sollte Meister Shlomo sich bereit erklären, für den besagten Tempel einen Fries mit Begebenheiten aus dem Leben der Venus zu erschaffen ... Ferner ging es um das Honorar und darum, dass der Tempel sowohl für die Reisekosten (mit dem Hinweis, alle Rechnungen aufzubewahren) als auch für die Verpflegung (in jeder Hinsicht) aufkommen werde. Darauf folgten mehrere kaum leserliche Unterschriften, begleitet von einem Stempel, den zu beschreiben eine Sünde wäre.

8. KAPITEL

in dem Shlomo sich nach Baiae begibt,
der Verfasser sich nach Alexandria einschifft
und Mordechaj das gekaperte Schiff entert

Diese Einladung traf uns alle wie ein Paukenschlag. Am gleichen Abend saßen wir im Hof auf einem Podest nach persischer Art unter reifenden Weintrauben beisammen. Zwischen Shlomos Sarkophagen schmurgelten große Stücke Lammfleisch auf dem Rost, vor uns ausgebreitet lagen noch heiße Fladenbrote, gegrillte Auberginen, Oliven und alles, was sonst dazugehört. Zwei Amphoren mit bestem Wein aus der Carmelregion warteten darauf, geleert zu werden. Asasel, als der Älteste, segnete unter Phrynes stolzen Blicken den Wein und die Brote, und die *Apollos Träne*-Vorstandsversammlung samt Gästen war eröffnet. Zunächst redeten wir, wie es sich gehört, alle gleichzeitig und dementsprechend laut und unzusammenhängend. Aber während unsere Mägen sich füllten und der Wein langsam die Aufregung löschte, kristallisierten sich einige Tatsachen heraus: Shlomo sollte den ehrenvollen Auftrag annehmen und nach Kampanien reisen, in gut einem Jahr dürfte er zurück sein; ich würde mit Titus mein altes Vorhaben verwirklichen und mich nach Alexandria begeben, etwa für die gleiche Zeitspanne; Nahum würde weiterhin die Vorlagen kopieren und für Nachschub der Votivgaben sorgen, Ipsitilla sollte über die Töpfer und unsere ehemaligen Kommilitonen bei Meister Kleon herrschen, und den Laden würde Amos übernehmen, unterstützt von Asasel. Da meldete sich eine plötzlich widerborstige Ipsitilla mit einem Einwand, den sie mit wogendem Busen vorbrachte. Titus sei für sie unverzichtbar, denn Amos sei noch nicht so weit, die Geschäfte selbstständig zu führen, und überhaupt, an sie habe schon wieder keiner gedacht. Sofort versicherte man ihr, sie könne Titus behalten, und der, um den es ging, saß auf einmal düster da, Fingernägel kauend und mit hoffnungslosem Blick. Da ich aber unbedingt jemanden brauchte, der mir die Farben rieb und ähnliche Arbeiten verrichtete, musste wohl Amos mitkommen, denn Nahum war hier unentbehrlich. Nun aber meldete sich Asasel zu Wort und wandte ein, er würde äußerst ungern seinen Sohn so weit ziehen lassen, er müsse dann wohl auch mitkommen – dies mit einem unsicheren Blick in Phrynes Richtung. Phryne kippte einen vollen Becher Wein hinunter und entschied dann resolut: Asasel werde ohne sie nirgendwohin gehen. Da sie aber der Meinung sei, sie habe einen ausgedehnten Urlaub durchaus verdient und könne ihn sich auch leisten, werde sie einfach mit uns nach Alexandria reisen. Und wenn sie sich eines Tages zu sehr nach Arbeit sehnen sollte, wer sagt, dass sie in Alexandria nicht praktizieren könne?

Und damit hatte sie das letzte Wort. Wir kamen überein, dass die Sache nicht eilte – Shlomo wollte sowieso noch die beiden Sarkophage fertigstellen, außerdem gab es einiges zu regeln. So zum Beispiel den Status von Titus. Da er uns gehörte, mussten wir dieses Besitztum auf Ipsitillas Namen überschreiben lassen. Zudem beschlossen wir, dass sie ihn freilassen würde und zwar mit dem Status eines *peregrinus*, was ihn weiterhin rechtlich an sie binden würde, ohne ihn daran zu hindern, auch offiziell zum Geschäftsführer von *Apollos Träne* zu werden. Seinem säuerlichen Gesichtsausdruck nach zu urteilen, war er über diese Art der Freilassung nicht besonders glücklich, blieb er doch zwischen den kräftigen Schenkeln unserer lieben Ipsitilla fest eingeklemmt. Aber er musste sich nun mal fügen. Auch konnte ich Shlomo überreden, doch nicht ganz allein zu reisen, sondern einen kräftigen jungen Töpfer mitzunehmen, der als zuverlässiger Gefährte auf einer weiten Reise ebenso taugte wie als Gehilfe beim Modellieren. Dieser Töpfer hieß Samson, und sein Aussehen machte seinem Namen alle Ehre.

Unsere Abreise hatten wir für die Mitte des Monats Elul vorgesehen, nach römischer Zeitrechnung Anfang September.

Ab Ende September war die Segelsaison nämlich zu Ende, man musste dann mit Stürmen rechnen. Phryne vermietete ihr Haus an eine Gruppe reisender Kolleginnen, die, aus Attika kommend, eigentlich nur drei Monate in Caesarea gastieren wollten, aber nun, von Phryne überredet, sich für ein ganzes Jahr hier niederlassen würden. Wir kauften zwei Passagen, eine sehr lange für Shlomo – entlang der Küsten Pamphyliens, Lykiens und weiter über Ionien und Attika, über das Ionische Meer bis Puteoli, von wo er mit einem Schiff zu dem Venus-Tempel in Baiae gelangen konnte, und eine wesentlich kürzere für uns vier, direkt nach Alexandria. Unser Schiff, eine *corbita*, war ein geräumiges sogenanntes *navis vinariae*, bestimmt, wie der Name sagt, für den Weintransport. In ihrem Bauch unter Deck standen dicht an dicht, um nicht umzukippen, etwa ein Dutzend riesiger Pithoi mit dem besten geharzten Wein für den *praefectus aegypti* und den dortigen Markt. Bevor wir uns einschifften, kam es zu einer erbitterten Auseinandersetzung zwischen Asasel und dem Schiffseigner, der auch Kapitän war. Als er sah, wie viel Gepäck wir dabeihatten (Phryne schien ihren halben Haushalt eingepackt zu haben), weigerte er sich zunächst entschieden, es an Bord zu nehmen. Asasel und er gerieten so aneinander, dass ich schon befürchtete, es würde zu Handgreiflichkeiten kommen. Und es war fast soweit, als am Kai unsere Phryne erschien. Ein Aufblitzen in ihren Augen belehrte den Kapitän schnell eines Besseren, blass geworden zog er sich zurück, während Asasel, Amos und ich unsere Sachen am Heck des Schiffes verstauten. Asasel war bestens gelaunt. Nicht zuletzt verdankte sich seine gute Laune dem Umstand, dass er Phryne überzeugen konnte: in einer Stadt wie Alexandria in seinen berüchtigten Beinlingen zu erscheinen, zumal sie mittlerweile nur noch wenige Ziegenhaarbüschel aufwiesen, war völlig ausgeschlossen, er würde zum Gespött aller Alexandriner werden. Und so genoss er nun die ungewohnte Beinfreiheit und die angenehme Brise, die seinen kleinen kräftigen Körper ungehindert umwehte, auch unter der leichten Tunika. Das Schiff hievte die Anker auf, das rechteckige Segel fing das bisschen Wind, das da war, und wir legten ab. Die Besatzung bestand außer dem Kapitän aus einem einäugigen Nautiker, der sich, wie es hieß, gleichwohl in den Sternen bestens auskannte. Er konnte das Schiff auch in der Dunkelheit nach Süden navigieren, mit einer kleinen Westkomponente; drei weitere Seeleute waren für alles Übrige verantwortlich. Etwas weiter auf See wurde es windiger und der Seegang lebhafter. Asasel war der Erste, der etwas grün um die Nase wurde, dann erwischte es Amos und mich. Berge und Ziegenpfade waren wir gewohnt, aber dass der Boden unter den Füßen sich benahm, wie es geschrieben steht: »Die Berge hüpften wie Widder, die Hügel wie junge Lämmer« – darauf waren wir nicht gefasst ... Uns war schlecht, richtig schlecht.

Alles, was wir am Abend zuvor beim Abschiedsessen gegessen und getrunken hatten, alles, was heute gefrühstückt worden war, all das drängte unaufhaltsam und ungestüm in die Freiheit. Fluchend bugsierten uns die Seeleute zur windabgewandten Bordseite und überließen uns unserer Magenschwäche. Alleine Phryne thronte auf einem ihrer Säcke und amüsierte sich auf unsere Kosten. Umso größer war unsere Schadenfreude, als sie zur Latrine musste. Die befand sich im Bug und war lediglich ein schmales Brett, von dem man, sich an seitlichen Taljen, die dieses Brett hielten, festhaltend, seinen Allerwertesten den tanzenden Schaumkronen darzubieten hatte. Was für ein lautes Quieken vernahmen unsere entzückten Ohren! Zumindest in dieser Hinsicht hatten wir es besser: unsere Eingeweide waren bald bis auf die Darmflora leergepumpt. Nachts lagen wir auf den Säcken und schliefen nicht – Sterne hingen wie Weintrauben von oben herab, und die schwarze unsichtbare See atmete laut unter den Planken. Irgendwann schliefen wir doch ein.

Geweckt wurden wir durch lautes Fluchen und Zetern des Kapitäns. Die Nacht schwand, und im ersten Licht des neuen Tages sahen wir in vielleicht nur drei *stadii* Entfernung eine *liburna*, die schnell und entschlossen auf uns zuhielt. Fragend blickte ich den Kapitän an. »Piraten aus Kyrenaika«, zischte er und raufte sich die Haare. »Und wir haben keine Chance zu entkommen. Nicht bei diesem Wind und dem ganzen Wein im Bauch.« Die *liburna* näherte sich unaufhaltsam, und auf ihrem Deck waren mindestens zwei Dutzend bis auf die Zähne bewaffnete Piraten zu erkennen. Schon lagen wir Bord an Bord, und die Piraten enterten unser Schiff mit lautem Geschrei.

Es war völlig klar, dass jeder Widerstand sinnlos war. Unsere Stimmung war dementsprechend schlecht, als Phryne das Piratengeschrei plötzlich übertönte mit »Mar Mordechaj, mein Liebling unter den *magistri navis*, bist du das?« Ein kleiner stämmiger Pirat drehte sich um, sah Phryne und stieß verdattert hervor: »Phryne, meine Süße, bist das wirklich du oder bist du nur ein Traum?« Dann sprang er auf sie zu. Und wurde jäh gestoppt. »Mordechaj ben Ascher, Motti, du alter Hurenbock, Pfoten weg von meiner Freundin!« Der Pirat stoppte, riss die Augen auf und fiel Asasel an die Brust. »Asasel, nein, das glaube ich nicht! Du – hier! Und Phryne! So lange her, dass wir uns das letzte Mal gesehen haben! Frisch aus *Anus Mundi*? Lebt Kaleb noch, der alte Schwerenöter?« Dass Asasel und Mordechaj Verwandte waren, sah man auf den ersten Blick. Sie hätten auch Zwillingsbrüder sein können. Nun begriff ich endlich, warum Phryne sich Asasel gegenüber bei ihrer ersten Begegnung so merkwürdig benommen hatte.

Unsere gesamte Crew, inklusive Kapitän und dem einäugigen Nautiker, wurde unter Deck getrieben und dort eingesperrt. Was sie offensichtlich dazu veranlasste, einen der riesigen Pithoi aufzubrechen, um sich stillos und schnellstmöglich zu betrinken. Jedenfalls konnte man sie schon nach kurzer Zeit fröhlich den Horaz grölen hören:

... sei nicht dumm, filtere den Wein und verzichte
auf jede weiter reichende Hoffnung!
Noch während wir hier reden, ist uns bereits die missgünstige Zeit entflohen:
Genieße den Tag, und vertraue möglichst wenig
auf den folgenden!

Und mit Nachdruck noch lauter:
carpe diem, quam minimum credula postero!

Inzwischen bestimmte Mordechaj die Besatzungsmannschaft, die unser Schiff zu segeln hatte, und beide Schiffe fuhren gemächlich gen Süden. Später saßen wir mit ihm auf unseren Säcken beisammen, um einen Tontopf mit kleinen, bitteren grünen Oliven, Fladenbroten von gestern und einer Amphora Wein aus dem Laderaum. Asasel und sein Cousin hockten nebeneinander, ihnen gegenüber saß Phryne, die die beiden kleinen bärtigen Mannsbilder mit ihren Blicken gierig verschlang. Amos und ich waren nur dankbare und amüsierte Zuschauer einer bühnenreifen Darbietung, bei der Phryne ganz klar die Regie führte. Ebenso klar war, dass sie sie beide haben wollte. Asasel saß auf dem Sack mit Phrynes Arbeitsutensilien und rutschte auf den Peitschen unruhig hin und her, während Mordechaj mit feinster Unschuldsmiene dasaß und zu ihm hinüber schielte. Wir alle waren zwar seine Beute, aber das spielte natürlich in Anbetracht der Verwandtschaft und Phrynes Anwesenheit keine Rolle mehr. Und so kreiste das Gespräch erst einmal um *Anus Mundi*, um Vettern, Tanten und alte Bekannte. Phryne schwieg wohlweislich und schenkte immer wieder nach, wenn unsere Becher leer waren. Dann, als sie meinte, die Zeit sei reif, fragte sie Mordechaj, leicht errötend, ob er noch wisse, was er ihr bei ihrer ersten Begegnung vor einigen Jahren als Erstes gesagt habe? »Denn genau das hat mir auch Asasel später deklamiert. Wie war das noch mal ... ›Deine beiden Brüste gleichen jungen Gazellen, Gazellenzwillingen, die zwischen den Lilien weiden ...‹, und da war noch etwas ebenso Romantisches davor.« Beide, Mordechaj und Asasel, wurden rot. »Ach, wie schön wäre es, wenn Mordechaj sich uns anschließen könnte«, fuhr sie mit einem unschuldigen Blick auf Asasel fort, »schließlich ist er dein Cousin, und damit quasi ein Familienmitglied. Also bleibt alles in der Familie. Ich hoffe, du bist nicht eifersüchtig, Liebster?« »Aber nein, nicht die Spur, wie käme ich nur darauf!«, murmelte der Überrumpelte verdrießlich, trank aus und lachte, nicht die Spur! »Jetzt heißt es wohl – teilen. Bist du sicher, Liebste, dass du es schaffst?«, fragte er sie süffisant. Die glückliche Phryne senkte nur ihre Augen. Die beiden Cousins klopften einander auf die Schulter und prosteten sich zu. Anschließend meinte Mordechaj, es sei auch für ihn der richtige Zeitpunkt, neue Wege zu beschreiten, er habe in den letzten Jahren genug verdient, und in seinem Alter falle das Entern anderer Schiffe immer schwerer, es werde immer schwieriger, die Kosten der Unternehmungen zu decken und die Besatzung zufriedenzustellen, zumal die Römer ihm immer näher auf den Pelz rückten und seine *liburna* in diesen Gewässern bekannt sei wie ein bunter Hund. Er werde also die *liburna* seinem Stellvertreter überlassen (der sei noch jung und tatendurstig) und selbst mit uns nach Alexandria gehen, um dort vielleicht in den Kunsthandel einzusteigen. Es sei doch erstaunlich, wie viel Geld einige Leute bereit seien, für Tafelbilder mit etwas Farbe darauf auszugeben – erst vor Kurzem habe er einen ägyptischen Händler aufgebracht, der ein Vermögen mit Bildern verdient hatte, auf denen sich Legionäre mit einer schönen Frau verlustieren. Der war, als er gekapert wurde, gerade nach Caesarea unterwegs, um Nachschub zu holen.

Wir verschluckten uns alle gleichzeitig und schwiegen wie vom Donner gerührt. Sieh mal einer an, dieser durchtriebene Titus! Von einem ägyptischen Großhändler hat er uns nie was erzählt! Und ich hatte mich noch gewundert, wieso er unsere Kopisten so antrieb, immer mehr und schneller zu produzieren. Phryne nahm eine so tiefrote Farbe an, dass Mordechaj stutzig wurde, er schrieb es dann aber dem Verschlucken zu.

»Ghm ...«, räusperte sich Asasel, »unter Umständen könntest du auf diese Bilder sogar ein Monopol haben«, sagte er gewichtig, und ich wunderte mich nur, mit welcher Sicherheit er, der noch vor Kurzem hauptberuflich Ziegen hütete, das Geschäftliche zu lenken wusste. Nach kurzem Nachdenken und einem Blick auf die hochrote Phryne lachte Mordechaj so ansteckend, dass auch wir uns nicht mehr beherrschen konnten und in sein Gelächter einfielen. »Dann habe ich also wohl die Urheber der Bilder samt Modell gekapert?« Grunzend vor Lachen wischte er sich Tränen aus den Augen. Uns gefiel diese Feststellung, doch unser Gelächter wurde etwas gezwungener. Schließlich waren wir seine Beute, Verwandtschaft hin oder her. Das dachte sich auch Asasel, der daraufhin seinem Cousin flüsterte, er solle bloß nicht auf dumme Gedanken kommen, sonst erfahre die alte Chava, seine Mutter, was er so treibe … Er wolle ihr doch hoffentlich nicht das Herz brechen? Und wie zornig sie wäre. Das saß, und leicht beschämt meinte Mordechaj, wir sollten uns keine Sorgen machen und überhaupt … wir sollten uns lieber etwas einschenken … für geschäftliche Vorschläge sei er immer offen.

Gegen Abend war alles unter Dach und Fach: Es wurde die Gründung einer neuen Firma mit drei Gesellschaftern beschlossen – Asasel, Mordechaj und Phryne (in alphabetischer Reihenfolge), die Firma sollte *Kunsthandlung Mosel* heißen, was, wie unschwer zu erkennen war, ein Akronym der ersten zwei Namen darstellte. Im zweiten Schritt schloss die besagte Firma einen Exklusivvertrag mit der Firma *Apollos Träne*, vertreten durch einen ihrer Mitbegründer (es folgte mein Name), über alle neu in Alexandria noch entstehenden Bilder. Der Vertrag sollte erst einmal für die Dauer eines Jahres gültig sein und sich automatisch verlängern, falls wir länger in Alexandria ansässig blieben. Sollten wir nach Ablauf eines Jahres nach Caesarea zurückkehren, erhielte *Mosel* das Recht auf die Hälfte der gesamten Produktion von *Apollos Träne*.

Mit diesem Vertragswerk waren wir alle äußerst zufrieden. Auch damit, dass Phryne mit dabei war, konnte sie doch im Zweifelsfall die beiden wüsten Alten unter ihrer Kontrolle halten. Am nächsten Morgen legte die *liburna*, von Mordechaj durch Zeichen verständigt, wieder neben unserer *corbita* an und er setzte über. Zuvor wurden der Kapitän, der Nautiker und die drei Seeleute an Deck gebracht. Sie waren in völlig desolatem Zustand und litten ganz furchtbar unter einem heftigen Kater. Schwankend und mit blutunterlaufenen Augen hörten sie sich an, was Mordechaj ihnen zu sagen hatte. Der Kapitän und der Nautiker würden auf die *liburna* wechseln und später an der Küste ausgesetzt. Die Seeleute könnten helfen, gegen Sold das Schiff nach Alexandria zu bringen, wo sie großzügig ausgezahlt und freigelassen würden. Vorausgesetzt, sie schwiegen den Behörden gegenüber, sonst ... Mit aufgerissenen Augen starrte er sie einige Sekunden an, bis sie sich beeilten, ihn ihrer Loyalität zu versichern.

Auf der *liburna* übergab er die beiden Gefangenen und das Kommando seinem überraschten und hocherfreuten jungen Stellvertreter, dann kam er mit seiner Seekiste wieder an Bord. Als die beiden Schiffe sich trennten, wartete er ab, bis die *liburna* unter der Kimm verschwand und nahm dann Kurs auf die zerklüftete Küste von Sirbonis. In einer kleinen flachen Bucht ließ er die Anker fallen und ruderte in einem Beiboot zusammen mit Asasel in eine Grotte hinein. Zurück brachten sie mehrere Jutesäcke mit Münzen verschiedener Prägungen, kostbaren Schmuck und rituelle Gegenstände aus Gold und Silber. Beim zweiten Anlauf folgten ein marmorner Silenus, vier ebenso marmorne laszive Aphroditen und eine Kiste mit Tafelbildern – Erzeugnisse einer gewissen Kunstwerkstatt namens *Apollos Träne*.

9. KAPITEL

in dem man sich in Alexandria
häuslich einrichtet und Freundschaft
mit dem *lesonis* Petosiris schließt

Die die hinter uns aufgehende Sonne beleuchtete die noch schlafende Stadt. Der berühmte Pharus vor uns reflektierte die Sonnenstrahlen und blendete unsere neugierigen Augen. Aus der Nähe konnten wir ihn uns an diesem Morgen nicht ansehen, denn Mordechaj dachte gar nicht daran, in den Großen Hafen, den *Portus Magnus*, einzulaufen. Dort warteten Zollbeamte, Hafenbehörde, Legionäre und ähnliches. Deswegen steuerte er das Schiff, das vom Hafen aus wegen der gleißenden Sonne nicht zu sehen war, an der kleinen Halbinsel Lochias entlang, zwischen diversen Sandbänken hindurch direkt zu einer versteckten kleinen Mole am *judaeorum vicus,* dem jüdischen Viertel. Dort angekommen, kletterte er flink auf den Damm über der Mole, klopfte gleich an der ersten Tür und pfiff. Offensichtlich kannte er sich hier gut aus. Schnell huschten einige verwegen aussehende Gestalten aus dem Haus, halfen uns und schafften die gesamte Ladung von Bord. Die Seeleute wurden ausbezahlt und aus dem Viertel begleitet. Zum Abschied bedeutete man ihnen, sich nie wieder hier sehen zu lassen, falls sie Wert darauf legten, auf den schmerzhaften Bund mit dem Einen vermittels eines stumpfen Messers zu verzichten.

Die *corbita* wurde von zwei Ruderbooten zu einer nahen Werft geschleppt, um einen neuen Anstrich zu bekommen, sodass sie nicht von ihrem ehemaligen Eigner wiedererkannt werden konnte.

Nachdem alles erledigt war, ließen wir uns im Hof einer Taverne nieder und warteten, bis der noch verschlafene Wirt uns Brot, Oliven etc. brachte, begleitet von frischem Bier, das die Ägypter zu trinken pflegen, um morgens wach zu werden. Nun hatten wir endlich Gelegenheit, über die konkrete Gestaltung unserer Pläne zu reden. Obwohl Mordechaj die Alexandriner Juden kannte und mit ihnen, wovon wir uns schon hatten überzeugen können, Geschäfte machte, war auch er ihnen gegenüber mehr als skeptisch. Sie genossen nämlich bei uns in *Anus Mundi* und Umgebung keinen guten Ruf. Sie galten als arrogant, unkundig in der Torah und so wacklig in ihrem Glauben, dass man sie schon fast für Paganim halten konnte. Ihr einziger Gelehrter von Format, Philon von Alexandria, verfasste eine säuerlichmoralisierende Exegese des Chumash – der fünf Bücher Mose –, wobei er einer falschen symbolistischen Überhöhung frönte, ohne, wie unser Dorfkohen in seinem Unterricht beteuerte, die hebräische Sprache überhaupt zu beherrschen. Er soll lediglich die *Septuaginta*, die griechische Übersetzung der fünf Bücher, gekannt haben. Andere Bücher des Tanach – die Propheten etc. – kannte er angeblich überhaupt nicht. Was für Folgen eine solche Auslegung haben konnte, sah man dann auch an seinem eigenen Neffen, der zum Apostaten wurde, römischen Göttern opferte und schließlich sogar an der Erstürmung Jerusalems und der Zerstörung des Tempels beteiligt war! Und selbst die Verarmung und der Verlust an Bedeutung, die Alexandriner Juden nach der Zerschlagung des Diasporaaufstandes, den die Römer netterweise *tumultus judaicus* nannten, erlitten, machte sie nicht einsichtiger. Kurzum, die Arroganz der Alexandriner Juden war, und das machte sie noch schlimmer, auch noch unbegründet. All dessen eingedenk entschieden wir uns, unseren Wohn- und Firmensitz nicht im *judaeorum vicus* zu nehmen (nur zu hohen Feiertagen besuchten wir später dort eine Synagoge, um mit einem Minjan zu beten), sondern außerhalb, irgendwo möglichst weiter weg von den römischen Behörden und mitten in der geschäftigen Stadt, wo wir leicht untertauchen konnten, denn Mordechaj musste immer auf der Hut sein, dass ihn niemand erkannte. Und so fanden wir in Rhakotis, der ägyptischen Altstadt, ein um einen Hof herum erbautes, zweistöckiges Haus. Im Erdgeschoss, zur Straße hin, war reichlich Platz für eine Kunsthandlung, im oberen Stockwerk für eine großzügige Werkstatt, und die kühlen Wohnräume im westlichen Flügel belegte das Trio Asasel, Mordechaj und eine strahlende Phryne. Den anderen Flügel teilten sich Amos und ich.

Die Entscheidung für Rhakotis erwies sich als goldrichtig. Nur wenige Straßen weiter östlich erhob sich das *Serapeum*, der größte Tempel der Stadt, geweiht dem Serapis, einem äußerst vielseitigen Gott, dargestellt mal als Stier, mal als bärtiger Mann mit einer Schüssel auf dem Kopf, die einen Erntekorb symbolisierte. Seine Aufgaben waren breit gefächert: vom Besorgen der Nilschwemme bis zu den Obliegenheiten eines Asklepios. Vorsorglich hatte ich mir von Tiresias, dem Oberpriester des Asklepios-Tempels in Caesarea, eine Empfehlung ausstellen lassen, in der von der außerordentlichen Kraft der Votivgaben aus meiner Hand die Rede war. Auch sonst lobte er meine Dienste über den grünen Klee, und das in einem orientalisch blumigen Griechisch. Und noch ein Umstand ließ mich auf Aufträge hoffen. Als der *tumultus judaicus* niedergeschlagen wurde, war der Tempel durch Legionäre schwer beschädigt worden, und obwohl die Wiederaufbauarbeiten schon seit vielen Jahren andauerten, waren diese immer noch nicht abgeschlossen. Sie wurden auf Anweisung Kaiser Hadrians von Rom finanziert, und wer würde schon eine solch solide Geldquelle nicht redlich ausschöpfen wollen. Es würden also bestimmt auch Malereiaufträge vergeben werden. Der Besuch des *Serapeums* stand also an. Und nun zeigte sich wieder einmal, wie klein und wie gut vernetzt diese unsere Welt ist. Denn Mordechaj kannte den *lesonis*, den Verwalter des Tempels – bei unserem Anliegen ohne Zweifel die wichtigste Person –, Petosiris mit Namen, mit dem er regelmäßig geschäftlich zu tun hatte: Nicht selten bot er berufsbedingt kultische Gegenstände zum Verkauf an, die den *lesonis* interessieren konnten und auch sollten.

Als Mordechaj und ich uns auf den Weg zum *Serapeum* machten, gerieten wir unterwegs in eine große Menschenansammlung, in eine Demonstration. Hunderte, meist junge Leute, zogen am Tempel vorbei und skandierten laut und mit Inbrunst »Nein zum Holz! Ja zum Dung! Rettet die heiligen Nilkrokodile!« Es war nicht leicht, unversehrt durch die Menge zu kommen, und so zog ich, um ihn aufzuhalten, einen jungen Mann leicht an seinem schäbigen Chiton und fragte ihn, was diese Unruhe hier bedeute. Er schaute mich verwundert an, erkannte, dass ich wohl ein Fremder aus einer entlegenen Provinz war, und fragte mich mit dem ganzen Dünkel, dessen ein fortschrittlicher junger Alexandriner fähig ist, zurück, ob ich noch nichts von dem Spruch des weisen Orakels von Sema, dem Grabmal von Alexander dem Großen, gehört habe. Als ich verneinte, klärte er mich auf, das Große Orakel habe neulich eben diesen Spruch über Holz, Dung und heilige Krokodile ausgesprochen, als es von einem Pilger zur Zukunft Ägyptens befragt worden war. Und dies bedeute nichts anderes, als dass man Brandopfer in den Tempeln ab jetzt nicht mehr auf Holz rösten dürfe, sondern ausschließlich auf getrocknetem Dung. Denn das verbrannte Holz setze giftige Miasmen frei, die die Luft verpesteten und Nilkrokodile unfruchtbar machten, sodass sie ausstürben. Auf meine Nachfrage, woher er das so genau wisse, antwortete er verächtlich, das sei jedem bekannt und kein ernst zu nehmender Sprüchedeuter würde etwas anderes erzählen. Dann machte er sich mit den Worten davon: »Wir werden diese verkrusteten Tempelbehörden schon zwingen, den Dung, diese Nachhaltigkeit schlechthin, zu benutzen, statt unsere Luft weiter zu verpesten!«

Als wir den *lesonis* Petosiris schließlich erreicht und das Geschäftliche geregelt hatten, befragte ich ihn, was es mit dem Orakel und seinem Spruch eigentlich auf sich habe. Er seufzte tief und erzählte uns, es gebe da einen Großhändler, der mit Dung handele. Der sei auf einer großen Menge Dung sitzen geblieben, weil die Nilschwemme dieses Jahr (dem Serapis sei Dank!) ganz außerordentlich gewesen war. Deswegen kam er auf die Idee, das Orakel zu bezahlen, um politischen Druck auf alle Tempel auszuüben, damit sie ihm seine Ausscheidungen abkauften. Und es sehe ganz so aus, dass die Tempel sich würden beugen müssen, weil er anscheinend nicht nur das Orakel bestochen, sondern damit wohl auch ganz oben beim *praefectus aegypti* Gehör gefunden habe. Denn von einer hohen Stelle war bereits signalisiert worden, die Umstellung auf Dung sei als politisch richtig und wegweisend zu betrachten.

An möglichen Aufträgen gab es wirklich keinen Mangel, wir mussten nur mit Petosiris handelseinig werden. Und wir wurden es. Zu unserer Abmachung gehörte, dass wir unter der Hand zehn Prozent von jedem Honorar an eine Stiftung überführen würden, die sich um sogenannte ›Serapis-Waisen‹ kümmerte und der ein Vetter von Petosiris vorstand. Außerdem hatte ich, was mir sehr zupasskam, mindestens drei dieser Waisen im Anfertigen von Votivgaben anzulernen. Damit man, wenn ich wieder abgereist sei, weiterhin anständige Arbeit geliefert bekomme, denn ich könne mir nicht vorstellen, mit was für gräulichen und verschrumpelten Votivgaben man öfters zu tun habe – eine Beleidigung Gottes und des guten Geschmacks. Ab jetzt würde er alle Gläubigen an die Firma *Mosel* verweisen und keine anderen Arbeiten als die aus meiner Werkstatt akzeptieren. Damit hätten wir quasi ein Monopol, was uns allen nur recht sein konnte. Diese unsere Übereinkunft besiegelten wir mit sehr viel Bier aus der tempeleigenen Brauerei. Ich verstand wirklich nicht, was Ägypter an diesem Gebräu finden, aber an das landestypische säuerliche Getränk würde ich mich hier wohl gewöhnen müssen, immerhin konnte man ihm eines zugutehalten – es löst Harnstau auf. Und wie! Wir konnten gerade noch im Trippelschritt unser Haus erreichen – öffentliche Latrinen kennen die Alexandriner nämlich nicht.

Der Alltag spielte sich langsam ein, Aufträge waren reichlich vorhanden, Amos schuftete wie ein Sträfling, denn zwischen der Anfertigung von Kopien meiner Bilder und Abmessungen der betroffenen Glieder für Votivgaben, hatte er auch noch die Neulinge in ihre Aufgaben einzuweisen, die ›Serapis-Waisen‹. Wir hatten zunächst drei, für mehr war auch kein Platz in der Werkstatt. Sie hießen Menepher, Onuris und Yapheu und waren Sprösslinge verstorbener Priester. Menepher und Onuris waren klein und unscheinbar. Yapheu war, wie sein Name auf Ägyptisch besagt, dick und rund. Alles in allem waren sie fleißig und versprachen, brauchbar zu werden.

Man hätte zufrieden sein können, hätte nicht der häusliche Segen bei Asasel, Mordechaj und Phryne bedrohlich schief gehangen. Ohne ihre gewohnte Beschäftigung wurde Phryne zänkisch und übellaunig, ihre Stimme laut und durchdringend, sodass auch Amos und ich in unserem Flügel manche Nacht wach lagen und über die weibliche Psyche und ihre Verbindung mit der Physis nachdachten. Es war klar: sie müsste bald ihre Peitsche wieder schwingen können, wenn wir unsere Nachtruhe wiedererlangen wollten.

Aber wie und wo? Dass sie ihr Studio in unserem Haus eröffnete, davon konnte keine Rede sein. Asasel würde es dank seiner Erfahrung locker verkraften, aber Mordechaj könnte glatt durchdrehen, und dieses Risiko war uns einfach zu groß. Und so entschieden wir, bei nächster Gelegenheit den *lesonis* Petosiris um seine Meinung zu bitten. Gesagt, getan. Der *lesonis* Petosiris kratzte sich am glatt rasierten Kopf und meinte, man sollte einen seiner Kollegen, den Priester Neferabu hinzuziehen, er sei für gesundheitliche Aspekte des Serapis-Kultus' zuständig und wisse mit Sicherheit eine Lösung.

Neferabu war ein hagerer älterer Mann mit einem Holzbein. Früher war er als Pfleger für heilige Nilkrokodile zuständig, eben jene, die nun angeblich akut wegen der Holzverbrennung gefährdet waren. An diese Krokodile hatte er auch eines Tages sein Bein verloren, woraufhin man ihn dem *Aesculapium* zuteilte. Von uns habe er schon gehört, weil auch die Darbringung von Votivgaben in seinen Zuständigkeitsbereich fiel, und er gratulierte uns herzlich zur hohen Qualität unserer Arbeit. Nie zuvor, beteuerte er, habe er mit so prächtigen Abbildungen der betroffenen Glieder arbeiten können, wie in der letzten Zeit, seit wir uns hier niedergelassen hätten. Und er freue sich auf die Erweiterung künftiger Zusammenarbeit, denn unser Anliegen komme ihm wie gerufen – schon länger schwebe ihm vor, die Heilung typisch männlicher Leiden durch eine geeignete Priesterin in seinem Tempel zu etablieren. Besonders viele Patienten seien unter den Legionären der in Alexandria stationierten *Legio XXII deiotariana* zu finden, deren Leiden mit üblichen Mitteln bislang nicht beizukommen war. Er würde unsere Phryne in den Stand einer Laienpriesterin erheben und ihr diskrete, abgelegene Räume auf dem Tempelgelände zuweisen, sodass sie ihrer Heiltätigkeit ungestört nachgehen könne. Von den Einnahmen sollten dann zwanzig Prozent an den Tempel gehen, womit auch die Kosten für Räume, Pausenbrot und Bier gedeckt wären. Kosten für benötigte Utensilien übernehme Phryne. Die Behandlungszeiten und Anzahl der Patienten blieben dafür aber auch ihr überlassen.

Das Angebot war fair, und wir waren zufrieden. Wir mussten es nun Phryne und den beiden Vettern unterbreiten, wobei mir die mögliche Reaktion von Mordechaj ein wenig Sorgen bereitete. Darin irrte ich mich. Alle drei waren aufs Angenehmste überrascht. Amos und ich wurden umarmt und von Phryne sogar so euphorisch, dass ich schon fürchtete, mit einem Rippenbruch rechnen zu müssen. Wir dekorierten Phrynes Arbeitsräume aufs Prächtigste, und die frisch ernannte Laienpriesterin des *Serapeum* konnte ihre Arbeit aufnehmen. Wie von mir vorausgesehen, kehrte in unseren Haushalt der lang vermisste Friede ein, und die ägyptischen Nächte wurden wieder erholsam.

Phrynes Tätigkeit war in mehrfacher Hinsicht eine Wohltat, nicht nur für uns, sondern für die ganze Stadt. Die Kunde ihres Wirkens sprach sich schnell herum und sorgte für Zufriedenheit, auch in der Stadtverwaltung: Plötzlich wurden die sonst so jähzornigen und raubeinigen Legionäre friedlich wie die Lämmer, arbeiteten still und diszipliniert. Das ging zwar auf Kosten ihrer Wehrhaftigkeit, aber niemand störte sich daran, die Zeiten waren im ganzen Reich ruhig. Sogar der *praefectus aegypti* persönlich erwies Phryne die Ehre eines Besuchs, was unerwartete positive Nebenwirkungen zeitigte. Als er das Tempelareal betrat, waren Priester gerade dabei, Feuer unter dem Brandopfer zu entzünden. Der *praefectus aegypti* sog mit sichtlichem Missvergnügen Luft ein und fragte, was denn das für ein fürchterlicher Gestank sei, der da vom Altar herüber wehe. Man klärte ihn auf, es liege am Dung, mit dem man das Feuer auf seine Anweisung anzufachen hatte ... Bereits am nächsten Tag wurde der Dung als Heizmittel strengstens verboten. Der Dunghändler, das Orakel und einige Dutzend Vorkämpfer für Miasmen, die das verbrannte Holz ausströmte, wurden abgeführt und öffentlich ausgepeitscht, auf dass sie von ihren Torheiten abließen. Das Orakel, der Käuflichkeit überführt, wurde überdies unehrenhaft aus dem Tempeldienst entlassen. Den Händler wies man samt seinen Waren aus der Stadt. Nicht nur ganz Alexandria sang daraufhin Phrynes Lob, selbst die heiligen Krokodile atmeten erleichtert auf.

Pessach nahte und versprach uns einen bemerkenswerten Sederabend, zumal wir nun der allgemeinen Erinnerung an den Auszug aus Ägypten auch eigene Erfahrungen hinzufügen konnten. Natürlich dachten wir nicht an Auszug, aber schon wenige Monate später sollten wir uns auf den Weg machen, und so konnten wir einiges Erlebte in die Zukunft extrapolieren. Eigentlich wäre eine baldige Rückkehr nach Caesarea gar nicht notwendig und sogar schlecht fürs Geschäft – wir waren hier noch lange nicht am Ende unserer Möglichkeiten angelangt, und Aufträge, wenn wir sie nur alle, die uns angetragen wurden, annähmen, würden uns weitere zwei bis drei Jahre voll beschäftigen. Aber wir hatten eine Vereinbarung mit Shlomo, von dem wir seit unserer Trennung nichts mehr gehört hatten. Außerdem war es an der Zeit, in *Apollos Träne* nach dem Rechten zu sehen und Titus' Abrechnungen unter die Lupe zu nehmen. Denn Ipsitilla konnte weder lesen noch schreiben und war dem Schlitzohr in dieser Hinsicht völlig ausgeliefert.

Am Sederabend brannten im größten Zimmer des Hauses überall Ölleuchten, bei jedem Luftzug bewegten sich daher unsere Schatten und flossen ineinander. Und auch auseinander. Phryne, das einzige weibliche Wesen am Tisch, nahm allein eine der langen Seiten ein und saß da voller Ehrfurcht und Stolz wegen der Teilhabe an den Wundern, die gleich geschehen sollten. Asasel saß am Kopfende in einem Lehnstuhl und fing an, uns durch den Seder zu führen. Als er gerade die erste Mazza entzweibrach und zum Sprechen ansetzte:

»Dies ist das Brot unserer Armut, das unsere Väter im ägyptischen Lande aßen. Jeder, der Hunger hat, soll kommen und
davon essen ...«, da klopfte es an der Tür zur Straße. Asasel
unterbrach das Lesen und nickte Amos zu, er solle nach-
schauen, wer da sei. Amos ging und wir waren ganz Ohr. Was
wir aber von draußen zu hören bekamen, klang eher nach
Quieken. Und schon öffnete sich die Tür zu dem Zimmer, in
dem wir den Sederabend abhielten, und ein staubbedeckter
Shlomo wurde von Amos sanft hineingeschoben. Einen besseren Auftritt hätte selbst Lucius Annaeus Seneca der Jüngere
nicht hingelegt.

10. KAPITEL

in dem von Shlomos Pech,
aber auch von seinem Erfolg erzählt wird

Die Liste von Shlomos Missgeschicken war lang. Als erste große Enttäuschung erwies sich der bärenstarke Töpfer Samson, der ihm als Weggefährte auf der Reise nach Baiae mitgegeben worden war. Er war zwar groß und stark, aber ebenso faul und, was viel schlimmer war – feige. Er hatte eine panische Angst vor allem, was da kreucht und fleucht. Selbst der Anblick eines winzigen kleinen Schoßhündchens ließ ihn vor Furcht erstarren. Mich hatte sein Aussehen damals getäuscht, die Seeleute jedoch, mit denen Shlomo und er segelten, hatten ihn gleich richtig eingeschätzt – ihr genüsslich mit allerlei Details ausgeschmücktes Seemannsgarn von Stürmen, Seeungeheuern und einäugigen Riesen (Homer ließ grüßen), die dort (ja, genau dort, siehst du ihn denn nicht?) an den zerklüfteten Küsten auf Schiffbrüchige warteten, raubten dem Armen den letzten Schlaf. Und so kam es, dass er schon nach wenigen Tagen, als ihr Schiff im Hafen von Seleukia Pieria Proviant und Wasser auffüllte, dem verdutzten Shlomo erklärte, dass er ihn hier verlasse und zurück über Land nach Hause fahre. Es reiche ihm ...

Beim Zwischenstopp auf Rhodus wurde Shlomo ausgeraubt, nachdem man seinem Wein in einer Taverne etwas beigemischt hatte. Nur gut, dass er nicht sein gesamtes Reisegeld dabeihatte. Und zu guter Letzt, in Surrentum, nur einen Sprung von Baiae entfernt, war er abends gründlich verprügelt und wäre sicherlich auch ausgeraubt worden, wenn die Räuber, die die Venus von Baiae als ihre Patronin verehrten, nicht beim Durchsuchen seiner Habseligkeiten den Brief von dem Ältestenrat des Venus-Tempels in eben jenem Baiae gefunden hätten.

Von dem Ältestenrat des Tempels wurde er zunächst freundlich empfangen, er bekam Schlaf- und Arbeitsräume zugeteilt und konnte anfangen, die Entwürfe für den Fries zu fertigen. Man wies ihm auch einen Sklaven namens Gorgus zu, der handwerklich sehr geschickt war und auch imstande, Steine zu behauen. Allerdings hatte er einen miesen Charakter, war neidisch, diebisch und schadenfroh. Und je weiter Shlomo mit der Arbeit vorankam, desto triumphierender und hämischer wurde Gorgus' Gesichtsausdruck. Allein, Shlomo merkte nichts davon. Er entwarf die Göttin in mehreren Stellungen, mal devot, mal strafend, wofür er auch unsere Skizzen mit Phryne in der Ausübung ihres Amtes heranzog, umgeben von Satyrn, die wohl auch uns ein wenig ähnelten, und zarthüftigen Nymphen, lediglich in Lorbeer gewandet. Auch merkte er nicht, dass hinter seinem Rücken getuschelt wurde. Der Zeitplan sah nämlich vor, dass er am ersten April, dem Tag des Jahres, an dem der Venus besonders gehuldigt wird, dem Ältestenrat und den versammelten Gläubigen fertige Entwürfe vorstellen solle. Und so arbeitete Shlomo fieberhaft seinem Untergang entgegen. Da er sich als frommer Jude nicht an den Opferungen und Festlichkeiten der Paganim beteiligte, entging es ihm, in wie viele schwere Stoffschichten gehüllt die Priesterinnen der Venus von Baiae in Erscheinung traten. Auch den Mitgliedern des Ältestenrates war ihre strenge Sittlichkeit ins Gesicht gemeißelt. Nur, dass Shlomo, von seinem Eifer geblendet, nichts davon bemerkte. Auch, dass die Atmosphäre immer eisiger wurde, spürte er nicht.

Irgendwann war er da, der erste April. Gorgus brachte die aus Ton modellierten Teile des künftigen Frieses in die Vorhalle des Tempels und ordnete sie in richtiger Reihenfolge an. Dabei drückte sein beklommenes Gesicht aus, dass er nur ein Sklave sei und mit diesen Schweinereien rein gar nichts zu tun habe. Mehr noch, er missbillige sie zutiefst. Gegen Mittag kam dann die Prozession der Gläubigen mit dem Ältestenrat, angeführt von den von Kopf bis Fuß vermummten Priesterin-

nen. Da hatte Shlomo endlich zum ersten Mal das nagende
Gefühl, etwas laufe schief. Und dieses Gefühl vertiefte sich
noch, als er des düsteren Feuers gewahr wurde, das in den
Augen der Priesterinnen durch den Schleier glomm. Ein war-
mer weicher Pferdeapfel, der gegen seinen Kopf klatschte,
klärte ihn dann über seine Lage unmissverständlich auf. Alles
Weitere muss mehr als unschön gewesen sein, und Shlomo
wollte nicht ins Detail gehen. Immerhin ist ihm nichts Schlimmeres geschehen, was aber durchaus hätte passieren können.
Nur abreisen sollte er so schnell wie möglich. Eine gute Seele
von einem Säufer im Hafen, wo er, in Erwartung eines Schiffes egal wohin, nächtigte, erklärte ihm: Diese Venus hier war
nicht irgendeine verhurte Venus aus Rom, sondern *Venus Ver-
ticordia* – eine, die Frauenherzen zu Treue, Zucht und Sittlichkeit zu bewegen hat. Und, so fügte er nach einem zweiten
spendierten Becher sauren Weines hinzu, alle seien auch deswegen so erbost gewesen, weil Gorgus sie darauf aufmerksam
gemacht hatte, dass sämtliche Satyrn beschnitten gewesen
seien – um der Naturtreue willen diente Shlomo sich selbst
als Modell. Ohne irgendwelche Hintergedanken, wie er treuherzig beteuerte.

Dieser restlos dem Bacchus ergebene Jünger war es auch,
der Shlomo eine versandete Zisterne am Hafen gezeigt hat, in
der er vorübergehend nächtigen konnte, bis ein Schiff einlief,
auf dem er eine Passage nach Caesarea oder Alexandria, oder
wohin auch immer, bekommen würde. Wie der barmherzige
Zufall es wollte, kam tatsächlich bald ein alter Kahn auf der
Fahrt nach Alexandria, auf dem Shlomo gegen den Rest seiner Barschaft an Bord gehen durfte. Allerdings musste er auch
selbst Hand mit anlegen. In seinen Verantwortungsbereich fielen die zahlreichen Frösche der Gattung *Rana italica*, die in
großen luftdurchlässigen Kisten halb erstickt im Schiffsbauch

quakten. Den armen Lurchen war von dem Seegang und wohl auch von der Seeluft speiübel. Dem heimatlichen Apennin entrissen, waren sie für das oberägyptische Herur bestimmt, wo sich noch ein sehr alter Tempel der Göttin Heqet befand, der großen Zauberin, die als Frosch oder zumindest mit Froschkopf dargestellt wird. Jedenfalls betrieben die dortigen Priester eine erfolgreiche Froschzucht, wohl auch zur Freude der heiligen Nilkrokodile. Zu diesem Zweck hatten sie eine Lieferung dieser besonders zeugungsfreudigen, an der frischen Luft des Apennin erblühten, männlichen Tierchen dieser Gattung bestellt. Zu Shlomos Pflichten gehörte es, sie mit Süßwasser abzureiben, mit halb toten Fliegen zu füttern, die in mehreren mit Kork verstopften Kürbisflaschen müde summten, und das Erbrochene zu entfernen. Keine besonders schwierige, jedoch eine durchaus zeitraubende Aufgabe. Vor allem, wenn man bedenkt, dass die etwa dreihundert Frösche nicht gerade freundlicher Stimmung waren, dafür aber sehr laut und widerstandsfähig. Nur gut, dass Frösche keine nennenswerten Zähne haben. Andererseits kam Shlomo seine Jugenderfahrung als Ziegenhirt zugute – die erlernte Geduld, denn Ziegen sind nicht weniger störrisch als Frösche und freundlich sind auch nicht alle. Dank der Frösche, die nach landläufiger Meinung auch Glück bringen, waren die Winde günstig, und nach einer schnellen Überfahrt über das *Mare Nostrum* verließ Shlomo seine Schützlinge und ging an diesem Nachmittag, kurz vor Pessach, von Bord. Im *judaeorum vicus* erkundigte er sich nach uns und nun saß er mit uns am Tisch und hörte zu, wie Asasel, sich hin und her wiegend, fortfuhr: »... jeder, der das Pessachfest feiern will, soll kommen und es mit uns feiern.«

Während der Pessachwoche, als sich ein vom Schicksal gebeutelter Shlomo langsam erholte, setzte Mordechaj das

Gerücht in Umlauf, die *Kunsthandlung Mosel* habe dem Venus-Tempel von Baiae einen erstklassigen Bildhauer abspenstig gemacht und nach Alexandria eingeladen. Auch mit ausgefallenen Sarkophagen habe sich dieser einen Namen gemacht. Nachdem alle, für die diese Nachricht bestimmt war, sie mit ziemlicher Sicherheit vernommen hatten, traf er sich zu einem längeren Strategiegespräch mit dem *lesonis* Petosiris und ließ ihn ein bestimmtes Terrain sondieren. Es war nämlich so, dass das Sema, die Grabanlage Alexanders des Großen, schon seit sehr langer Zeit einen wichtigen Auftrag zu vergeben hatte, aber aus tausend und einem Grunde immer noch nicht dazu gekommen war. Mal fehlte es an Geld, mal scheiterte es an unterschiedlichen Vorstellungen der Mitglieder des Kuratoriums ... Es ging um die Rückseite für den berühmten Sarkophag des Stadtgründers. Sie war nur grob behauen und noch nie gestaltet worden. Mordechaj erkannte den Zeitpunkt, um den Auftrag zu buhlen, als günstig – der andauernde Friede reduzierte die Militärausgaben, die letzte Ernte war besonders gut gewesen, Geld musste also reichlich vorhanden sein. Und mit den Mitgliedern des Kuratoriums hoffte er – mit Hilfe des *lesonis* Petosiris, der jeden kannte, der auch nur den geringsten Einfluss in dieser Stadt hatte –, fertig zu werden. Nicht nur mit seiner Hilfe übrigens. Gleich zwei Mitglieder dieser so einflussreichen Institution waren auch treue Klienten von Phryne. Einer von ihnen war sogar der für die Finanzen zuständige *quaestor*. Der alte Pirat ging sehr geschickt vor: Von dem *lesonis* und Phryne in die Mangel genommen, blieb dem Kuratorium nach zwei oder drei Wochen konzentrierter Behandlung nichts anderes übrig, als Shlomo offiziell aufzufordern, dem hohen Gremium seine Vorschläge für den Sarkophag zu unterbreiten.

Da man Shlomo in einer so wichtigen Angelegenheit und in Anbetracht seiner Pleite in Baiae die Entscheidung über das Thema nicht allein überlassen konnte, trat nun unser Gremium zusammen. Mit dem *lesonis* Petosiris als auswärtigem Experten. Die möglichen Themen waren schnell umrissen:

1. die Schlacht von Gaugamela
2. die Schlacht bei Issos
3. die Schlacht am Hydaspes
4. die Schlacht am Granikos

Mit jeder genannten Schlacht wurde das Gesicht von Shlomo länger und länger. Ihm lag nichts an Kampfgetümmel und Pferdehufen. Hilfe suchend schaute er sich um. Mitleidlos erwiderten wir seinen Hundeblick. Seine Errettung kam in Form eines Vorschlags, den Phryne plötzlich machte. Wie wäre es mit der Darstellung eines fröhlichen Gelages Alexanders, umgeben von Perdikkas, Ptolemaios, Seleukos und Polyperchon? Oder noch besser: die Massenhochzeit von Susa! Das war die zündende Idee. Zumal Schlachten in diesen, wie schon erwähnt, friedlichen Zeiten nicht besonders populär waren. Während so eine Massenhochzeit einer begeisterten und freien Fantasie keine Grenzen setze. So fand dieser Vorschlag unsere uneingeschränkte Zustimmung, sogar vom *lesonis* Petosiris bekam Phryne einen begeisterten Schenkelklopfer. Wir beschlossen, uns in einigen Wochen wieder zu treffen, um Shlomos Skizzen zu begutachten, bevor er diese dem Kuratorium vorlegte. Diese Skizzen und Entwürfe waren meine und Shlomos gemeinsame Arbeit, auf die ich so stolz bin, wie man überhaupt auf seine Arbeit stolz sein darf. Die spätere Ausführung war natürlich Shlomos Werk, da ich nur vom Farbenmischen etwas verstehe. Aber der Gedanke, etwas dazu beigetragen zu haben, wärmte mein Herz.

In das Zentrum der Marmorplatte, leicht nach links versetzt, platzierten wir eine prächtige Liege, *lectus triclinaris*, auf der ein leicht auf seinen linken Ellbogen aufgestützter Alexander mit einem reich verzierten Becher in der rechten Hand den Besuchern seines Grabes zuprostet. Um ihn herum schlängelten sich seine drei Ehefrauen – Roxane, Stateira und Parysatis, alle von der Natur aufs Schönste ausgestattet und dezent gekleidet. Wenn man genauer hinsah, konnte man eine gewisse Aufregung Alexanders feststellen. Sie äußerte sich in einer spontanen Unordnung seiner Kleidung. Etwas weiter rechts, zu Füßen des großen Königs und ein wenig kleiner, erschien Hephaistion mit seiner ihm frisch angetrauten Drypetis, der jüngeren Schwester der Stateira. Sie alle wurden später von Shlomo mit äußerster Akribie und Plastizität aus dem Stein gearbeitet. Um das Zentrum herum fanden sich runde Basreliefs mit weiteren Kampfgefährten Alexanders, wie Perdikkas, Polyperchon etc. – alle mit den ihnen zugehörigen Frauen und Weinbechern, samt Weinreben, Kränzen und üblichem Beiwerk.

Die Vorstellung der Skizzen war ein voller Erfolg. Nur eines der Kuratoriumsmitglieder, ein wichtigtuerischer Pedant, wollte sich etwas aufspielen und meinte, dass Stateira krauses Haar gehabt haben solle, und nicht glattes, wie hier dargestellt. Wir bedankten uns bei ihm für diese Richtigstellung und stellten ihn damit ruhig. Als er später, auf den Geschmack gekommen, meinte, der König solle als Zeichen seiner Würde den berühmten Helm mit den beiden Hörnern auf dem Haupte tragen, wurde er von seinen eigenen Kollegen ausgebremst. Wer würde schon, argumentierten sie, bei seiner eigenen Hochzeit einen Helm tragen? Zumal die Hörner als unpassende Anspielung verstanden werden könnten. Und zu guter Letzt würde er mit dem Ding auf dem Kopf zu sehr dem Minotaurus ähneln, der gerade, von seinen Opfern umgeben, ungebührlich zecht. Ein goldener Haarreif würde seiner königlichen Würde vollauf genügen. Das saß und stopfte dem Pedanten das Maul.

Die Entwürfe wurden gutgeheißen, und Shlomo hätte unverzüglich mit dem Behauen des Steins beginnen können, wenn das Kuratorium seiner Vertragspflicht nachgekommen wäre, die erste Hälfte des Honorars auszuzahlen. Aber statt der Auszahlung gab es nur unerklärliche Verzögerungen, die auf angebliche Kompetenzüberschneidungen zurückzuführen waren. Niemand schien zuständig zu sein, und der Oberbuchhalter war angeblich schon seit Wochen wegen eines Trauerfalls in der Familie nicht mehr gesehen worden – eine seiner Schwiegermütter sei plötzlich verstorben. Wir wurden vertröstet und hingehalten. Bis Mordechaj und Asasel eines Tages einen entscheidenden Schritt taten. Sie passten den Zeitpunkt ab, als der *quaestor* nach Phrynes Behandlung gerade hinausgetragen werden sollte, und knöpften ihn sich vor. Man brachte ihn in unser Haus, Essen und viel Wein wurden aufgetragen, und nach einer kurzen, aber heftigen Diskussion wurden wir mit ihm handelseinig. Shlomos Honorar sollte um zwölf Prozent erhöht werden, wobei zehn Prozent davon schnell und unauffällig an den Beamten zurückfließen sollten. Die übrigen zwei Prozent hätten wir an den Oberbuchhalter zu zahlen, als kleines Trostpflaster für seinen Kummer sozusagen. Es geschah wie besprochen, und Shlomo konnte endlich mit der eigentlichen Arbeit anfangen.

Wie man weiß, war sie ein voller Erfolg. Zur Neueröffnung des Grabes versammelte sich alles, was in Alexandria Rang und Namen hat. Der *praefectus aegypti* persönlich hielt eine längere Rede, in der er seine umsichtige und entschlossene Handlungsweise in Verbindung mit dem teuren Verstorbenen brachte, dessen Sarkophag nun endlich (dank seinen Bemühungen) vollendet sei. Im Anschluss wechselten alle ins Theater, wo ein ungeheuer populärer Alexandriner Sänger, ein bereits älterer Freigelassener mit wulstigen Lippen, Schildkrötenhals und aus purer Gewohnheit anzüglichen Blicken, mit tiefer krächzender Stimme eine unglaublich lange Ode an Alexander aus eigener Produktion vortrug. Auch in den Tagen, die darauf folgten, kamen wir nicht zur Ruhe – die Vorsteher des *judaeorum vicus*, des jüdischen Viertels, verliehen Shlomo die Ehrenbürgerwürde mitsamt einem Laubkranz für seinen Beitrag zur jüdisch-hellenistischen Verständigung. Was unseren Erfolg mit einem faden Beigeschmack versah. Es erzeugt schon ein unangenehmes Gefühl, zu wissen, dass man von Leuten für deren politische Zwecke missbraucht wird, dass man ausgenutzt wird, ohne sich wehren zu können. Und dann noch diese Flut an Sarkophagaufträgen – jeder Alexandriner, der sich das leisten konnte, wünschte sich, seinen von Shlomo gestalten zu lassen. Wobei sie alle ganz genau wussten, wie ihre Steinkisten auszusehen hatten. Interessanterweise glichen sich ihre Vorstellungen wie ein Ei dem anderen. Sie alle wollten sich als Heroen, umgeben von schönsten Frauen (manchmal auch von Knaben), zur letzten Ruhe gebettet wissen. Die nächsten Jahre versprachen also, recht öde zu werden. Das war wohl die Kehrseite des Erfolgs. Mordechaj und Asasel kümmerten sich um all die Verträge, aber auch sie waren bald überfordert. *Mosel* und *Apollos Träne* brauchtes dringend Urlaub.

Eines Abends, wir hatten uns gerade völlig erschöpft am Tisch zurückgelehnt und suchten im Wein Vergessen, sagte Shlomo wehmütig, wie gern er doch seine Frösche wiedersehen würde, freundlichere Geschöpfe könne er sich im Moment gar nicht vorstellen. Und Amos, schon leicht lallend,

123

sagte, warum machen wir nicht für eine oder zwei Wochen einen Abstecher nach Herur, um dem ganzen Trubel hier zu entgehen und Shlomos Lieblinge zu besuchen? Das war eine gute Idee, aber leider nicht für Amos selbst. Denn einer musste zu Hause bleiben, um Phryne, die an ihre Klienten gebunden war, Gesellschaft zu leisten. Und um auch sonst die Stellung zu halten.

Zu viert machten wir uns tatsächlich auf den Weg. Wir mieteten uns fünf Esel, der fünfte war fürs Gepäck bestimmt. Da wir ohne Phryne reisten, war Letzteres zur Freude des gutmütigen Esels sehr überschaubar. Nur ein wenig Reisekleidung und ein paar Zeichenutensilien, damit Shlomo und ich unterwegs nicht gänzlich einrosteten. Zunächst hatten wir etwa siebzehn *milia passuum* bis nach Kanopus zu schaffen, um von dort mit einem Nilschiff den *Ostium Canobicum*, den westlichen Nilarm, gen Süden hinaufzufahren. Die Esel sollten in Kanopus an einen Partner des Vermieters abgegeben werden. Wir erreichten die gar nicht so kleine Stadt am späten Abend und mieteten uns in einer Taverne ein. Am nächsten Morgen, nach einem ausgiebigen Frühstück mit dem unvermeidlichen Bier, machten wir uns auf den Weg zum Hafen. Der Hafen war voller Lastschiffe, Handelsbarken und Boote, die im braunen Brackwasser hin und her fuhren, wobei die zahlreichen Nilkrokodile verzweifelt versuchten, den schweren Paddeln zu entgehen, indem sie, kaum aufgetaucht und nach Luft schnappend, gleich wieder in diese stinkende Brühe untertauchen mussten.

Wir gingen gerade an zahlreichen Piers vorbei, auf der Suche nach einem Schiff, das groß genug wäre, um auch Passagiere mitzunehmen, als wir hinter uns eine tiefe triumphierende Stimme vernahmen: »Motti, du alter Schuft! Hier entkommst du mir nicht, warte nur ab, du betrügerischer

Schänder!« Mordechaj sackte zusammen und wurde noch kleiner, als er ohnehin war. Seine Nase, das einzige in seinem Gesicht, was Haut zeigte, wurde blass. Wir drehten uns um und wurden fast umgerannt von einer sehr großen, sehr schönen und sehr schwarzen Frau – einer afrikanischen Göttin, wie aus Ebenholz geschnitzt.

11. KAPITEL

in dem der Verfasser, Shlomo
und Agraphena sich auf den Weg
nach Krokodilopolis machen und
Mordechaj von Agraphena
in flagranti erwischt wird

»Agraphena …«, murmelte Mordechaj, »wo zum Teufel kommst du denn her!«, und während er vergeblich versuchte, sich aus ihrer gnadenlosen Umklammerung zu befreien: »Darf ich dir meinen Cousin, Freund und Partner vorstellen?« Sie ließ endlich seinen zerzausten Bart aus den Tiefen ihres Busens wieder auftauchen und schaute uns prüfend an. Was für eine schöne Frau war diese Agraphena! Eigentlich sollten solche Frauen Gemeinschaftseigentum sein, damit sie viele, sehr viele Leute glücklich machen können und nicht nur an einige wenige verschwendet werden. Ich jedoch schien ihrer Prüfung wohl nicht standzuhalten, Shlomo auch nicht. Beim Anblick des kleinen bärtigen Asasel aber nahm sie eine Haltung an, die der eines Jagdhundes ähnlich war. Das Paradoxon war mir längst bekannt: Große und schöne Frauen haben fast immer eine Schwäche für kleine und unansehnliche Männer. Was sie an ihnen finden, ist mir unerklärlich. Ein Meter fünfzig im aufgeregten Zustand! Man darf mich auch ruhig des Neides bezichtigen – ich gebe ihn reumütig zu. Asasel, der alles sehr sensibel registrierte, lächelte mir infam überlegen zu und zuckte mit den Schultern. Agraphena wandte sich zu dem immer noch wie vom Donner gerührten Mordechaj: »Du dachtest wohl, du könntest mich wie dein Schiff loswerden? Als es ohne dich nach Apollonia zurückkehrte, habe ich dich gleich durchschaut. Dieser Grünschnabel von neuem Kapitän hat mir nach … na ja, nicht so wichtig, jedenfalls lebt er noch, und er hat mir gestanden, dass er dich in Kanopus an Land gesetzt hat und mich anschließend hierherbringen musste. Und siehe da – wer läuft mir hier gleich in die Arme! Der flüchtige Gatte und Vater zweier Kinder. Sie sind übrigens bei meiner Schwester und gut versorgt, falls du dir Sorgen machen solltest.« Mordechaj machte auf mich nicht den Eindruck, als würde er sich Sorgen um irgendwelche Kinder machen, zumal er uns nie von ihnen erzählt hatte. Wie auch von Agraphena nicht. Langsam fasste er sich und begann, ihr wenig überzeugend auseinanderzusetzen, wir seien auf einer geschäftlichen Reise gen Süden, und sie solle hier in Kanopus bleiben und auf uns warten, wir würden schon bald wiederkommen ... ganz bestimmt ... in zwei Wochen vielleicht. Hämisch grinsend hörte sie ihm zu und fragte dann, ob Mordechaj sie wirklich für so blöde halte, dass sie ihn abermals entwischen lasse. Auf seinen Einwand, seine Partner hätten vielleicht etwas dagegen, wenn sie mitkäme, lachte sie lauthals. »Ha, dein Cousin sieht mir nicht so aus, als würde er mich verschmähen, und die beiden anderen würden mich gewiss auf der Stelle verspeisen wollen, trotz der frühen Morgenstunde, dem Gestank hier und der Krokodile!« Mordechajs Blick auf unser beider breites Grinsen zeigte ihm unumwunden, wie recht sie damit hatte. Sein Dilemma stand ihm ins Gesicht geschrieben: Natürlich könnten wir mit ihr zusammen einen Urlaub machen und Shlomos Frösche besuchen, aber was dann? Schließlich könnten wir unmöglich mit ihr, ahnungslos wie sie war, nach Hause zu der ebenso ahnungslosen Phryne fahren, die bestimmt nicht gewillt war, auch nur einen ihrer Hähne mit einer anderen Frau zu teilen. Worin wir uns, um es gleich zu sagen, gewaltig irrten.

Aus dieser Zwickmühle gab es kein Entkommen. Das leuchtete auch Mordechaj ein, und so begaben wir uns zusammen mit Agraphena zurück in die Taverne, in der wir vorhin gefrühstückt hatten, um ihr dort reinen Wein einzuschenken und unsere missliche Lage zu besprechen. Wir setzten also der nicht gerade erfreuten Agraphena alles auseinander und schlugen vor, sie könne mit uns ziehen, vorausgesetzt, sie würde mir und Shlomo als Modell dienen und so auch zum Prosperieren von *Mosel* und *Apollos Träne* tatkräftig beitragen.

Welche Arrangements sie später mit Phryne treffe, sei allein ihre Sache. Als sie daraufhin etwas genauer wissen wollte, ob das Modellsitzen auch gewisse andere Pflichten beinhalte, hörte ich, wie Shlomo sich vernehmlich räusperte. Ich schaute kurz auf den in seinem Bart versunkenen Mordechaj, der mir plötzlich zublinzelte, und erwiderte, dies sei möglich und sogar durchaus wünschenswert, wenn auch nicht zwingend, vorausgesetzt, man könne das in gegenseitigem Einvernehmen regeln. Agraphena war sichtlich amüsiert. »Dann habe ich statt einem Mannsbild mir wohl gleich vier eingehandelt!«, meinte sie nicht ohne Frohlocken, einen erfreuten Asasel gleich miteinschließend. Und darauf tranken wir das saure ägyptische Bier.

Während wir Agraphena über unsere Tätigkeit und Pläne aufklärten, füllte sich die Taverne allmählich. An einem der Nachbartische nahm ein hagerer ägyptischer Priester Platz. Man hätte ihn wegen seiner fleischigen Nase, der schmalen Lippen und seines schweren Kinns für einen Römer halten können, wenn sein dunkler Teint und die etwas hervorstehenden nussbraunen Augen ihn nicht als gebürtigen Ägypter verraten hätten. Zwei ihn begleitende Sklaven standen in angemessenem Abstand und warteten, während er sich mit Hingabe dem heißen Fladenbrot, saurer Milch und Bier widmete. Wie man seinen häufigen interessierten Blicken in unsere Richtung (insbesondere auf Agraphena) entnehmen konnte, hinderte ihn diese Hingabe durchaus nicht daran, unser Gespräch zu verfolgen. Da er keine Hemmungen hatte, sein Interesse zu zeigen, tat ich es ihm gleich, indem ich ein Blatt Papyrus und einen Zeichenstift, die ich immer griffbereit hatte, aus der Tasche holte und anfing, seinen glänzenden kahlen Kopf mit den abstehenden Ohren zu skizzieren. Offensichtlich störte ihn das nicht, es sah sogar so aus, als bemühe er sich, möglichst unauffällig zu kauen und sich wenig zu bewegen. Als ich mit der Zeichnung fertig war und das Blatt zusammenzurollen begann, um es zu verstauen, sprach er mich an und erbat sich, die Zeichnung anschauen zu dürfen. Dankend gab er mir dann das Blatt zurück und stellte sich uns vor: Priester Cheteba, Sohn des Cheteba, Sohn des Setiutawety, Sohn des Ma'aRa. Von dem Tempel des Sobek, des Herrn von Pai in Soknopaiu Nesos. Sehr würdevoll trug er uns seinen langen Namen vor und fügte hinzu, es genüge durchaus, ihn Priester Cheteba zu nennen. Wir stellten uns unsererseits vor und luden ihn ein, an unserem Tisch Platz zu nehmen, was er auch sichtlich gerne tat. Die Sklaven räumten schweigend seinen Tisch ab und stellten die Speisen samt Bier auf den unsrigen.

»Wie ich mitbekommen habe, seid ihr unterwegs nach Herur, zum Tempel der Heqet, was sicher sehr löblich ist. Aber wenn ich mich nicht irre, und ich irre mich fast nie«, fuhr er verschmitzt fort, »seid ihr Hebräer. Bis, vermutlich, auf die hochgeehrte Dame hier«, er verbeugte sich in Richtung Agraphena, »daher würde ich euch gerne einladen, meinen Tempel zu besuchen. Denn wir züchten heilige Krokodile, aber nicht wie diese hier ...«, er wies verächtlich in Richtung Hafen, »sondern solche, die in direkter Linie von jenem Krokodil abstammen, das euer großer Priester Aaron aus seinem Stab erschaffen hat, als er selbigen vor dem Pharao zu Boden warf.« Und er ließ, den Zeigefinger, den Mittelfinger und den Daumen zusammenfügend, das Handgelenk der rechten Hand leicht um seine Mitte kreisen – eine Geste, die uns aus der Heimat vertraut war. Wir waren schwer beeindruckt. Zufrieden mit der Wirkung des Gesagten, lehnte er sich zurück und schwieg eine Weile. Um dem Moment Gewicht zu verleihen, schwiegen wir ebenfalls. Nach einer angemessenen Spanne

Zeit sagte er, wir würden uns dort ausgezeichnet erholen können, wenn es das sei, was wir uns wünschten. Der Tempel des Sobek, des Herrn von Pai und die dazu gehörende kleine Stadt Soknopaiu Nesos liegen in einer ausgedehnten Oase namens Shedet, unter den Griechen besser bekannt als Krokodilopolis, am Ufer des schönen Moeris-Sees, der vor Urzeiten künstlich angelegt worden war, um das überschüssige Überschwemmungswasser des Nils aufzufangen – ein ganz vorzüglicher Platz für die Krokodilzucht übrigens.

Und falls wir uns nach möglichen Aufträgen umschauten, ob seitens des Tempels oder privat, so wäre die Gegend auch in dieser Hinsicht nicht ohne einiges Interesse. Denn, sagte er, an mich gewandt und leicht seinen glänzenden Kopf neigend, er sei seinerseits auch schwer beeindruckt von der Geschicklichkeit meines Zeichnens. Und sollten wir uns dazu entschließen, seinem Tempel die Ehre eines Besuchs zu erweisen, so stehe uns auch gerne sein tempeleigenes Schiff zur Verfügung, das unten am Kai auf ihn warte.

Da es uns eigentlich ziemlich egal war, wo wir uns am Ufer dieses Sees niederlassen würden (unser ursprüngliches Ziel – Herur – befand sich auch an seinen Ufern), waren wir bald einverstanden, uns Priester Cheteba anzuschließen, nur Agraphena hatte noch Bedenken wegen der vielen Krokodile dort. Wie sie uns erzählte, wurde eine Tante von ihr einmal von einem Krokodil gebissen, und alle hatten furchtbare Angst vor einer Blutvergiftung gehabt. Aber auch diese Bedenken konnten zerstreut werden, weil Priester Cheteba ihr aufs Aufrichtigste beteuerte, die Krokodile dort seien harmlos wie Lämmer und nach Charaktereigenschaften gezüchtet – wären sie Säugetiere, man könnte sie melken. Ganz anders als die üblen Kreaturen hier in diesem stinkenden Hafen. Das klang sehr überzeugend.

Im Begriff aufzubrechen, vernahmen wir plötzlich laute Rufe auf der Straße. An uns vorbei zog eine große Prozession, bestehend hauptsächlich aus jungen Leuten und angeführt von Priestern mit Trommeln und einer vergoldeten Holzstatue des heiligen Nilkrokodils. In regelmäßigen Abständen erklang ein Trommelwirbel, dem zunächst ein einzelner Ruf folgte und anschließend die Menschenmenge im Chor: »Nein zum Holz! Ja zum Dung! Rettet die heiligen Nilkrokodile! Nein zum Holz! Ja zum Dung! Rettet die heiligen Nilkrokodile!« Der Dunghändler hatte sich offenbar in Kanopus niedergelassen.

Wir folgten Priester Cheteba und seinen beiden Sklaven zu seinem Schiff. Der Weg war gesäumt von kleinen Verkaufsbuden unter Palmblättern, in denen man alles kaufen konnte, von gekühltem Nilwasser für unterwegs bis zu Amuletten mit Krokodilzähnen und Tuniken mit gestickter Aufschrift ›Nein zum Holz! Ja zum Dung!‹ An einem Stand kauften wir ein Dutzend gegrillter Hühner, Fladenbrote und einen Tonkrug mit eingelegten Paprikaschoten. Die uns angebotenen Streifen geräucherten Fleisches der heiligen Krokodile lehnten wir dankend ab – unsere Speisegesetze erlauben es uns halt leider nicht. Und so gingen wir, samt unserem Gepäck, einem Dutzend Hähnchen und Agraphena, an Bord des im Brackwasser dümpelnden, rot angestrichenen Schiffes, an dessen Bug ein Krokodil mit Falkenkopf uns den Weg wies.

Die Fahrt des Schiffes als schnell zu bezeichnen wäre pure Übertreibung, aber schließlich mussten die Ruderer, zehn an der Zahl, gegen den Strom anrudern. Etwas später drehte sich der stetige Nordwind auf … keine Ahnung, auf was er sich drehte, jedenfalls konnte der Kapitän endlich das große schräge Segel setzen und die Ruderer atmeten erleichtert auf. Wir fuhren den Kanobischen Arm des Nildeltas hoch bis Katadupa, dann den Nil selbst, irgendwann bogen wir in einen langen Kanal ein und folgten ihm bis Ptolemaios Hormou. Hier ging es scharf nach rechts in einen kleineren Kanal, und schließlich, nach fast drei Tagen, erreichten wir den Moeris-See. Hier, am gegenüberliegenden Ufer des Sees, befand sich das Ziel unserer Reise – Soknopaiu Nesos und der Tempel des Sobek, des Herrn von Pai. Mit dem Schiff das andere Ufer zu erreichen, war nicht so einfach, Tausende von Krokodilen, meist riesige Exemplare, blockierten den See. Bis jetzt ist mir schleierhaft, wovon sie sich dort ernährten. Aber irgendwas muss es wohl gewesen sein, so groß wie sie waren. Von ihrer Lammfrömmigkeit, deren der Priester uns und Agraphena in der Taverne versichert hatte, allerdings keine Spur. Mir behagten diese fiesen Biester nicht.

Irgendwie schafften wir es ans andere Ufer und fanden uns in einer lebendigen und staubigen kleinen Stadt. Auf den ersten Blick war klar, dass die Stadt alles den Krokodilen verdankte. Überall wurden Erzeugnisse aus Krokodilleder feilgeboten, gespaltene Krokodilzähne verkaufte man als Zahnstocher, das Fleisch der vielseitigen Reptilien glomm auf den Grillblechen. Später gab man uns sogar angebliche Krokodilsmilch zu trinken – nur ganz wenige ausgesuchte Krokodil-Weibchen durften von Priestern zur Stunde des Horus einmal monatlich gemolken werden. Keine Ahnung, wie sie das anstellten ...

Zum Tempelbezirk im Norden der kleinen Stadt führte ein langer Dromos. Beide Seiten des Weges säumten gutmütige Löwen aus gelblichem Kalkstein. Am Ende des Dromos befand sich das Tor zum heiligen Bezirk, über dem sich eine Uraeusschlange erhob, oder besser gesagt, Reste einer Uraeusschlange, denn sie schien vom Zahn der Zeit stark lädiert. Priester Cheteba wollte uns auf dem Tempelgelände in einem

Gasthaus unterbringen, aber das ging nicht – wir könnten, ohne es zu ahnen, in einen fremden Gottesdienst geraten, dem galt es vorzubeugen. Deswegen quartierten wir uns in einer gemütlichen Taverne ein, unmittelbar am Ufer. Direkt am Wasser, auf einer Veranda, standen auch Podeste mit einem Stapel Steppdecken und Kissen darauf. Man hätte dort draußen schlafen können, denn die Nächte waren warm, wenn da nicht diese Riesenviecher gewesen wären, die dich abschätzig und voller Erwartung anschauten, aus nur etwa gut einem Meter Entfernung. Deswegen zogen wir es vor, in den Räumen im oberen Stockwerk zu übernachten. Schon allein die Nahrungsaufnahme draußen unter der aufmerksamen Beobachtung aus dem trüben Wasser war gewöhnungsbedürftig.

Am nächsten Morgen lud Priester Cheteba uns zum Frühstück ein. In einer Ecke des Tempelgartens wurde für uns ein Tisch gedeckt, und bei Brot, kleinen bitteren Oliven und Bier, gestand er uns, ein Attentat auf uns geplant zu haben. Zwar wisse er, dass wir hier zur Erholung seien und nicht, um zu arbeiten, aber er würde uns auf ewig dankbar sein, wenn wir ein paar Aufträge annähmen.

Ein gutes Honorar gebe es auch, denn der Tempel sei reich und gehöre zur Ersten Steuerklasse. Wenn wir nur einwilligten, würde er das Geschäftliche mit den Herren Asasel und Mordechaj regeln. Gewiss sei uns der Zustand der Uraeusschlange über dem Tor aufgefallen: wenn also Herr Shlomo sie ausbessern könnte, oder gleich eine neue aus dem Stein hauen ... Es könne ja nicht so viel Zeit in Anspruch nehmen, eine zwei Ellen lange Schlange zu meißeln. Außerdem wünschte er sich schon lange ein Krokodilrelief für die kleine Vorhalle.

Und was mich betreffe, so habe er auch für mich einen Auftrag. Es ist so, dass es unter den heiligen Krokodilen einige gibt, die besonders heilig sind. Und wenn sie sterben, dann werden sie mumifiziert und außerhalb des Tempelbezirks in einer eigenen Nekropolis bestattet. Und nun war so ein besonders heiliges Krokodil gestorben, das schon sein Urgroßvater, Priester Ma'aRa, verehrt hatte. Ob ich vielleicht bereit wäre, ein Totenporträt von ihm anzufertigen, welches man dann an der Mumie befestigen und mit dem Krokodil zusammen bestatten könnte. Und, wenn wir schon dabei seien, hätte er auch gerne sein eigenes Totenporträt in Auftrag gegeben, das ihn dann eines Tages in seinem Sarkophag ins Jenseits, ins Reich des Anubis, begleiten würde. Bis es aber so weit sei, sein Auge erfreuen würde. Wachs, Pigmente, *cauterium*, Holzplatten etc. habe er reichlich vorrätig.

Daraufhin zog er sich höflich zurück, damit wir uns in Ruhe beraten könnten. Mordechaj und Asasel, der Ex-Pirat und der Ex-Ziegenhirt, waren begeistert, eröffneten uns die Aufträge schließlich ein neues Betätigungsfeld. Shlomo und ich waren wesentlich skeptischer, könnte man das uns Angetragene nicht vielleicht als Götzendarstellungen bezeichnen? Dann müssten wir den Auftrag dankend ablehnen. Andererseits war ein Porträt in diesem Fall kein Anbetungsobjekt, mehr noch – es würde vergraben werden. Das heißt, man könnte es beim besten Willen nicht als solches missbrauchen. Bei dem Krokodilrelief war das schon etwas schwieriger: ob es lediglich eine Dekoration sein sollte, war fraglich. Das größte Problem war die Uraeusschlange – sie hatte eine eindeutig beschützende Funktion.

An der nun entfachten Diskussion hätte selbst unser alter seniler Dorfkohen seinen Spaß gehabt. Eine Lehrmeinung knallte auf die andere, denn es hieß zwar, ihr sollt neben mir nicht fertigen ..., aber nicht eindeutig war, ob sich das nur auf Seine Dienstlinge in der höchsten Sphäre bezog oder auch auf alles andere, was zum Götzendienst taugte. Es war bestimmt eine Augenweide, zu beobachten, wie wir zu viert, wild gestikulierend, im Garten eines ägyptischen Tempels nach einem Ausweg aus dem Dilemma suchten. Nur Agraphena verzehrte in aller Ruhe ihr Frühstück. Und sie war es auch, die uns, ohne es zu ahnen, zu einer Lösung verhalf. »Meine Lieben«, sagte sie, sich wie ein schwarzer Panther streckend, »so werdet ihr nie mit der Diskussion fertig, und euer Bier wird auch warm ...« Genug! Wie ein Blitz erleuchtete uns dieses Wort. Denn nach gelehrter Meinung eines Schülers von Rabbi Eleasar ben Asarja vollzog möglicherweise erst der letzte Hammerschlag die Verwandlung eines einfachen aus Stein gehauenen Bildes in ein Götzenbild. Es gab zwar auch andere Meinungen, die dem widersprachen, aber diese eine reichte uns in unsrer Lage. Wir mussten dem Priester Cheteba lediglich erklären, dass irgendjemand anderes die letzten Meißelschläge auszuführen hatte.

Zurück im Stadtzentrum, gingen wir die Hauptstraße entlang und schauten uns an, was die hiesigen Händler feilzubieten hatten. Außer den schon erwähnten Waren, für die die heiligen Krokodile den Rohstoff lieferten, war nicht viel zu sehen. In einer Gasse aber, abseits des Trubels, sahen wir plötzlich einen Laden, vor dem unverkennbar ein älterer Jude saß und das allgegenwärtige Bier schlürfte. Wir stellten uns ihm vor. Zu unserer Freude war sein Laden eine koschere Fleischerei mit einer angrenzenden Garküche. An diesem Tag gab es eine dicke Lammsuppe, scharf, aber gerade noch essbar. Und Wein. Endlich Wein statt des sauren ägyptischen Gesöffs. In einer Ecke standen zwei große Pithoi mit einem stark geharzten Wein, die uns seltsam bekannt vorkamen. Auf unsere diesbezügliche Frage antwortete der Alte, den Wein beziehe er aus Alexandria von dem Weingroßhändler aus dem *judaeorum vicus*. Das war ohne Zweifel der Wein, den Mordechaj zusammen mit uns damals erbeutet und in Alexandria an den Mann gebracht hatte. Wir erkannten das Siegel des Händlers aus Caesarea. Nur etwas dünner war er geworden – der Gauner hatte ihn mit abgekochtem Nilwasser gestreckt und für alle Fälle noch zusätzlich Harz beigefügt. Wir fragten den Mann, er hieß Absalom, ob er nicht ein Quartier zu vermieten habe, und welch ein Zufall – er hatte eines, aber wir müssten uns zwei kleine Zimmer teilen, und das zum Preis einer schicken Herberge in Alexandria. Süffisant erkundigte sich Shlomo, warum das so teuer sei, waren Gasthäuser hier solche Mangelware? Worauf Absalom ihm freimütig antwortete, dass an Gasthäusern in Soknopaiu Nesos kein Mangel herrsche, dafür aber an jüdischen Reisenden, und er müsse ja auch zusehen, wo er bleibe. Agraphena meinte, sie würde lieber diesen Preis bezahlen und mit uns allen ein Bett teilen, als eine weitere Nacht in unmittelbarer Nachbarschaft der unzähligen Krokodile zu verbringen, und so willigten wir schließlich ein und zogen um.

12. KAPITEL

in dem *Pentelitha*, das Knöchelspiel, gespielt
und für die Ewigkeit gemalt wird

Über einen reisenden Großhändler, der den Tempel des Sobek, Herrn von Pai, mit befruchteten Krokodileiern belieferte und die fertige Produktion nach Alexandria und bis nach Rom schaffte, verständigten wir Phryne und Amos, dass wir circa einen ganzen Monat in Soknopaiu Nesos verbringen würden, und schickten ihnen auch Geschenke: für Amos eine Mesusa-Kapsel in Form zweier sich umschlingender Krokodile, gearbeitet aus reinem Silber, und für Phryne eine Damenhandtasche aus feinstem heiligen Krokodilleder, gefertigt in der tempeleigenen Gerberei. Soweit ich es beurteilen kann, war dies die Haupteinnahmequelle des reichen Tempels. Nach nur den Priestern des Sobek bekannten Kriterien wurden heilige Krokodile hierarchisch eingeteilt: Die besonders heiligen wurden verehrt und nach Eintreten des natürlichen Todes einbalsamiert und in Sarkophagen bestattet, und die übrigen – mit großem Abstand die Mehrzahl der Reptilien – wurden rituell geschlachtet und vielseitig verarbeitet. Die Handtasche für Phryne zum Beispiel war aus dem zarten Leder ganz junger, nicht länger als vor einem Monat geschlüpfter Krokodilchen gefertigt.

Auf dem Tempelgelände wies Priester Cheteba Shlomo einen überdachten Platz zu, wo er in den folgenden Tagen anfing, eine Uraeusschlange aus einem etwa drei Ellen großen Sandstein zu klopfen.

Mich führte er in einen Raum, in dem ein schon ausgeweidetes, riesiges Krokodil auf einer steinernen Platte lag, einbalsamiert mit Mixturen (nicht unähnlich jenen, aus denen Phryne damals Kyphi zubereitet hatte, um sich vor unseren *actuositates* einzureiben – Myrrhe, Mastix, Wein und Honig wurden jedenfalls ebenso verwendet wie Pottasche) und fest umhüllt mit Bandagen, die mit allerlei Harzen durchtränkt waren. Nur sein Kopf ragte noch aus der Umhüllung hervor.

Der Kopf allein war vier Ellen lang und zwei Ellen breit. Dass seine Augen bereits entfernt worden waren, steigerte den Ausdruck des für Krokodile so typischen Grinsens zu einem wahren *risus sardonicus.*

Ich fertigte mehrere Zeichnungen an, im Bemühen um eine solche Ähnlichkeit, dass man es auch unter Dutzenden heiliger Krokodile hätte wiedererkennen können, und zog mich in einen hellen Raum zurück, der mir als Werkstatt zugewiesen worden war. Der befand sich in einem Anbau des Haupttempels, in dessen Allerheiligstem, laut Erklärungen der Einheimischen, sich ein goldener Götze befand – eben der Sobek, der Herr von Pai, mit dem Kopf eines Falken auf dem Rumpf eines Krokodils. Da mich nur eine Mauer von ihm trennte, kam ich nicht umhin, manchmal auch den Ritualen zuzuhören, die nebenan vollzogen wurden. Meistens hörte man nur leises Gemurmel, aber in regelmäßigen Abständen waren laute Rufe zu hören:

Möget ihr veranlassen,
dass jedem Wiedergänger, jeder Wiedergängerin,
jedem Feind, jeder Feindin,
jedem Widersacher, jeder Widersacherin,
jedem Dämon, jeder Dämonin …

Was genau diesen passieren sollte, verlor sich zwar wiederum in Gemurmel, aber dieses Bemühen um die Geschlechtergerechtigkeit unter den Dämonen mutete sehr fortschrittlich an. Ein Beispiel, das meines Erachtens Schule machen sollte!

Priester Cheteba hatte nicht übertrieben, als er sagte, dass er alles an Materialien habe, was ich bräuchte, um zu malen. Es war tatsächlich alles da, und von feinster Qualität. Das Bildnis des Krokodils war in wenigen Tagen fertig und wurde sehr schön. Der Gedanke, dass es bald für immer in einem Sarkophag verschwinden sollte, betrübte mich sehr. Ich ahnte noch nicht, dass ich bereits eine neue Stufe der Erkenntnis erlangt hatte, zwar nur mit den Zehenspitzen, aber immerhin.

Shlomos Schlange war auch schon so weit gediehen, dass er den hiesigen Steinmetz mit der endgültigen Fertigstellung beauftragen konnte, um unser Gesetz nicht zu übertreten. Nun konnte er das Krokodilrelief in Angriff nehmen.

Also schufteten wir von morgens bis abends und erschienen erst spät in unserer Herberge, um endlich etwas von dem zu essen, was Absaloms Frau – eine sehr mittelmäßige Köchin – am jeweiligen Tag zusammengebrutzelt hatte, bevor wir ins Bett fielen. Meistens auch noch zusammen, weil das Bett im anderen Zimmer bereits von dem putzmunteren Trio in Beschlag genommen war. Nur am Shabbat blieben wir im Haus und überließen es Agraphena, sich eingehend um uns zu kümmern. Unter den väterlichen Blicken der beiden Alten.

Wobei die beiden auch sonst nicht untätig blieben. Sie spielten. Und zwar um Geld. Die Idee kam eines Abends beim Suppelöffeln auf, als Mordechaj in etwas Hartes biss. Fluchend wie ein Seemann, spuckte er einen Zahn und noch etwas anderes aus. Dieses Etwas entpuppte sich als Sprunggelenkknochen des Lammes, dessen sterbliche Überreste den Eintopf nur zu einem sehr geringen Teil zierten. Er hob den Knochen auf und funkelte ihn an. Da kam Asasel die glorreiche Idee, die ihnen in der Zeit unseres Aufenthalts die Langeweile vertrieb und darüber hinaus auch noch Geld einbrachte: *Pentelitha*, das Knöchelspiel! Das Spiel, das wir alle schon als Kinder gespielt hatten. Bei dem man mit seinem ›Stein‹ den von Gegnern zu treffen versucht, indem man den ›Stein‹ meist mit dem Daumen und dem Mittelfinger schnipst und hofft, dass der Knöchel auf die bessere der vier Seiten fällt, welche mit

Namen Kamel, Pferd, Schaf und Ziege benannt werden. Der Geschicklichkeit kann man natürlich nachhelfen, indem man seinen Wurfstein ein wenig manipuliert, damit er öfter in günstiger Stellung landet, aber ungefährlich ist das nicht, wenn es um Geld geht.

Asasel fragte Absalom, ob er noch mehr Knöchel habe, vielleicht im Abfall. Absalom dachte eine Weile nach und meinte dann gewichtig, es ließen sich wohl durchaus welche beschaffen, aber Schafe seien in letzter Zeit teuer geworden und ... Asasel möge verstehen ... und Asasel verstand und wurde ziemlich fuchsig. Mit einem süßsauren Lächeln bedeutete er ihm, dass er sich die Knochen eben vom Markt holen werde, schließlich galten die Speisegesetze nicht für Spielsteine und nicht koschere Knochen seien in dieser Hinsicht ebenso gut wie koschere. Und dass er, Absalom, in diesem Falle für den ausgebrochenen Zahn geradestehen müsse, und das könne teuer werden, zumal es nicht irgendeiner, sondern der rechte Backenzahn war, den Mordechaj sich an dem vermaledeiten Abendessen ausgebissen hatte. Woraufhin ein mürrischer Absalom uns seine Frau mit einem Ledersack voller stinkender Sprunggelenkknochen, die meisten noch mit Haut- und Haarresten, schickte – wir sollten sie dann bitte selber auskochen.

Was die beiden auch taten. Danach teilten sie die immer noch leicht nach Aas duftenden ›Steine‹ unter sich auf und gingen nach draußen, um einen geeigneten Platz zum Spielen zu suchen. Den fanden sie abseits des Marktes, wo die Erde gut festgetrampelt war, und fingen an zu spielen. Sie spielten beide ähnlich geschickt, und das Glück wogte zwischen ihnen hin und her. Bis sich die bis dahin ausschließlich zuschauende Agraphena einmischte. Sie verlangte nach ihrem Anteil an ›Steinen‹ und zeigte, zu meinem und Shlomos Ergötzen, was wirkliche Klasse ist. In kürzester Zeit zog sie die beiden alten Kobolde nach allen Regeln der Kunst ab, nahm ihnen ihre besten ›Steine‹ ab und freute sich so laut wiehernd, dass sie sich schon bald von einer großen Menge Schaulustiger umringt sahen. Der Gerechtigkeit halber muss ich hinzufügen, dass sie mit ihren langen Armen auch im Vorteil war – konnte sie doch Steine weiter und zielsicherer werfen. Die Bewohner von Soknopaiu Nesos, obwohl Hinterwäldler, kannten das Spiel auch. Und immer mehr von ihnen wollten nun gegen die Fremden antreten. Um den Spaß zu steigern, beschloss man zunächst einen Obol, später aber eine alexandrinische Tetradrachme pro ›Stein‹ einzusetzen. Keine großen Summen, aber die Menge machte es. Und die war zum Schluss beachtlich. Asasel und Mordechaj waren geschickter als die meisten Gegner und unter dem Strich gewannen sie ein jeder eine Handvoll Münzen. Agraphena jedoch schlug alle. Und da es die Ägypter wurmte, von einer Frau, dazu einer schwarzen, geschlagen zu werden, wuchs ihr Gewinn mit jedem Spiel geradezu unanständig. Als die Sonne sich endlich neigte, versprachen die drei den dennoch bestens gelaunten Verlierern, ihnen am nächsten Tag wieder eine Chance zu geben, und kehrten fröhlich mit ihrer reichen Ausbeute zurück in die Herberge. Ab jetzt und bis zu unserer Abreise waren auch sie gut beschäftigt.

Priester Cheteba war ein geduldiges Modell. Der Gedanke, dass es von seiner Ausdauer und meiner Kunstfertigkeit abhing, mit welchem Gesicht er eines Tages vor das Totengericht treten und ob dieses Gesicht ihm zu einem guten Urteil verhelfen würde, um die Ba und Ka seines menschlichen Körpers zu einem Ach zu vereinen, einem ehrwürdigen Ahnengeist, dieser Gedanke beunruhigte ihn sehr. Aus diesem an sich guten Grunde war er auch der schärfste Kritiker des Gesichts, das unter meinem Pinsel und dem *cauterium* im Entstehen war. Frauen, wie jeder weiß, sind schwierige Modelle, die man fast nie zufriedenstellen kann. Aber ihre Ansprüche werden von bloßer Eitelkeit gelenkt. Um wie viel schwieriger ist es, einen Priester, der sich bereits vor Gericht wähnt und dem es um sein Heil geht, zufriedenzustellen! Denn das Gesicht hatte die Reinheit seiner Seele widerzuspiegeln, selbst wenn daran einige Zweifel angebracht waren. Es sollte ein einnehmendes Gesicht werden, eines, zu dem ein strenger Richter auf Anhieb Vertrauen fassen würde. Aus den offenen Augen sollte die reine Seele sprechen und Zeugnis ablegen. Ein Zeugnis, das über jeden Zweifel erhaben wäre. Daher sollte der Mund zum Beispiel auf keinen Fall verkniffen wirken, die stolze Nase etwas weniger Stolz zeigen, und diese tiefen Falten von den Nasenflügeln zu den Mundwinkeln, die gingen auf gar keinen Fall. Und wie kam es, dass der Schatten unter dem rechten Auge aussah, als hätte er ein Veilchen an der Stelle? Mit Dankbarkeit und tiefer Zuneigung gedachte ich des verstorbenen Krokodils, das keinerlei Ansprüche an sein Totenbild stellte.

Aber irgendwann war auch dieses Porträt fertig. Und es zeigte sogar eine gewisse Ähnlichkeit mit dem Priester Cheteba, allerdings um Jahrzehnte jünger und frischer. Der Porträtierte war überglücklich. Ich war es wesentlich weniger, denn tief im Inneren nagten künstlerische Skrupel an meinem Pragmatismus. Und an meiner Selbstachtung. Mit einer gewissen Erleichterung dachte ich daran, dass das Bild irgendwann für immer vergraben werden würde. Keineswegs wünschte ich Priester Cheteba ein baldiges Totengericht, aber dieses Werk unter der Erde zu wissen, würde meine Gewissensbisse schon etwas besänftigen. Ich brauchte dringend ein positives Erlebnis, um meine wankende Selbstachtung wieder zu stärken. Shlomo war mit seinem Relief noch nicht fertig, und es sah ganz so aus, als würden wir hier noch eine volle Woche verbringen. Just in diesem Moment, als ich Trübsal blies, erschien Priester Cheteba in unserer Behausung und fragte, ob ich nicht vielleicht noch für einen weiteren Priester ein Totenbild schaffen könnte. Als ich, meine Augen gen Himmel richtend, schon ablehnen wollte, meinte er, der alles sehr gut verstand und wohl auch selbst von Gewissensbissen nicht gänzlich frei war, dass der betreffende Priester tot sei, ganz plötzlich verstorben. Und niemand würde mir mit irgendwelchen Sonderwünschen kommen. Also, bitte … Und ich willigte ein.

Zwei kräftige Sklaven trugen einen Leichnam in den kühlen Raum, in dem ich schon zuvor gearbeitet hatte und auch jetzt malen sollte. Sie luden ihn an einer steinernen Bank ab und lehnten ihn an die Wand. Ich wies sie an, ihn an beiden Seiten zu stützen, auch den Kopf. Die Augen waren groß, immer noch geöffnet, und schauten mit einer etwas glasigen Überheblichkeit auf mich. Der Priester hatte zusammengewachsene Augenbrauen, eine dicke Nase, große Ohren und scharfe Gesichtszüge mit braunen Bartstoppeln, die ihm vermutlich erst nach dem Tod gesprossen waren. Auch die beiden Sklaven hatten glasige Augen und offensichtlich große Angst vor dem Leichnam. Um sie zu erlösen, machte ich schnell mehrere Skizzen, prägte mir alles so gut es ging ein und entließ sie mit ihrer Last.

In nur zwei Tagen war das Bildnis fertig. Das Wachs der Farben ließ seinen rasierten Kopf glänzen, seine Ohren schienen dem Urteilsspruch zu lauschen und die Bartstoppeln stachen aus dem Bild. Als Priester Cheteba das Bildnis begutachtete, war er erst einmal sprachlos. »Das ist wahrlich mein alter

Freund Ptahmai«, murmelte er dann leise, »aber ob er so vor dem Gericht bestehen kann?«

Endlich war auch das Krokodilrelief fast fertig – die letzten Schläge sollte der örtliche Steinmetz ausführen, Priester Cheteba hatte uns großzügig ausgezahlt und sehr herzlich verabschiedet, und wir waren schon bereit, uns einzuschiffen, als am Kai eine Abordnung der Honoratioren aus Soknopaiu Nesos erschien, um den Herren Asasel und Mordechaj sowie der Dame Agraphena die Ehrenbürgerwürde der Stadt zu verleihen. Die drei hatten nämlich ihren gesamten Spielgewinn der letzten Wochen dem von ihnen gegründeten gemeinnützigen Verein ›Krokodilsknöchel‹, dessen Ehrenvorstände sie auch wurden, gespendet. Reden wurden gehalten (gleich in mehreren Sprachen), Krokodilschwänze geschwenkt, eine Lokalpolitikerin hielt eine lange Ansprache über die besondere Verantwortung der Einwohner von Soknopaiu Nesos für die hebräisch-ägyptische Freundschaft in Anbetracht der überlieferten geschichtlichen Ereignisse. Es schien kein Ende nehmen zu wollen. Und dabei war der Einzige, den unsere Abreise wohl tatsächlich stark betrübte, unser Wirt Absalom, die ehrliche Haut. Mögen seine Geschäfte auch weiterhin gedeihen!

Endlich konnten wir an Bord des Tempelschiffes gehen. Dass das Tempelschiff uns wieder zurückbringen sollte, war Bestandteil des Vertrages, den Mordechaj mit dem Priester Cheteba ausgehandelt hatte. Und noch lange winkten uns die guten Leute hinterher, während die Ruderer sich fluchend durch die Krokodilsuppe kämpften.

Nach fast zwei Monaten Abwesenheit näherten wir uns wieder Alexandria und unserem Haus. Wenn man verreist, hat man das Gefühl, die Welt verändert sich rasant – umso erstaunlicher ist es, festzustellen, dass sich in dieser kurzen Zeitspanne zu Hause kaum etwas verändert hat. Schon in Kanopus kamen die nahezu zwei Monate uns vor, als hätte es sie nicht gegeben: Immer noch zogen junge Gegner des Holzes durch die Straßen und schrien inbrünstig und begleitet von Trommelwirbel »Nein zum Holz! Ja zum Dung! Rettet die heiligen Nilkrokodile! Nein zum Holz! Ja zum Dung! Rettet die heiligen Nilkrokodile!« Allem Anschein nach hatte der Dunghändler noch reichlich von seinem Zeug. Dieselben Händler boten entlang der Hafenpromenade den gleichen Tand an, und eingeschüchterte Krokodile tauchten in die selbige braune Brühe ein, um den Paddeln zu entkommen, wie sie es auch vor zwei Monaten und vermutlich schon immer getan hatten.

Am dritten Tag war unsere Karawane – sieben Esel und fünf verdreckte Reisende (zwei der Esel dienten als Packtiere) – am Ziel. Als Amos uns sah, lief er uns entgegen, im Laden einen verdutzten Kunden, der sich gerade eine kräftige Votivgabe anschaute, zurücklassend. Als er Agraphenas ansichtig wurde, warf er seinem Vater und Mordechaj nur einen kurzen Blick zu. Sie nickten. Agraphena bückte sich zu Amos und gab ihm einen dicken Schmatz. Er war erobert. Und dann ging sie, sich in den Hüften wiegend, ins Haus. Offen blieb die Frage, wie sie die sanftmütige Phryne zu erobern gedachte. Wir blieben im Hof, um die Tiere vom Gepäck zu befreien, aber auch, um Phrynes Zorn zu entgehen, sollte die Sache schiefgehen. Alles blieb jedoch ruhig, sehr ruhig sogar. Es war längst an der Zeit, etwas zu hören, aber kein Geräusch drang aus dem Haus. Äußerst neugierig stiegen wir leise die Treppe hinauf in Phrynes Räume und schauten vorsichtig hinein. Auf Phrynes Bett lag ausgestreckt ein großer schwarzer glänzender Körper und stöhnte leise. Ein Kapitalverbrechen war allerdings auszuschließen, denn er wurde von Phryne nicht misshandelt, sondern ausgiebig massiert. Nach einer Weile drehte sich der besagte Körper um und sagte zu Phryne: »Jetzt, Schwesterchen, bist du an der Reihe, lass mich dich durchkneten. Und die Zuschauer hier«, sie nickte in unsere Richtung, »können gerne hierbleiben. Wir haben nichts zu verbergen. Alles bleibt sowieso in der Familie.« Phryne wandte sich an Amos: »Würdest du bitte die Kinder von der Straße holen? Sag ihnen, ihr Papa ist endlich da.« Mordechaj sah zum Gotterbarmen aus und blinzelte nur stumm aus seinem Gesichtsfell. Agraphena schaute zu ihm: »Habe ich dir nicht gesagt, sie seien bei meiner Schwester? Bei meiner Milchschwester«, präzisierte sie.

Zu unserem Entzücken zog Agraphena in den Flügel ein, in dem auch Shlomo, Amos und ich wohnten. Was eine gute Nachbarschaft sehr erleichtern sollte. Jedenfalls dachten wir das. Aber dem war nicht ganz so. Denn mit ihrer Mutter zogen auch die beiden Kinder dort ein. Mordechaj blieb wohlweislich in dem anderen Flügel, und ich konnte es ihm nicht verdenken. Denn es waren wilde fünfjährige Zwillinge, fast so schwarz wie die Mutter, aber klein und stämmig wie der Vater. Den ganzen langen Tag waren sie damit beschäftigt, entweder sich zu prügeln oder gemeinsam andere Kinder aus der Nachbarschaft zu verdreschen. Im letzten Fall kamen dann deren Mütter zu Besuch, und unser Zuhause verwandelte sich in ein Irrenhaus. Nun verstanden wir endlich auch, warum Mordechaj seinerzeit geflüchtet war. An ruhige, konzentrierte Arbeit war nicht mehr zu denken. Und dabei hatten wir alle Hände voll zu tun.

Um alles bewältigen zu können, schlug Shlomo deshalb vor, einen jungen ägyptischen Steinbildhauer namens Madu anzustellen. Madu sollte nicht nur Shlomo zur Hand gehen, sondern auch unsere drei ›Serapis-Waisen‹ in diesem Handwerk unterweisen.

Ich meinerseits hatte viele Aufträge, meistens waren es Totenbildnisse, für die ich, dank der begeisterten Empfehlungen aus Soknopaiu Nesos, auf einmal regelrecht berühmt wurde. Auch verschaffte es mir immer größere Befriedigung, sie zu malen. Dass meine Bilder ein für allemal im Grabe verschwinden sollten, störte mich nicht. Im Gegenteil, ich empfand es nun als erhaben, das Jenseits mit einer lebendigen Schöpfung (und die Malerei wurde für mich immer mehr zu deren Inbegriff) zu erleuchten, jedenfalls sie dort leuchten zu lassen. Es war tiefgründig und uneitel. Eine Teilhabe an den Mysterien der Schöpfung. Und handelt Er nicht ähnlich, wenn er das Licht Seiner Shechina, Seiner Gegenwart, hienieden leuchten lässt? Zugegeben, es ist ein ziemlich düsterer Vergleich, aber was sonst könnte einem, der tagtäglich dem Jenseits zuarbeitet, einfallen?

Die meisten Auftraggeber waren noch quicklebendig, wenn sie mir Modell saßen. Sie wollten rechtzeitig vorsorgen, solange sie noch jung und kräftig aussahen. Es galt in Alexandria auf einmal sogar als schick, sich beizeiten von mir malen zu lassen. Soviel zur Eitelkeit.

Es war ein gutes Leben, und es wäre ein noch besseres gewesen, wenn es diese beiden kleinen Teufel nicht gegeben hätte. Der arme Mordechaj fühlte sich verpflichtet, uns permanent um Entschuldigung zu bitten, schließlich waren diese beiden seinen Lenden entsprossen. Aber es half alles nichts, und die Stimmung heizte sich immer weiter auf. Nur Phryne behielt ihr seelisches Gleichgewicht, aber sie hatte es gut – sie konnte sich bei ihren Klienten abreagieren.

Die Erlösung kam in Form einer mündlichen Nachricht, die uns ein junger Bursche namens Bezalel brachte. Er war

mit einer Empfehlung von Kaleb, dem Veteranen der Hasmonäischen Kriege, dessen Urenkel (einer von sehr vielen) er
war, nach Caesarea gekommen. Wie man dem Empfehlungsschreiben entnehmen konnte, war er, so wie damals ich, vom
Tugendpfad abgewichen, ein Taugenichts, der nur Ärger ver-
breite und sich einbilde, ein Künstler werden zu müssen, um
seinem Namen Ehre zu machen. Und da es mein Beispiel
gewesen sei, das ihn vom rechten Weg abgebracht habe, sei es
jetzt meine Pflicht, dem Jungen in seiner Berufslaufbahn zu
helfen und ihn anzuleiten. Mit diesem sonderbaren, um nicht
zu sagen unverschämten Empfehlungsschreiben war der Junge
also nach Caesarea gekommen, und die kluge Ipsitilla hatte
ihn zu uns geschickt. Auch ließ sie uns durch ihn mitteilen,
dass wir schon zu lange weg seien, dass sie große Probleme
mit Titus habe, der offenbar abermals dem ›griechischen Laster‹ anheimzufallen drohte. Unsere Abwesenheit sollte ein Jahr
dauern, und nun seien wir schon seit gut zwei Jahren weg.
Auch Phrynes alte Kunden erkundigten sich immer ungedul-
diger nach ihr. Sie hatte recht. Und so saßen wir wieder einmal abends zusammen und berieten, was zu tun sei. Nach
reichlich Wein und gesottenem Lammfleisch waren wir uns
schließlich einig: Asasel, Phryne und ich würden zurück nach
Hause fahren. Mordechaj mit Agraphena kümmerten sich
weiter ums Geschäft und ihre Kinder (bei deren Erwähnung
der Vater wie ein geprügelter Hund dreinschaute), Amos und
Shlomo blieben erst einmal für ein weiteres Jahr hier, um
übernommene Aufträge zu erledigen sowie um Bezalel und
die ›Serapis-Waisen‹ auszubilden. Später werde man sehen,
wie sich die Dinge entwickelten. Priester Neferabu war nicht
sehr glücklich über Phrynes bevorstehende Abreise, aber dennoch zuversichtlich, für seine Patienten auch künftig gut sorgen zu können, da Phryne inzwischen zwei junge Ägypterin-

nen ausgebildet hatte, die mittlerweile mit jedem *centurio* fertig wurden.

Zwei Wochen später nahmen wir drei von dem *lesonis* Petosiris und den Zurückbleibenden tränenreichen Abschied und schifften uns auf einer schmucken *corbita* mit dem Zielhafen Caesarea ein.

13. KAPITEL

in dem es den Verfasser,
Asasel und Phryne nach Karthago verschlägt,
wo sie mit Apuleius Bekanntschaft machen

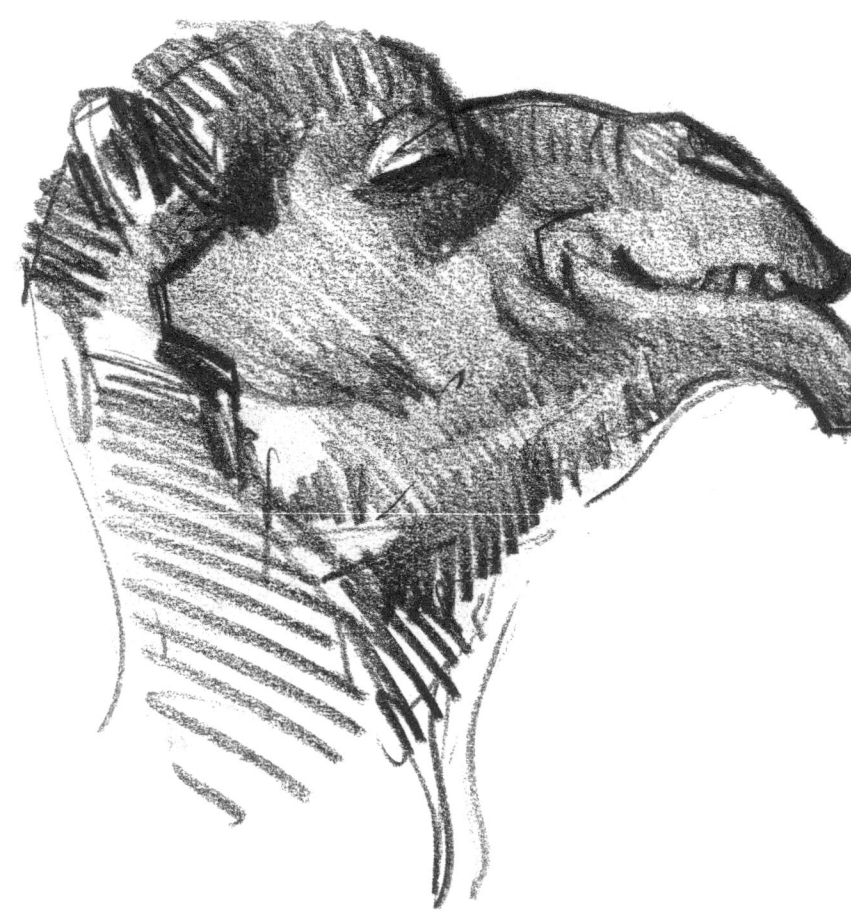

Wie gesagt hatten wir uns auf einer schmucken *corbita* Richtung Caesarea eingeschifft: dem war aber in Wirklichkeit nicht ganz so. Wir waren vielmehr eingeschifft worden. Denn unser Abschied war nicht nur tränenreich, sondern auch sehr feucht gewesen. So feucht, dass wir am frühen Morgen, noch in der Dunkelheit, von dem *lesonis* Petosiris, den drei ›Serapis-Waisen‹ und mehreren Sklaven an Bord dieser *corbita*, die zum Auslaufen bereit war, gebracht wurden, samt unserem Gepäck und im Zustand annähernder Bewusstlosigkeit. Der *lesonis* Petosiris hatte sich offenbar erkundigt, ob dies das Schiff nach Caesarea sei, von dem verdutzten Nautiker eine positive Antwort erhalten und uns dann wie drei Säcke an Deck bringen lassen. Einer so wichtigen Person, wie der *lesonis* eine war, wagte der Nautiker nicht zu widersprechen und packte mit an. Dann hieß es »Anker auf!«, und das Schiff glitt, begleitet vom Ächzen der Ruderer, durch den *Portus Magnus*.

Als ich endlich erwachte, war es bereits Nachmittag. Mein Schädel brummte – eine so furchtbare *crapula*, also einen Kater, hatte ich noch nie im Leben gehabt. Der Wein vom Vortag war wohl stark überharzt gewesen. Mein Mund war trocken, die Beine fühlten sich an wie Watte. Rechts von mir lagen Phryne und Asasel mit gequältem Gesichtsausdruck und schnarchten. Auf Deck stand ein Wasserfass mit lauwarmem Wasser, an dem an einem kurzen Tau ein Messingbecher hing. Ich trank etwas davon und schaute mich um. Irgendwas stimmte nicht. Eigentlich sollte die Sonne um diese Zeit etwas achtern vom Heck stehen, aber sie befand sich eindeutig vor dem Bug des Schiffes. Das hieß, wir segelten gen Westen, statt gen Osten. Das konnte doch nicht wahr sein. Caesarea lag östlich von Alexandria, wenn ich mich nicht irrte. Unsicheren Schrittes suchte ich den Nautiker. Der saß im Schatten einer Plane und trank Kaffee. Er war klein, dunkel und sah ziemlich verwegen aus. Mit einer Geste lud er mich ein, mich zu setzen und bot mir schweigend eine Schale von diesem bitteren Sud an. Nachdem ich sie ausgetrunken hatte, konnte ich etwas klarer denken und fragte, ob mit der Sonne alles stimme. Der Nautiker schaute mich nachdenklich an und nickte vorsichtig. Auch meine nächste Frage, ob wir tatsächlich nach Caesarea segelten, bejahte er, indem er würdevoll nickte, sich aber gleichzeitig am Kopf kratzte. Wie könne man nach Caesarea segeln, während man sich gleichzeitig gen Westen bewege? Schweigen. Und als er endlich den Mund aufmachte, sagte er in einem entstellten, gutturalen Latein »*Caesarea in Mauretania Caesariensis*«. Nun war alles klar: Der *lesonis* Petosiris hatte uns auf das falsche Schiff verfrachtet.

Phryne und Asasel erschienen mit blutunterlaufenen Augen, blass und leidend. Als ihnen klar wurde, was geschehen war, hallte das Schiff von Kraftausdrücken in verschiedenen Sprachen derart wider, darunter auch einige im Jargon der Thessalier (schließlich war Phryne eine von ihnen), dass die Besatzung der *corbita* verlegen wegschaute. Unsere Frage, ob man uns zurück nach Alexandria bringen könne, beschied der Nautiker mit einer Absage: der Wind sei dafür zu ungünstig. Außerdem, es sei bereits fast Mitte Oktober, die Schifffahrt-Saison sei zu Ende und er müsse sich sputen, in den Heimathafen zu gelangen, die Herbststürme könnten jederzeit losbrechen und das Schiff sei gefährdet. Aber bei anhaltendem Wind könnten wir schon in gut zwei Wochen in Karthago sein, wo er einen Zwischenstopp einlegen müsse, dort könnten wir an Land gehen und mit einer Karawane nach Alexandria zurückkehren. Was die Verpflegung betraf, die müssten wir übrigens extra bezahlen – der Preis für unsere Überfahrt beinhalte diese Kosten nicht. Und der Gauner nannte einen exorbitanten Preis, den wir zu entrichten hätten, und zwar sofort, andernfalls könnten wir die Reise schwimmend fortsetzen. Das alles sagte er sehr höflich, aber entschieden. Phryne stand auf und zog ihn zur Seite. »Sag mal«, fragte sie ihn leise, »hast du schon mal was von Mordechaj aus Kyrenaika gehört?« Der Nautiker schluckte und nickte. »Also«, fuhr sie fort, »Mordechaj ist mein Freund und der Cousin von dem da«, sie zeigte auf Asasel, »und wenn der erfährt, wie du uns gerupft hast, wird er dich derart jagen, dass dir das ganze *Mare Internum* wie ein Dorfteich vorkommen wird. Nenne uns lieber einen vernünftigen Preis, und du wirst besser schlafen können.« Der Nautiker erbleichte und die Vernunft siegte: Der Preis für die Schiffspassage halbierte sich und die Verpflegung war plötzlich inklusive.

Der Wind stand durch, der Nautiker behielt Recht, und so liefen wir tatsächlich nach sechzehn Tagen in den Hafen von Karthago ein. In den, dem runden Kriegshafen vorgelagerten, rechteckigen Handelshafen. Wir waren in *Africa Proconsularis* angelangt.

In einer Taverne nicht weit vom Hafen erkundigten wir uns nach dem jüdischen Viertel in dieser Stadt. Der Wirt erklärte uns den Weg dorthin und empfahl uns, falls wir nach einer Bleibe suchten, es bei einer wohlhabenden Witwe namens Priscilla zu versuchen: Die Besagte wohne alleine mit einem Neffen und zwei Sklaven in einem großen Haus. Wir dankten ihm und gingen in die Richtung, die er uns gewiesen hatte. In einem Punkt hatte sich der gute Mann geirrt: Das Haus von Priscilla war kein jüdisches, sondern ein nazarenisches. Und das ganze Viertel war ein nazarenisches. Die Witwe empfing uns schmallippig, wollte alles über uns wissen, und als sie alles wusste (alles, was wir bereit waren, preiszugeben), sagte sie, sie habe keine freien Zimmer und wir sollten unser Glück zwei Straßen weiter probieren, dort wohnten die Judenchristen, während sie eine Römerin sei. Die Nazarener selbst bezeichneten sich als Christen. Wie wir später erfuhren, waren sie hier in Karthago in zwei Fraktionen gespalten, die einander äußerst argwöhnisch beäugten – die jüdischen Nazarener, die wir schon aus unserer Gegend in Judäa kannten, und die neuen römischen Proselyten, die auf sie herabsahen und sich als etwas Besseres dünkten. Während Erstere auch weiterhin alle Gebote befolgten, trotz ihrer törichten Vorstellung, ihr verstorbener Rabbiner sei auferstanden, um sie zu erlösen, hielten sich die Zweiten für das wahre Volk Gottes und behaupteten sogar, dass der alte Bund von Ihm mit Seinem Volk nicht mehr existiere und dass sie, die Nachfahren Esaus, nun das Erbe Yaakovs anträten und einen neuen Bund mit Ihm geschlossen hätten. Dass sie dabei in ein gutes halbes Dutzend Strömungen gespalten waren, schien sie nicht weiter zu stören. Allen gemeinsam war, dass sie uns, den Hebräern von altem Schrot und Korn, sehr misstrauisch gegenüber waren, als würden wir ihr Seelenheil gefährden. Und so fanden wir auch bei den Judenchristen kein Quartier.

Erstaunlicherweise gab es in Karthago kein jüdisches Viertel, vielleicht weil die Stadt relativ jung war – erst unter Kaiser Augustus wieder erbaut, nachdem sie gut dreihundert Jahre vorher zerstört worden war. Nun, auch wenn es kein Viertel gab, einzelne Juden gab es sehr wohl, und so fanden wir unsere Unterkunft bei einem betagten Mann, Joel mit Namen, der zusammen mit dem jüngsten seiner Söhne (vier weitere zogen nach Kyrenaika) im Schatten des großen römischen Tempels wohnte, in dem er als Hausmeister und Devotionalien-Verkäufer beschäftigt war. Das war der Haupttempel des Kaiserkultes in der Provinz *Africa Proconsularis* – eine recht trockene staatstragende Angelegenheit, bei der für Mysterien oder die Fantasie anregende Handlungen kein Platz war. Dort wurde den Kaisern gehuldigt, die der römische Senat zu *divini* – Göttlichen – ernannt hatte.

Am Morgen nach unserer Ankunft gingen wir zum Markt, um in Erfahrung zu bringen, wann die nächste Karawane nach Alexandria erwartet wurde. Man verwies uns auf den Karawanenhof außerhalb der Stadtmauer. Und tatsächlich fanden wir dort einen unfreundlichen Nazarener, der, von Asasel nach einer Karawane gefragt, erst einmal lange mit seinen *papyri* raschelte, bis er mit der Information niederkam, dass die nächste Karawane, die allerdings nur bis Kyrene gehe, in drei Tagen erwartet werde. Von dort könnten wir dann weiter mit einer Anschlusskarawane ziehen. Etwas freundlicher und dienstbereiter wurde er, als ich ihn fragte, wo wir Kamele für die Reise kaufen könnten. Wie es der Zufall wollte, war sein Bruder der beste und ehrlichste Kamelhändler der Stadt, und er habe gerade Zeit, uns zu ihm zu führen. Und so gingen wir mit ihm zu seinem Bruder. Die Kamele, die in dessen Hof standen, schienen mir zwar etwas betagt zu sein, aber der Händler schwor, dass sie gerade erst den Zitzen ihrer Mütter entwöhnt waren. Wir wollten uns schon auf einen Preis einigen, als eine Kamelstute, vermutlich aus ehrlicher Entrüstung über so viele Lügen, ihre gelben Zähne bleckte und spuckte. Erstaunlich genau. Ihre klebrige Spucke traf Asasel mitten in das, was von seinem Gesicht zu sehen war, während der schmachtende Blick der Kameldame ihn liebevoll streichelte. Asasel platzte fast vor Wut, und der Preis schmolz wie von selbst fast um die Hälfte. Wir ließen unsere Kamele bis zur Ankunft der Karawane in der Obhut des Händlers und gingen nun endlich frühstücken. Die Taverne, in der wir uns niederließen, befand sich direkt neben Joels Haus, in dem wir abgestiegen waren, beim Eingang zum Tempelgelände, und Wand an Wand mit dem Laden, in dem Joel seine Devotionalien verkaufte – kleine Köpfe sämtlicher göttlichen Kaiser aus Gips, angefangen mit Gaius Iulius Caesar und Oktavian bis hin zu Antoninus Pius. Sie waren sehr preiswert und für jeden Beutel erschwinglich. Etwas größere marmorne Köpfe derselben Kaiser waren wesentlich teurer und konnten auf dem Hausaltar neben den *lares familiares* aufgestellt werden, was den Schutz des Hauses enorm steigern und den Familienfrieden sichern soll. Das alles berichtete uns Joel, während wir hungrig und ungeduldig auf den Wirt warteten. Schließlich erschien der Wirt in Begleitung eines älteren Mannes, vielleicht um die sechzig und leicht hinkend, in bodenlangem Priestergewand und mit den dünnen, langen grauen Haaren eines ehemaligen Stutzers um eine siegende Glatze. Er setzte sich an den Tisch etwas entfernt von uns und ließ sich Wein und Schafskäse auftragen. Der Wirt beeilte sich, seine Wünsche zu erfüllen und verschwand in der Küche. Joel ging zu dem Priester und verneigte sich ehrerbietig vor ihm. Der Priester lächelte ihm zu und fragte ihn etwas. Offensichtlich ging es um uns, er schaute einige Male kurz zu uns herüber. Joel kam an unseren Tisch zurück und erklärte, dieser Priester sei sein oberster Vorgesetzter, *sacerdos provinciae* – der Oberpriester des Kaiserkultes in *Africa Proconsularis*, und er würde sich gern, wenn wir, und vor allem die schöne Dame, nichts dagegen hätten, zu uns setzen. Der Name des Priesters sei Apuleius. Und damit zog sich Joel in seinen Verkaufsstand zurück – dort warteten bereits die ersten Kunden. Apuleius? Phryne und ich waren wie vom Donner gerührt, nur Asasel sagte dieser Name nichts – er hatte mehr für seine alten Ziegen übriggehabt als fürs Lesen. Noch ehrerbietiger als Joel zuvor, bedeutete ich dem Priester, doch bitte an unserem Tisch Platz nehmen zu wollen und versicherte ihm, es sei uns eine unerhörte Ehre, die Bekanntschaft eines der berühmtesten und großartigsten

Autoren aller Zeiten zu machen. Unsere unverhohlene Bewunderung war ihm sichtlich Labsal. Er hinkte forsch zu uns herüber und setzte sich auf den Stuhl gegenüber von Phryne, die ihn sprachlos anstarrte. Eine Zeitlang schaute auch er sie wortlos an, bis er das Schweigen brach: »Mein großer Vorläufer Sokrates saß auch mal einem schweigenden schönen Jüngling gegenüber. Und dann forderte er ihn auf: ›Sage etwas, damit ich dich sehen kann!‹ Du bist zwar kein Jüngling, aber ich bin auch kein Sokrates, also gibt es keinen Grund zu schweigen.« Phryne atmete tief durch, stand auf, rollte kurz mit den Augen und fing an, feierlich zu rezitieren: »Hier stehe ich vor dir, Lucius, von deinen Bitten gerührt, ich, die Mutter der Natur, die Herrin über alle Elemente, die Urschöpfung der Zeit, die höchste der Gottheiten, die Herrin der Seelen der Verstorbenen ...« Jetzt war es an Apuleius, zu erstarren, dann lachte er laut auf: »Die junge, schöne Phryne! Wer außer dir hätte das Recht, es mir ins Gesicht zu sagen! Nur du. Und so trifft man sich wieder, fast dreißig Jahre später ...« Der folgenden Erklärung der beiden war mit etwas Mühe zu entnehmen, dass Phryne noch fast ein Kind war, als sie mit ihrer Mutter auf der Reise von Dakien nach Caesarea in Phrygien hängen geblieben waren. Dort lernten sie den noch jungen Apuleius kennen, und Phryne half ihm schließlich sogar, sein Gemächt zu behalten. Er stand nämlich irgendwann kurz davor, sich den Mysterien der Kybele weihen zu lassen. Und es war Phryne, die ihn dazu brachte, sich diese Weihe, bei der man bekanntlich zum Eunuchen wird, aus dem Kopf zu schlagen. Von den Erinnerungen überwältigt, war er fast indiskret geworden. Dann besann er sich seines Standes und widmete nun seine Aufmerksamkeit netterweise Asasel und mir. Er prostete uns zu. Asasel, der nicht viel jünger als Apuleius war, stellte sich vor und fragte, nicht ohne eine gewisse Giftigkeit, denn er schien erstaunlicherweise auf den Priester eifersüchtig zu sein, ob es ihm nicht leid tue, Mysterien gegen einen staatlich verordneten Kaiserkult eingetauscht zu haben. Ich fand diese Frage ziemlich unverschämt, was ging ihn das schließlich an, aber Apuleius lachte nur. »Nein«, sagte er, »ich habe mein halbes Leben mit Mysterienkulten verbracht, war lange Zeit ein Myste des Isis-Kultes und kann euch sagen, dass das Ganze letzten Endes auch nur ein Spiel ist. Ein zwar vergeistigtes Spiel mit eigenen Spielregeln, das aber nur innerhalb seines eigenen Raumes einen Sinn ergibt, obwohl es einen absoluten Geltungsanspruch erhebt, dem es nicht gerecht werden kann. Der Kaiserkult aber sei ein schlichter und grundsolider Kult, nicht aufregend, aber ohne jemandem etwas vorzumachen, was er nicht hält. Dafür bürgt schon allein die Tatsache, dass er seine Legitimität nicht von irgendwelchen Spinnern erhält, sondern einzig und allein durch den Senat von Rom, in dem halbwegs vernünftige Menschen sitzen, die entscheiden, welche der Kaiser als *divini* − als vergöttlicht − zu gelten haben und welche nicht. Eine sehr weise Regelung. »Und übrigens«, fuhr er fort, »seht ihr diesen hochnäsigen jungen Mann dort, der da geht?« Wir drehten uns um und erkannten den Neffen der neugierigen Witwe Priscilla, die uns nicht beherbergen wollte. »Dieser junge Mann, zum Beispiel, ist ein Fanatiker. Er heißt mit vollem Namen Quintus Septimius Florens Tertullianus, wird aber einfach Tertullian genannt, er gehört, meine lieben Hebräer, zu einer eurer Sekten, den Nazarenern ...« Nachdem wir heftigsten Einspruch gegen diese Behauptung erhoben hatten, sagte er, »na ja, egal ... Jedenfalls bekämpft er leidenschaftlich sowohl euch wie auch uns, und er wird es weit, sehr weit bringen, so eloquent und intelligent, wie er sich gibt. Würde er dem Kaiserkult anhängen, wäre er weit weniger gefährlich als ein Myste des Kultes, der den Anspruch auf die allumfassende Lehre erhebt.«

Danach wechselten wir das Thema und berichteten ihm, wie es uns nach Karthago verschlagen hatte. Als er hörte, dass ich ein Maler war und in Ägypten Mumienporträts malte, wollte er auf der Stelle von mir gemalt werden, und war sichtlich enttäuscht, dass das nicht ging – ich hatte weder Farben noch vorgrundierte Holzplatten dabei, und auch die Zeit würde es mir nicht erlauben, da bereits in drei Tagen unsere Karawane zu erwarten war. Ich habe ihm jedoch vorgeschlagen, ihn in diesen verbleibenden Tagen zu zeichnen, so, dass ich später in Ägypten sein Porträt malen und ihm das Bild zukommen lassen könnte. Am nächsten Tag, beim Modellsitzen, fragte er, ob ich nicht auch Phryne neben ihm auf das Bild malen könnte. Ein Doppelporträt war etwas unerhört Neues, und ich versprach ihm, es zu versuchen.

In den nächsten Tagen trafen wir uns mehrmals in der Taverne, tranken Wein, unterhielten uns, und ich zeichnete. Dabei offenbarte sich mir sein unbeschwertes Wesen immer mehr, er schien ohne Arg und wie ein offenes Buch zu sein, in dem zu lesen angenehm und einfach war – eine Lektüre ohne den lästigen Tiefgang. Nach drei Tagen Zeichnens kannte ich ihn so gut, dass ich ihn nach der bloßen Erinnerung würde malen können. Als die Karawane, zwar nicht nach drei, sondern erst nach fünf Tagen tatsächlich eintraf und wir unsere Kamele beladen hatten, begleitete uns Apuleius zum Karawanenhof und verabschiedete sich dort von uns aufs Herzlichste. Er umarmte Phryne, und sie fragte ihn beiläufig, ob sein Fußleiden von damals inzwischen habe kurieren können. »Meinst du das da?«, fragte er sie verschwörerisch zurück, hob eine Augenbraue und sein bodenlanges Gewand ein wenig hoch, und streckte ihr seinen rechten Fuß entgegen. Es war ein gepflegter Huf. Daraufhin umarmte er uns noch einmal, half Phryne, ihr Kamel zu besteigen, drehte sich um und ging leicht hinkend zurück in die Stadt.

Die Karawane trottete Tag um Tag in einer Staubwolke gemächlich nach Osten. Linker Hand blinkte Tag und Nacht das *Mare Internum*. An Zeichnen war bei diesem Geschaukel zwischen den Kamelhöckern und in diesem Staub natürlich nicht zu denken. Was uns besonders zusetzte, war die Unmöglichkeit, irgendwie auch nur halbwegs zivilisiert unsere Notdurft zu verrichten. Einige erfahrene Händler, die mit der Karawane unterwegs waren, hatten klug vorgesorgt: Sie führten etwa zwei Ellen große Tonkrüge mit breitem Hals mit, die sie an einem Henkel an einer der Kamelflanken befestigt hatten. So konnte man, mit etwas Geschicklichkeit, über den Höcker krabbeln und, in Mäntel gehüllt auf dem Krug hockend, sich Tagträumen hingeben. An den Rastplätzen hatte man dann die Gelegenheit, die Krüge zu entleeren und so dem Landstrich die unverwechselbare Duftmarke unserer Karawane zu verleihen. Wir hatten solche Krüge nicht und mussten zwei Tage lang leiden, bis die Karawane durch ein Dorf mit einer Töpferei kam, deren Warenangebot bestens an die Bedürfnisse der Reisenden angepasst war. Mit dem Nötigsten eingedeckt, ging es, nun etwas entspannter, weiter in Richtung Osten.

Nach anderthalb Monaten, die uns wie eine halbe Ewigkeit vorkamen, erreichten wir endlich Kyrene – das Ziel unserer Karawane. Nur noch etwa drei Wochen weiteren Reisens standen uns bevor, und Fortuna war uns gnädig – eine Karawane mit dem Ziel Alexandria sammelte sich gerade zum baldigen Aufbruch. In zwei Tagen würden wir weiterziehen können. Hier in Kyrene erwachte Asasels Geschäftssinn wieder zum Leben. Denn Kyrenaika ist berühmt für eine Pflanze namens *Silphium*, die nur hier vorkommt. Der Saft dieser Pflanze ist angeblich äußerst nützlich bei der Behandlung verschiedener Unpässlichkeiten, angefangen von Hühneraugen bis zu Menstruationsstörungen, Vergiftungen und Epilepsie. Auch der gallischen Krankheit war mit dem Saft angeblich beizukommen, wenn man ihn reichlich äußerlich anwendete. Und auch als Verhütungsmittel – zu Pulver zerrieben – war diese Pflanze gerühmt. Selbst in einem Gedicht des liebestollen Catull wird sie erwähnt:

> Lesbia, du fragst, wie viele deiner
> Küssleins mir genug und übergenug wären?
> Wie viel lybischer Sand bedeckt Kyrenes
> weite, silphionreiche Küstenstriche...

Man kann sich also gut vorstellen, wie teuer diese Pflanze in Rom und auch sonst außerhalb der Kyrenaika ist. So kaufte Asasel bei einem würdevoll aussehenden, graubärtigen Händler mit prachtvoller Kopfbedeckung nach langem Handeln und unzähligen Schalen Kaffees eine *urna* Saft und einen großen Sack getrockneter Pflanzen. Dass er den ursprünglichen Preis um fast fünfzig Prozent hatte drücken können, linderte seinen Schmerz und seine tiefe Zerknirschung ein wenig, als er in Alexandria feststellen musste, dass der Saft mit etwas (womöglich sogar mit Kamelpisse) gestreckt war und in dem Sack sich allerlei Unkraut befand – und nur wenig von dem heilsamen *Silphium*. Vorerst aber ging es mit der neuen Karawane und frisch ausgespülten Tonkrügen weiter. Bis wir nach weiteren zwanzig Tagen endlich der Mauern von Alexandria ansichtig wurden.

14. KAPITEL

in dem der Verfasser
mitsamt seiner Entourage
nach Caesarea und
zu häuslichen Freuden zurückkehrt

Unser plötzliches Erscheinen brachte große Erleichterung mit sich, war aber nicht gänzlich unerwartet. Nachdem sie uns damals auf die falsche *corbita* verladen hatten, schliefen sie alle noch seelenruhig ihren Rausch aus, als der aufgebrachte Schiffseigner der richtigen *corbita* im Hause erschien und auf eine Erklärung pochte, wieso wir noch immer nicht an Bord seien, obwohl es bereits *hora quarta* war, also zehn Uhr morgens, und wir gegen *hora decima*, gegen vier Uhr nachts, hätten an Bord gehen müssen. Alle waren sprachlos, dann befragten sie die unter der ersten *crapula* ihres jungen Lebens leidenden ›Serapis-Waisen‹, die ihrerseits auf den *lesonis* Petosiris verwiesen. Der *lesonis*, ebenso verkatert wie alle anderen, brauchte eine Zeit, um zu verstehen, was sein Leichtsinn angerichtet hatte. Und als es soweit war, hätte er sich wohl die Haare gerauft, wenn er sie nicht seinem Stand entsprechend abrasiert hätte. Immerhin besänftigte er den zornigen Schiffseigner, indem er ihn für den erlittenen Schaden entschädigte. Dann erkundigte er sich bei der Hafenbehörde, wohin das Schiff mit uns unterwegs sei, und als er erfuhr, dass es in Karthago einen Zwischenstopp mache, beruhigte er unsere Freunde und Agraphena mit der Einschätzung, in etwa vier Monaten sollten wir eigentlich wieder zurück sein.

Was mich ein wenig ärgerte war, dass die Firma *Mosel* anscheinend keine Notiz von meiner, mehrere Monate dauernden, Abwesenheit nahm – die Auftragsbücher waren voll, die ›Serapis-Waisen‹ waren fleißig, und der junge Bezalel machte auch gute Fortschritte. Shlomo meißelte an mehreren Sarkophagen gleichzeitig herum, und die Kopien meiner Bilder fanden reißenden Absatz, dass sie immer abenteuerlicher wurden, schien niemanden zu stören. Wie es aussieht, entwickelt der Erfolg eine eigene Dynamik und macht sogar den eigentlichen Leistungsträger entbehrlich. Das galt, wie ich bald feststellen musste, nicht nur beim Malen.

Wenige Wochen nach unserer Rückkehr erhielt ich eine Notiz des *praefectus aegypti*, der mich zu sich befahl. Da ich bereits die Ehre hatte, für ihn tätig gewesen zu sein und ihn gut kannte, nahm ich an, es handele sich um einen weiteren Auftrag. Ich sollte mich irren. Der *praefectus aegypti* empfing mich nicht allein, ein *quaestor*, zuständig für die innere Sicherheit der Stadt, war ebenfalls anwesend. Er führte auch das Wort.

Ich war nicht wenig erstaunt, als ich erfuhr, dass die ›Dung-Bewegung‹, obwohl der Händler, der sie ins Leben gerufen hatte, längst von der Bildfläche verschwunden war, ihm keineswegs gefolgt war, sondern eine erstaunliche Vitalität an den Tag legte. Ihre Anhänger veranstalteten mittlerweile nicht nur die Demonstrationen unter dem Motto ›Nein zum Holz! Ja zum Dung! Rettet die heiligen Nilkrokodile!‹, sie gingen auch zunehmend zu Gewalt über, wobei sie Holzhändler aufs Übelste beschimpften und deren Kunden einzuschüchtern suchten, indem sie sie mit Dung bewarfen. Sie beschuldigten sie, mit Miasmen des verbrannten Holzes die Luft bewusst zu verpesten, damit die männlichen Krokodile unfruchtbar würden und die weiblichen – neusprachlich Krokodilinnen genannt – keine befruchteten Eier mehr legen könnten. Dabei beriefen sie sich, wie der *quaestor* ausführte, auf obskure Quellen aus dem Umfeld selbsternannter Weltverbesserer, auf die er jetzt nicht weiter eingehen wolle. Mit Vernunft sei diesen jungen hitzigen Dummköpfen leider nicht beizukommen. Auf meine Frage, was das alles mit mir zu tun habe, erfuhr ich, dass unser Bezalel einer der Rädelsführer dieser Umtriebe sei. Ich war sprachlos. Man wäre uns sehr dankbar, wenn wir uns den jungen Mann vornähmen und seinem Tun einen Riegel vorschieben könnten. Bevor es zu Schlimmerem komme, fügte der *quaestor* hinzu.

Zurück in unserem Haus berief ich den versammelten Vorstand der Firma *Mosel* ein und setzte ihn von dieser leidigen Angelegenheit in Kenntnis. Asasel und Mordechaj waren ernstlich beunruhigt. Wenn wir etwas nicht brauchen konnten, meinten sie, dann seien es Probleme mit der römischen Verwaltung. Bezalel wurde gerufen und mit den Fakten konfrontiert. Er stritt gar nichts ab, vielmehr beharrte er darauf, dass gerade wir Juden, als Or le-Goyim, ›Licht der Völker‹, eine moralische Verpflichtung hätten, uns für eine bessere Welt einzusetzen, das Leiden der Nilkrokodile dürfe uns nicht gleichgültig sein, und er denke gar nicht daran, sein soziales Engagement einzustellen, komme was da wolle … Sein Gesichtsausdruck zeigte Entschlossenheit und Opferbereitschaft – auf einmal war er seinem Urgroßvater Kaleb, dem Veteranen der Hasmonäischen Kriege, auf erstaunliche Weise nicht unähnlich. Was sollten wir nun tun? Einerseits durften wir unsere Existenz nicht gefährden, andererseits schien Bezalel der Vernunft völlig abhold zu sein, wie es der *quaestor* auch beschrieben hatte. Den Ausweg fand, wie so häufig, Phryne. Sie ging auf ihr Zimmer und kam zurück mit einer langen biegsamen Rute aus ihrem beruflichen Inventar. Dann legte sie sich den laut protestierenden und zappelnden Bezalel übers Knie und zog ihm seine Tunika hoch …

Das überzeugte. Danach wurde der junge Mann still, nachdenklich und sichtlich reifer. Dennoch beschlossen wir, dass er, wenn die Schiffe in etwa zwei Monaten wieder in See stechen würden, mit uns nach Caesarea zurückkehren sollte, um Abstand zwischen ihm und den Nilkrokodilen zu schaffen. Das Leben wäre so einfach gewesen, wenn sich alle Probleme auf Phrynes Weise hätten lösen lassen, aber dem war nicht so. Das Problem, das wir mit den ungestümen Zwillingen hatten, der Brut Mordechajs und Agraphenas, raubte uns sowohl die Nachtruhe als auch die Kraft zu arbeiten. Agraphena lehnte Phrynes erprobte Erziehungsmethode kategorisch ab. Obwohl ihr selbst gelegentlich die Hand ausrutschte, wenn ihre inzwischen sechsjährigen Lieblinge mal wieder Tobsuchtsanfälle hatten und aufeinander eindroschen. Eine gewisse Erleichterung trat ein, als ein *magister ludi*, ein Freigelassener, seine Schule einige Häuser weiter am Markteingang aufschlug. So wurden die beiden kleinen Monster Abc-Schützen und von dem Lehrer des Öfteren, dem Brauch gemäß, gezüchtigt. Dagegen hatte Agraphena nichts einzuwenden.

Der Beginn der neuen Schifffahrtssaison war schon in Sicht, aber ich hatte immer noch eine Schuld abzutragen, bevor ich mich auf die Reise nach Caesarea begeben konnte – das Doppelbildnis von Apuleius und Phryne. Das Porträt stellte mich vor einige Schwierigkeiten, da die Beziehung der beiden an Mysterien grenzte, über die ich nur Mutmaßungen anstellen konnte, denn Phryne zeigte kein Interesse, darüber zu sprechen, und vielleicht durfte sie es auch gar nicht. Mysterien sind eben kein Gesprächsstoff wie jeder andere. Ich musste von alleine darauf kommen. Also ging ich ins *Serapeum*, das nach der des Museion über die zweitbeste Bibliothek Alexandrias verfügte, und vertiefte mich in Apuleius' berühmtes Buch, die *Metamorphosen*. Die Schwierigkeit bestand darin, dass ich, was Kultpraktiken der Paganim betraf, nicht sehr bewandert war, von einer dreitägigen Tätigkeit als Satyr abgesehen, jetzt aber nicht umhinkonnte, mich damit zu beschäftigen, wollte ich der besagten Beziehung auf die Schliche kommen. Erst gegen Ende des Buches wurde ich fündig und von der Erkenntnis regelrecht fasziniert. Und so malte ich Phryne als Isis, wie sie Apuleius einen Rosenkranz reicht. Das

Bild war in Tempera ausgeführt, quadratisch und nicht groß, nur etwa anderthalb Ellen pro Seite. Für mich selbst fertigte ich eine Kopie des Bildes als kostbare Erinnerung an die Bekanntschaft und die Gespräche, die von keinen paganischen Praktiken getrübt werden konnte. Als Phryne das Bild zu sehen bekam, nickte sie mir nur kurz zu und legte ihren Zeigefinger an meine Lippen.

Das Bild wurde mit einer Schutzschicht aus Öl und Wachs eingerieben, verpackt und mit dem nächsten Transport nach Karthago verschickt. Ein halbes Jahr später, als ich schon wieder in Caesarea weilte, erreichte mich ein ungemein blumiger Dankesbrief von Apuleius, in dem er allerdings kein einziges Wort über das Bild selbst verlor.

Der *lesonis* Petosiris, inzwischen ein enger Freund von uns geworden, war ein sehr umsichtiger Mann, ein anderer hätte die Verwaltung des *Serapeums* auch nicht bewältigen können. In Anbetracht unserer baldigen Abreise haben wir ihm daher angeboten, als Partner in die Firma *Mosel* einzutreten und sie zusammen mit Mordechaj zu übernehmen. Die Idee stammte von Mordechaj selbst und wurde von uns sehr begrüßt.

Das Pessachfest, das am 14. Nissan gefeiert wird, fiel in diesem Jahr mit dem ersten *aprilis* zusammen. Auch die ersten Schiffe sollten in den nächsten Tagen auslaufen. Auf einem davon wollten wir uns nach Caesarea einschiffen. Deswegen feierten wir am Abend des ersten April unseren Auszug aus Ägypten im doppelten Sinne. Alle unsere Freunde und Mitarbeiter waren anwesend, auch der *lesonis* Petosiris und der Priester Neferabu, Phrynes früherer Vorgesetzter mit dem Holzbein, feierten ausgelassen mit. Besonders lustig fanden es die beiden, als wir am Ende der Zeremonie, mit der vierten rituellen Schale Wein in der Hand, feierliche Verwünschungen gegen unsere heidnischen Verfolger aussprachen. Da wir sie aus Respekt vor den Gästen auf Griechisch vorbrachten, fielen sie in die Verwünschungen unserer Plagegeister fröhlich ein. Unmengen von Mazzot, Lammfleisch in Granatapfelsaft und erst eingelegte, dann gegrillte kleine scharfe Zwiebeln wurden geräuschvoll vertilgt, ebenso mit Pflaumen und Rosinen gefüllte Nilhechte und vieles mehr. Schwerer gewürzter Wein aus der Ebene Jesreel floss in Strömen. Madu und die ›Serapis-Waisen‹ – Menepher, Onuris und der dicke Yapheu – betranken sich zum zweiten Mal in ihrem Leben und kicherten in einem fort. Die Zwillinge mussten auf ihr Zimmer gebracht und eingesperrt werden, wo sie sich, dem Kriegsgeschrei nach zu urteilen, emsig verprügelten. Asasel, Mordechaj und der sonst eher schüchterne Amos schäkerten mit Phryne und Agraphena was das Zeug hielt, und sogar der gezüchtigte Bezalel warf schmachtende Blicke Richtung Phryne. Zwei junge Mädchen aus der Nachbarschaft, die die Tischgesellschaft (und natürlich sich selbst) bedienten, waren offensichtlich dabei, mich und Shlomo unter sich aufzuteilen. Wir hatten nichts dagegen einzuwenden. Als der Morgen schon graute, torkelten unsere Gäste nach Hause, und wir zerstreuten uns im großen Haus. Das war ein gelungenes Fest.

Als die Festwoche vorbei war, trafen wir Vorbereitungen für unsere Abreise. Wieder wurde eine Passage nach Caesarea auf einer *corbita* gebucht. Diesmal waren wir zu viert – mit einem düsteren Bezalel, der nur ungern Alexandria und seine geliebten Krokodile verließ. Shlomo würde auch diesmal in Alexandria bleiben, denn er hatte noch mehrere Aufträge zu erledigen. Wehmütig verabschiedete er sich von uns und versicherte, er werde so schnell wie nur möglich nachkommen. Mordechaj bat uns, einen versiegelten Pithos mit Getreide für einen befreundeten Händler in Caesarea mitzunehmen, er selbst könne uns leider nicht aufs Schiff begleiten, da er wegen eines wichtigen Auftrags für Shlomo schon am Vortag nach Kanopus reisen müsse.

Asasel, Phryne und ich verabschiedeten uns schweren Herzens von ihm und gingen in der Nacht darauf an Bord der *corbita*, begleitet von der schönen Agraphena und dem diesmal nüchternen *lesonis* Petosiris. Der riesige Pithos war bereits angeliefert und an den Henkeln aufs Schiff gehievt worden. Wir umarmten uns zum letzten Mal, und das Schiff glitt fast geräuschlos durch den *Portus Magnus*.

Wir lagen an Deck, eingehüllt in warme Kleidung, denn nachts war es noch recht kühl. Der Pithos erwies sich als nützlich – er war breit und schützte uns vor dem Wind. Seine Oberfläche war angenehm rau, und wenn man leicht dagegen klopfte, schien der gebrannte Ton zu singen. Wir machten uns einen Spaß daraus und klopften nacheinander auf dem Gefäß herum, uns war langweilig. Die Küste war nur noch ein weit entfernter dunkler Strich in der sich langsam aufhellenden Nacht. Und der Pithos sang. Plötzlich legte Phryne ein Ohr an ihn und blickte überrascht auf – das, was der Pithos sang, klang eher nach fürchterlichen Flüchen. Asasel, Amos und ich legten nun ebenfalls unsere Ohren daran – kein Zweifel, in dem Topf befand sich ein überaus erboster Geist. Die Mannschaft der *corbita,* ein Dutzend zerlumpter Seeleute, die uns neugierig beobachteten, reagierte mit Entsetzen – ein schlimmeres Omen als einen bösen Geist an Bord eines Schiffes konnte es in ihren Augen nicht geben. Der Pithos sollte unverzüglich über Bord geworfen werden. Der Kapitän des Schiffes, ein kleiner krummbeiniger Grieche mit runder Glatze und schütterem Bart, eilte herbei. Und er war mit der Mannschaft einer Meinung, der Pithos müsse weg. Ich fand diese Entscheidung voreilig und regte an, den Topf doch erst einmal zu öffnen und nachzuschauen, da selbst ein leerer Pithos schon ein kleines Vermögen kostet, und erst recht einer mit Inhalt. Und wenn sich tatsächlich ein Geist darin befände, bräuchte man vor ihm keine Angst zu haben, denn wir vier, ich zeigte auf Amos, Bezalel und Asasel, würden ihn mit geheimen hebräischen Sprüchen zähmen. Meine Reisegefährten sahen mich zweifelnd an, nickten mir dann aber trotzdem tapfer zu. Phryne, nicht minder ängstlich, war gleichwohl willens, das Gefäß zu öffnen, während wir unsere geheimen hebräischen Sprüche bereithielten. Auch mir war mulmig zumute, aber was hätte ich darum gegeben, einen echten Geist zu sehen! Das überzeugte. Zur Sicherheit legten wir drei unsere Tefillin an und warfen unsere Gebetsmäntel über. Dann umstellten wir den Pithos und gaben Phryne ein Zeichen, sie sollte jetzt das Siegel entfernen und den Deckel vorsichtig anheben. Was sie zitternd tat. Die Seeleute, die uns beobachteten, zitterten nicht minder. Und es waren auch nur wenige. Die meisten, darunter auch der Kapitän, hatten sich unter Deck zurückgezogen. Kaum hatte Phryne den Deckel angehoben, da flog er uns um die Ohren, und der Geist, klein, bärtig und äußerst schlecht gelaunt, zog sich an kräftigen Armen aus dem Pithos hoch. Sein wuchernder, ungekämmter Bart war voller Getreidekörner. Es war kein anderer als Mordechaj, leicht blau angelaufen. Er klopfte sich die Körner vom Leib, schaute sich um und grinste breit, als er feststellte, dass die Küste schon weit weg und von Alexandria nichts mehr zu sehen war. Einer der vor Angst erstarrten Seeleute erkannte ihn und floh unter Deck mit dem Ruf »Der Geist von Mordechaj, dem Piraten! Er ist da! Wir sind verloren!« Auch wir standen sprachlos da. Als Erster fasste sich Asasel ein Herz, ging auf Mordechaj zu und zog ihn am Bart. Getreidekörner prasselten zu Boden, und einige graue Haare blieben in seiner Hand. Mordechaj zuckte. »Brüderchen«, krächzte er, »lass bitte den Quatsch. Es tut weh ...« Dann sah er uns an. »Wollt ihr jetzt schon die Morgengebete verrichten? Ein bisschen zu früh, würde ich sagen.« Wir kamen in Bewegung. Phryne ging festen Schrittes auf ihn zu: »Was denkst du dir nur? Glaubst du, Agraphena würde dich in Caesarea nicht finden?« Mordechaj gluckste. »Ich habe die Hafenbehörden geschmiert. Sie werden ihr erzählen, ich hätte mich nach Kyrenaika eingeschifft. Und bis sie dahinterkommt, wo ich tatsächlich bin, habe ich mein Nervenkostüm wiederhergestellt. Ihr werdet mich hoffentlich nicht verraten.« Er lachte glücklich.

Der krummbeinige Kapitän steckte seinen Kopf vorsichtig aus der Luke zum Unterdeck. Langsam dämmerte es ihm, dass Mordechaj kein Geist war und seinem Schiff also keine Gefahr drohte. Jedenfalls noch nicht. Mordechaj hieß ihn, die Segel wieder einzuholen, die, von der Mannschaft losgelassen, im lauen Lüftchen leise flatterten, und die Fahrt ging weiter.

Endlich liefen wir an einem strahlenden Morgen durch die enge Einfahrt an der Nordseite der Befestigung in den geschützten Hafen von Caesarea Maritima ein. Etwa dreieinhalb Jahre nach dem Auslaufen aus demselben Hafen. Bezalel ging als Erster von Bord und verdingte einige herumlungernde Neugierige als Träger. Danach blieb er hinter ihnen, um aufzupassen, dass keiner der Gauner mit dem ihm anvertrauten Gepäckstück verschwinden konnte, während wir voranschritten: von der Anlegestelle bis zu dem Caesar Augustus geweihten Tempel, dann nach links, den *Cardo maximus* entlang, bis zur *Via lupanari*. Dann abermals nach rechts und noch einmal rechts, und wir befanden uns vor dem Tor mit dem Schild *Apollos Träne*. Darunter stand in ausgebleichten Lettern (was nach all den Jahren kein Wunder war): ›O Herr, wir sind der Ton, du bist unser Töpfer, und wir alle sind deiner Hände Werk.‹ Als wir durch das Tor schritten, beluden mehrere Beschäftigte, von denen wir nicht einen kannten, gerade den großen Brennofen. Andere beäugten uns aus der Werkstatt und dem Lagerraum. *Apollos Träne* ging es offensichtlich gut. Was mich allerdings wunderte, war das betretene Schweigen, das trotz aller Beschäftigung herrschte. Den Grund dafür erfuhren wir nur wenige Augenblicke später, als Ipsitillas kreischende Stimme die Ruhe zerriss: »Elender, sollte ich dich noch ein Mal in flagranti mit dem jungen Lycus erwischen, dann kannst du was erleben! Wenn nur deine Herren hier wären, du Undankbarer! Man sollte deine Freilassung widerrufen und dich in deinen früheren elenden Stand zurückversetzen!« Eine tiefe männliche Stimme brummte etwas Unverständliches. Dann gab es einen lauten Krach, das Wohnhaus erzitterte, die Tür wurde aufgerissen und heraus stürzte ein langer schlanker Mann mit glühend roten Ohren und einem ebenso roten Abdruck einer kräftigen Hand auf der linken Backe. Aus dem Fenster flog ihm ein Tontopf hinterher, verfehlte ihn knapp und zerbarst scheppernd in tausend Stücke. Der Mann war Titus und er lief direkt in Phrynes Arme. Wir grinsten. Und dann erschien, einer Furie gleich, unsere gute Ipsitilla, die sich mit einem weiteren Topf in der Hand an seine Fersen geheftet hatte.

Abends saßen wir beisammen im Atrium und speisten: Phryne, Ipsitilla, Titus, dessen linke Backe wieder ihre gewohnte Farbe angenommen hatte, Asasel, Mordechaj, Amos, Bezalel und Nahum. Und ich, natürlich. Wir aßen, tranken Wein und erzählten uns, was sich in den vergangenen Jahren zugetragen hatte. Im Stillen zerbrach ich mir den Kopf, wie ich die Beziehung zwischen Ipsitilla und Titus regeln könnte, ohne Ipsitilla allzu arg zu kränken und so die Existenz von *Apollos Träne* zu gefährden. Denn zuvor hatte ich zusammen mit Asasel die Bücher geprüft, die mir Titus vorlegte. Im Großen und Ganzen stimmte alles, allerdings fielen mir einige kleinere Beträge auf, die sich Titus offensichtlich in die eigene Tasche steckte. Darauf angesprochen, meinte er, er brauche auch mal ein wenig Geld, von dem Ipsitilla nichts wisse, denn sie achte stets darauf, dass er keinen müden Sesterzen zum Ausgeben habe. Und das aus purer Eifersucht. Und auch wenn er sie eigentlich möge, habe er die Alte gründlich satt, schließlich sei er erst dreiundzwanzig und sie mit Sicherheit schon über vierzig. Außerdem gefielen ihm einige ihrer Angewohnheiten nicht. An dieser Stelle bekam er wieder rote Ohren und verstummte.

Phryne wohnte die erste Zeit noch bei uns, da ihr früheres Haus von zweien ihrer Kolleginnen bewohnt worden war und sie einige Zeit brauchte, um es von fremden Gerüchen zu befreien und sich wieder zu eigen zu machen.

Nahum fragte mich nach neuen Bildern, die er kopieren könnte, denn mit Kopien meiner alten sei der Markt – hoffentlich! – schon gesättigt. Es gab in Caesarea kaum ein Haus von Stand, das nicht das Glück hatte, eines meiner Werke zu besitzen. Allein die darauf dargestellten Legionäre gaben mehrere Kopien in Auftrag, um sie zu verschenken. Vor allem der *primus pilus*, der im Laufe der Zeit mindestens ein Dutzend bestellte, jedes Mal den Wunsch äußernd, Nahum möge doch gewisse kleine Veränderungen vornehmen, die ihm zu noch größerer Zufriedenheit verhülfen. Wobei seine Zufriedenheit immer größer und größer werden wollte.

Kurz gesagt, diese Motive hingen ihm, Nahum, schon zum Halse raus. Etwas Neues musste her, und zwar so schnell wie möglich. Also versprach ich es ihm und hielt mein Versprechen auch. Die neuen Bilder erlösten allerdings den armen Nahum nicht von den verhassten Motiven – Mordechaj bestellte in seiner Eigenschaft als Mitinhaber der Firma *Mosel* zu Nahums Verzweiflung gleich zwei Dutzend davon für den alexandrinischen Markt. Meine neuen Bilder, die Nahum zur Vorlage dienen sollten, waren mehrere Porträts von Apuleius, dessen Ruhm Kunden anlocken sollte, die für sich beanspruchten, als intellektuell zu gelten, sowie Aktbilder von Agraphena, die ich nach den vielen Skizzen anfertigte, die sich in meinem Gepäck befanden. Letztere sollten das ästhetische Bedürfnis unserer Kundschaft befriedigen.

Monate verstrichen, der Sommer war vorbei und Rosh ha-Shana, das Neujahrsfest, nahte, als es an einem Freitagabend, gerade als Mordechaj, der Älteste von uns, dabei war, den Wein zu segnen, draußen vor dem Haus zu einem Tumult kam. Es hörte sich an, als würde unser Pförtner versuchen, jemandem den Eintritt zu verwehren, was ihm, seiner klagenden Stimme nach zu urteilen, offensichtlich nicht gelang, denn kurz darauf stand dieser Jemand vor uns, leicht außer Atem, und lächelte uns zahnlos an. Es war die Geißel meiner Jugend – Kaleb, der leibhaftige Veteran der Hasmonäischen Kriege, den meisten der Anwesenden bestens und unangenehm bekannt.

15. KAPITEL

in dem der Verfasser
noch einmal nach Krokodilopolis reist
und schließlich mit einer ausschweifenden
Nilreise belohnt wird

Wäre ein Blitz aus wolkenlosem Himmel niedergesaust, wir wären nicht sprachloser gewesen. Bezalel, sein Urenkel, saß wie versteinert und mit geöffnetem Mund da und glotzte Kaleb entgeistert an. Der Alte kam an den Tisch, nahm Mordechaj den silbernen Kiddush-Becher weg, sagte den Segensspruch und trank den Wein. Dann setzte er sich auf den Platz, der ihm von Bezalel wie in Trance überlassen worden war und kicherte verschmitzt. Dieses Kichern währte so lange, dass ich schon glaubte, der Alte sei endgültig verrückt geworden und wir hätten nun einen Geisteskranken am Hals. Als er endlich damit aufhörte, begann er zu essen, mit einem Heißhunger, der einem Legionär im aktiven Dienst zur Ehre gereicht hätte. Von einem ausgemergelten Greis ganz zu schweigen. Wir sahen ihm zunächst mit unfreiwilligem Staunen zu, dann aber fingen auch wir an zu essen, nicht ohne das Gefühl, wir sollten uns beeilen, bevor er alles alleine vertilgt hätte. Als der Tisch fast leergefegt war, seufzte er zufrieden und lehnte sich zurück, uns listig abschätzend. »Wo ist eigentlich Shlomo?«, fragte er plötzlich jovial, »ich habe Grüße an ihn auszurichten. Von meiner Schwiegertochter ... ja ... von der Schwiegertochter ...« »Shlomo ist in Alexandria«, sagte ich trocken und ohne mich auf seinen leutseligen Ton einzulassen, »und was machst du hier? Ist dir in *Anus Mundi* ohne uns langweilig geworden?« Meinen sarkastischen Ton ignorierend, antwortete der Alte: »Ja, alle jungen Leute wollen weg, keiner gibt sich mehr mit Ziegenhüten zufrieden ... Die einen wollen aufs Meer (er blickte Mordechaj an), um ihr Glück zu suchen, die anderen (ich und Bezalel waren an der Reihe) jagen ihren Hirngespinsten nach ... erfolgreich, wie man hört. Und so wollte ich nach meinem Urenkel sehen, den ich euch anvertraut habe«, sagte er entschlossen und die Tatsachen geflissentlich verdrehend, denn diesen seinen Urenkel hatte er uns, mir und Shlomo, von einem unverschämten Empfehlungsschreiben begleitet, regelrecht aufgezwungen. »Außerdem suche ich mir eine Frau«, schloss er unerwartet und tätschelte das Knie der neben ihm sitzenden Ipsitilla, ohne sie direkt anzublicken. Das Knie zuckte. Asasel lachte auf und fragte giftig: »Und du meinst, irgendeine Frau würde einen Zweihundertvierzigjährigen mit deinem Appetit heiraten wollen? Denn so alt müsstest du sein, um am Hasmonäischen Krieg teilgenommen zu haben!« Kaleb kicherte wieder: »Ein alter Ochse wird schon der richtigen Furche folgen können«, meinte er obszön. »Und was den Krieg angeht, so war ich als junger und hitziger Dummkopf bei den Aufständischen, habe mich Bar Kochba angeschlossen. Und als das dicke Ende kam und ich in Gefangenschaft geriet, da habe ich den Legionsschreiber geschmiert – anfangs habe ich gute Beute gemacht – und mir von ihm eine *testatio* ausstellen lassen, in der stand, dass ich gerade aus dem Hasmonäischen Krieg zurückgekommen sei und mit den Aufständischen nichts zu tun hätte. So war ich meine Beute los und bin am Leben geblieben.« Das klang glaubhaft, und der Alte gewann in unseren Augen. Das spürte auch er, und so betatschte er Ipsitilla abermals, diesmal etwas weiter über dem Knie. Sie ließ es geschehen. Titus schwieg dazu, sein Mund stand weit offen, und seine Gedanken waren leicht zu erraten: War das die Befreiung von Ipsitillas Joch? Konnte es wirklich sein, dass ein Greis von ... bestimmt weit über siebzig ihn ausstechen könnte? Ipsitilla saß mit einem leichten Lächeln da und ließ den Alten gewähren. Sein Benehmen wurde langsam unanständig. Mordechaj, der etwas weiter entfernt saß und das heimliche Treiben Kalebs nicht beobachten konnte, krächzte: »Und du meinst, eine Frau, solltest du eine passende finden, wäre bereit, mit dir nach *Anus Mundi* zu ziehen?« »Vielleicht ... Aber – nun, ich könnte mir auch vorstellen, hier zu bleiben«, und er kniff Ipsitilla in den Oberschenkel, »ich könnte mich nützlich machen, fände ich die richtige Frau.« »Bleib erstmal hier«, entschied Ipsitilla, »später können wir weitersehen.« Und erst da wurde mir klar, dass die beiden uns eine Komödie vorspielten, dass der Alte hier und heute nicht spontan erschien, sondern alles genau ausgekundschaftet hatte und womöglich – nein, ganz sicher sogar! – mit Ipsitilla bereits unter einer Decke steckte. In jeder Hinsicht. Und dass unsere Entscheidung schon vorweggenommen war und der listige Alte uns erhalten blieb, was wir auch sagen würden. Und so war es. Er blieb und übernahm die Aufsicht über die Arbeiten am Brennofen. Der befreite Titus zog in eine Kammer neben der von Amos um und spendierte uns am nächsten Tag, diskret und unter Ausschluss von Frauen, ein Mittagessen in der berüchtigten Taverne ›Zum blauen Priapus‹, um die Befreiung gebührend zu feiern.

Zu diesem Zeitpunkt geschah es, dass Teile der *Legio XII fulminata* und der *Legio XV Apollinaris*, die gerade aus Syrien zurückkehrten, wo sie gegen den rebellischen Statthalter Avidius Cassius siegreich gekämpft hatten, einen neuen Legaten erhielten, der mich schon bald nach seiner Einführung kommen ließ und beauftragte, das Atrium seiner neubezogenen Villa auszumalen. Gegenstand der Wandmalereien sollten seine heroischen Taten beim Markomannenkrieg gegen die Sarmaten in Pannonien sein. Auch seine dortige Beliebtheit in der sarmatischen Damenwelt sollte nicht zu kurz kommen. Damit alles so naturgetreu wie möglich dargestellt würde, stellte er mir einige mitgebrachte sarmatische Sklaven zur Verfügung, darunter auch Frauen – kräftige, von der Natur reich ausgestattete Wesen. Es war ein Vergnügen, sie zu porträtieren. Vor allem ein rundum hübsches Mädchen namens Thekla aus dem Stamm der Jazygen hatte es mir angetan, und ich hatte es mir beim Legaten ausbedungen, dass ich sie als Teil meines Honorars bekommen sollte. Und so zog sie eines Tages bei *Apollos Träne* und mir ein. Sie war immer bestens gelaunt und genoss sowohl den Status meiner Konkubine wie auch die begehrlichen Blicke anderer männlicher Mitglieder unseres Haushaltes. Zur nicht geringen Empörung Ipsitillas war auch der alte Kaleb da keine Ausnahme, wenn er auch mit allen Mitteln versucht hatte, es zu verbergen. Ich dachte schon, mein privates Leben einigermaßen geregelt zu haben, als mich Titus einige Monate später um ein Gespräch unter vier Augen bat. Er kam auf mein Zimmer mit einer schweren Börse voll Sesterzen und bat mich etwas verlegen, ihm Thekla zu verkaufen. Er sei so in sie vernarrt, dass er sogar dem jungen Lycus, dessentwegen er so viele Vorwürfe Ipsitillas ertragen musste, den Laufpass gegeben habe. Denn Thekla, vorausgesetzt, ich würde sie ihm verkaufen, wollte von einer Dreierbeziehung nichts hören. Aber vielleicht mit der Zeit ...

Da galt es zu überlegen. Das Mädchen war mir zwar ans Herz gewachsen, aber Titus auch, und war es nicht meine Pflicht, ihm dabei zu helfen, dem ›griechischen Laster‹ zu entsagen, wenn auch nur vorübergehend? Ich entschied mich schließlich, ihm Thekla nicht zu verkaufen, sondern sie amtlich freizulassen und mit Titus zu verheiraten. Dann hätte sie auch etwas Mitspracherecht, was mögliche künftige Beziehungskonstellationen anging. Und als *patronus* von Titus und Thekla hatte ich weiterhin umfangreiche Rechte den beiden gegenüber. Denn auf Thekla als Modell wollte ich auch weiterhin nicht verzichten. Es wäre eine Übertreibung zu behaupten, Titus sei glücklich über meine Entscheidung gewesen, lieber wollte er Herr der Lage sein, aber es blieb ihm nichts anderes übrig, als sich darein zu fügen. Thekla dagegen war überglücklich über diese unerwartete Wendung in ihrem

Leben und bat Ipsitilla, als eine Frau mit einschlägiger Erfahrung, um Rat, wie so ein Ehemann zu handhaben sei. Nahum, der schon vor einem Jahr von seinem Vater, dem Rabbiner, verheiratet worden war, bot Titus nicht ohne Schadenfreude seine Dienste als Sachverständiger an, um Ipsitillas Einfluss entgegenzuwirken. Auch Kaleb, unser Veteran der Hasmonäischen Kriege, steuerte seinen Teil bei. Asasel teilte unterdessen dem inzwischen gänzlich eingeschüchterten Titus mit, alles sei nur halb so schlimm, und er brauche sich erst dann Sorgen zu machen, wenn Thekla Phryne konsultiere.

Schon wieder ging ein Jahr ins Land, das Pessachfest war gerade vorbei, als Madu, einer unserer ›Serapis-Waisen‹, nach Caesarea kam, um eine Lieferung neuer Werke für *Mosel* in Empfang zu nehmen und nach Alexandria zu schaffen. Die Neuigkeiten, die er uns von Shlomo brachte, waren durchwachsen. Traurig war die Nachricht vom Tode Apuleius' – er war in eine hitzige Diskussion mit dem jungen Tertullian verwickelt, als dessen Esel, wahrscheinlich um seinen Herrn zu unterstützen, ihn biss. Die Bisswunde an sich war nicht gefährlich, die Tatsache selbst aber hatte auf Apuleius einen solchen Eindruck gemacht, dass er melancholisch wurde und kurz darauf starb.

Shlomo selbst war immer noch unabkömmlich und mit Aufträgen überhäuft. Der *lesonis* Petosiris ließ uns alle herzlich grüßen und mir sagen, sollte ich wieder nach Alexandria kommen wollen, hätte ich viel zu tun – es gebe eine große Nachfrage nach Porträts, auch nach Mumienporträts. Auch der Priester Cheteba habe nach mir gefragt. Eine Krokodilseuche, möglicherweise durch Holzverbrennung (wie gemunkelt wurde) hervorgerufen, habe mehrere besonders alte und heilige Krokodile dahingerafft, sie seien jetzt einbalsamiert, aber noch nicht bestattet – für den Fall, dass ich bereit wäre nach Soknopaiu Nesos zu reisen und Porträts von ihnen anzufertigen, würde er ihre Bestattung bis zum Ende der Nilschwemme, nach unserem Kalender also bis zum Ende des Monats Elul, Ende September, hinauszögern.

Außerdem teilte Madu Mordechaj mit, Agraphena sei aus Kyrenaika, wo sie nach ihm gesucht hatte, bereits nach Alexandria zurückgekehrt, sie habe sich dann unverzüglich den Hafenmeister vorgeknöpft, der ihr nach einer intensiven Behandlung (Phrynes Schule) alles gebeichtet habe. Sie stelle Mordechaj nun vor die Wahl, entweder umgehend zu ihr und den Kindern zurückzukehren – schließlich bräuchten sie einen Vater, selbst so einen wie ihn, oder sie komme mit ihnen nach Caesarea, denn sie habe viel vom guten Klima hier gehört und die beiden Kinder würden ihr schändlich schlechtes Aramäisch verbessern können.

Wir trauerten um den armen Apuleius, und Phryne sagte alle Termine während des Trauermonats ab.

Als der Monat zu Ende und Madu bereits wieder abgereist war, war es an der Zeit, Entscheidungen zu treffen. Meine Entscheidung fiel mir leicht – ich wollte weg. Zum einen hatte ich das Gefühl, hier alles erreicht zu haben, zum Zweiten breitete sich in mir eine wachsende Unzufriedenheit aus, alles was ich schuf, kam mir fade vor, ohne Leichtigkeit und ohne Inspiration. Es machte mir keinen Spaß mehr. Und ohne Spaß an der Arbeit ist selbst eine Hure eine unglückliche Hure. Sie wird leicht reizbar. Ich wurde auch leicht reizbar. Zumal mir das tolle Treiben in unserem großen Haus auf die Nerven ging. Auch Shlomo fehlte mir.

Mordechaj fiel seine Entscheidung schon schwerer. Aber nach reiflichem Überlegen entschloss auch er sich, zurück nach Alexandria zu gehen. Hier hatte er eigentlich keine Funktion und nichts zu tun. Und die Vorstellung Agraphena würde mit den beiden Kindern nach Caesarea kommen und hier in das bereits überfüllte Haus ziehen ... diese Vorstellung war nicht sehr erbaulich.

Was mich überraschte, war die Bitte von Nahum und Titus, mich begleiten zu dürfen. Anscheinend hatten beide jungen Ehemänner genug vom Ehejoch, zumindest fürs Erste. Obwohl ich beiden zusagte, ging am Ende nur Nahum mit. Titus kam kurz vor der Abreise wie ein geprügelter Hund zu mir und stammelte, Thekla habe etwas dagegen, es tue ihm furchtbar leid, aber ... und Amos brauche Hilfe im Laden ... Ich war mir sicher, dass Thekla sich neuerdings von Phryne beraten ließ. Und dass der junge Lycus nun keine Gefahr mehr für die wacklige Moral unseres Titus' darstellte.

Ende des Monats Iulius schließlich erreichten wir abermals den Hafen von Alexandria auf einem *navis vinariae*. Dass wir heil ankamen, verdankten wir ausschließlich dem Einen und gutem Wetter, denn angeblich war einer der Pithoi mit schwerem geharzten Wein undicht und die gesamte Mannschaft inklusive des Kapitäns permanent betrunken. Da Betrunkene, wie es heißt, von den Göttern besonders beschützt werden, kamen wohl auch wir in den Genuss dieses Schutzes. Auf dem Schiff stank es aber nicht nur nach Wein und Trunkenheit, nein, es war ein ganz bestimmter, nostalgisch anmutender Geruch, besser gesagt ein Hauch davon, der das Schiff umwehte. Lange konnte ich diesen Geruch nicht einordnen, bis eines Tages einer aus der Mannschaft neben mir laut einen fahren ließ, mein langes Gesicht und die sich kräuselnde Nase sah und, auf die Mastspitze zeigend, sagte, ich solle mir nichts daraus machen, sein Furz sei nichts dagegen ... An der Mastspitze war eine kleine Holzschachtel befestigt. Mit einem Gruß aus *Anus Mundi* – *foetor judaicus*. Eine persönliche Bestellung des *praefectus aegypti*.

Reumütig wie er war, brachte Mordechaj für Agraphena ein Geschenk mit – ein goldenes Geschmeide, das Phryne einem Legionär, der mit dem neuen Legaten aus Pannonien kam, abgenommen und für Agraphena bestimmt hatte. Mordechaj hielt es für das Klügste, ihr erst später zu eröffnen, dass es Phrynes Geschenk war, und so schmolz Agraphenas Zorn auf den Flüchtigen wie Eis in der Sonne, als der schlaue Pirat ihr die kleine Schmuckschatulle überreichte. Immerhin war diese Schatulle seine persönliche Gabe an die große, schöne schwarze Rachegöttin, die ihn erwartete.

Viel Zeit, um mit dem *lesonis* Petosiris und anderen unsere Ankunft zu feiern, hatten wir, Nahum und ich, nicht. Wollten wir zu den hohen Feiertagen Ende September zurück sein, so mussten wir schleunigst nach Soknopaiu Nesos aufbrechen – die einbalsamierten Krokodile warteten auf uns.

Ohne Zwischenfälle erreichten wir Krokodilopolis und überquerten den Moeris-See. In Soknopaiu Nesos angekommen, gingen Nahum und ich direkt zu Absalom, der hocherfreut war, wieder einmal Glaubensbrüder rupfen zu können, und mieteten uns bei ihm ein.

Priester Cheteba, Sohn des Cheteba, Sohn des Setiutawety, Sohn des Ma'aRa war ebenfalls glücklich, uns zu sehen. Er war älter geworden und dem Totenbild, das ich von ihm gemalt hatte, immer ähnlicher. Ich möchte nicht verhehlen, dass ich ihn auf dem Bild damals etwas älter gemacht hatte, jetzt war der Unterschied allerdings fast verschwunden. Der Tod von gleich vier besonders heiligen Krokodilen hatte ihn sehr mitgenommen. Müde und nachdenklich sah er aus. Umso erstaunter war ich, dass er dem Verheizen von Holz die Schuld am Tod der Krokodile gab. Die giftigen Miasmen, die bei der Holzverbrennung entstünden und die Krokodilinnen bekanntlich unfruchtbar machten, eben diese Miasmen hätten seine geliebten Reptilien dahingerafft. Das Orakel von Sema in Alexandria habe das seinerzeit festgestellt. Auf meinen Einwand, dass das Orakel dies später widerrufen habe, lebte Priester Cheteba plötzlich auf, kniff ein Auge halb zu und machte ein Gesicht, als wüsste er etwas, was anderen zu wissen nicht vergönnt war. Mit triumphierender Stimme und wippendem Zeigefinger rief er: »Eben! Das Orakel hat widerrufen! Also – es gab etwas zu widerrufen! Da haben wir es! Und dass es widerrufen werden musste, ist ja auch sonnenklar – wenn der *praefectus aegypti* das hören wollte ... Was hätte es sonst tun sollen?« Ebenso sonnenklar war mir, niemand konnte Priester Cheteba an der Nase herumführen oder ihm sonst was vormachen.

Die von Miasmen ermordeten Krokodile erwiesen sich als auf ihre Art schöne und verständige Modelle. Ausgeweidet und mumifiziert lagen sie in einer Salzlake und dufteten ganz erstaunlich nach Nelken. Der Raum, in dem ich schon beim ersten Mal gearbeitet hatte, war abermals für uns hergerichtet worden. Töpfe mit Pigmenten, das beste punische Wachs, trockene Hölzer – alles war da. Wir hatten die Krokodile bereits skizziert und wollten schon mit der Arbeit beginnen, als Priester Cheteba mit einer dringlichen Bitte an uns herantrat: Eine fromme Matrone aus einer einflussreichen Familie, die zu den Gönnern des Tempels gehörte, war beim andächtigen Betrachten der noch lebenden heiligen Krokodile ausgerutscht und mit einem Fuß in das Becken geraten. Wobei eines der jüngeren und unerfahrenen Reptilien den Fuß für die Fütterung hielt und zubiss. Die Dame überlebte zwar, sei aber so beeindruckt, an der Schwelle des Osiris-Reiches gestanden zu haben, dass sie nur noch an diese Schwelle denke und sich nichts sehnlicher wünsche, als ein Totenbildnis anfertigen zu lassen, weswegen sie Priester Cheteba um Protektion bei uns gebeten habe. Seine Dankbarkeit und die ihrer Familie seien uns gewiss.

Am nächsten Morgen erschienen vier nubische Sklaven in unserer Werkstatt. Schwer atmend stellten sie eine prächtige *lectica* ab. Ihr entstieg eine imposante Matrone. Sie mochte um die vierzig sein, und man sah ihr noch immer an, dass sie einmal sehr gut ausgesehen hatte. Und auch, dass sie es wusste. Sie stellte sich vor als Eirene, Tochter des Silvanos, und schob sich seufzend in einen Lehnstuhl, den Priester Cheteba gestern extra für sie herangeschafft hatte. Wir fingen an zu arbeiten, wobei sich – wie nicht anders zu erwarten – bald herausstellte, dass sie sehr genaue Vorstellungen davon hatte, wie sie auf ihrem Totenbildnis aussehen wollte. Dumm nur, dass diese sehr genauen Vorstellungen sich alle zwanzig Minuten änderten. Als wir die Sitzung nach zwei Stunden schweißgebadet beendeten, schlug sie vor, Nahum solle sie abends in ihrer Villa aufsuchen, um weitere Anweisungen einzuholen. Nahum fügte sich. Als er spät in der Nacht zurückkam (ich war über sein langes Ausbleiben schon besorgt gewesen, weil man nachts leicht über ein hungriges Krokodil stolpern konnte), machte er einen seltsam zufriedenen und gleichzeitig verlegenen Eindruck. Leicht errötend erzählte er, es sei ihm gelungen, Eirene zu überzeugen, das Malen uns zu überlassen und darauf zu vertrauen, dass wir sie voll und ganz zufriedenstellen würden. Dabei errötete er wieder.

Aber sie blieb auch weiterhin so wankelmütig wie bei der ersten Sitzung. Weshalb Nahum nichts anderes übrig blieb, als eine Woche lang, solange wir sie malten, fast jede Nacht Überzeugungsarbeit zu leisten. Nur am Shabbat ging er nicht hin, denn am Shabbat war uns glücklicherweise von dem Einen absolute Ruhe verordnet. Als wahrlich fromme Frau hatte Eirene dies akzeptieren müssen. Auch als das Bildnis fertig war (es stellte sie übrigens absolut zufrieden, besonders der leichte Schatten über der Oberlippe gefiel ihr gut) und ich von ihr mehr als anständig vergütet worden war, bat sie Nahum allerdings weiterhin um seinen regelmäßigen Besuch – er sollte sie in Hebräisch und auch in den Grundlagen unseres Glaubens unterweisen. Sie war vielseitig fromm.

Nun, die toten heiligen Krokodile waren endlich auch gemalt, und wir wollten uns beeilen, um noch rechtzeitig vor den Feiertagen nach Alexandria zu gelangen. Priester Cheteba hatte zuerst vor, mit uns zu reisen, denn es war an der Zeit, die jährliche Steuererklärung des Tempels der Steuerbehörde des *praefectus aegypti* zu übergeben. Aber er erkrankte und bekam Fieber. Auch das führte er übrigens auf das Verheizen von Holz zurück, dessen heimtückische Miasmen Soknopaiu Nesos verpesteten. Darum bat er mich, die Steuerunterlagen an mich zu nehmen und sie in Alexandria dem zuständigen Finanzbeamten namens Lucianus Samosatensis zu übergeben. Als er hinzufügte, besagter Lucianus spreche ein ganz ausgezeichnetes, wenn auch etwas altmodisches Griechisch, während sein Latein nur sehr dürftig sei, fiel bei mir der Groschen. Apuleius hatte mir einmal, während ich ihn zeichnete, von einem Lukian aus Samosata erzählt, der sein Freund gewesen war und den er in Thessalien unter nebulösen Umständen kennengelernt hatte. Ein großer Spötter sei er gewesen, was ihn freilich auch sehr sympathisch machte. Später soll dieser Lukian zu Apuleius' Verdruss dieselbe Geschichte vom goldenen Esel wie er in seinen *Metamorphosen* erzählt haben, nur aus seiner Sicht und auf Griechisch. Dazu in einem attischen Griechisch, das vor mehreren Hundert Jahren gesprochen wurde. Dies nahm Apuleius dem alten Freund übel, denn er hatte ihn im Verdacht, ihm einen Streich spielen zu wollen, indem er die Schlussfolgerung nahelegte, seine Geschichte sei die ursprüngliche und die von Apuleius nachempfunden. Damals habe ich mir – bei allem Respekt – insgeheim gedacht, dass berühmte Literaten wohl ebenso eitel sind wie gewöhnliche Hetären.

Nach Alexandria zurück ging es per Schiff, mit dem tempeleigenen Qerer, einem nilüblichen Lastkahn, auf dem Priester Cheteba auch die Steuern, die sein Tempel zu entrichten hatte und deren Unterlagen er mir anvertraut hatte, zu transportieren pflegte. Besagte Steuern bestanden aus Pithoi mit insgesamt fünfzig Ipet Getreide, zehn Heqat Honig, dazu eine große Ladung Schafswolle und mehrere Pithoi mit gepökeltem Krokodilfleisch. Außerdem fuhren etwa einhundert junge geschlechtsreife männliche Krokodile mit, die in einem speziellen Unterdeck eingesperrt worden waren und deren Lebensaufgabe es war, die durch die Holzverbrennung dezimierte Population der alexandrinischen Nilkrokodile wieder aufzupäppeln. Eirene, die Tochter des Silvanos, kam persönlich an den Kai, um uns zu verabschieden. Und auch noch lange nachdem wir abgelegt hatten und die Ruderer uns den Weg durch die Krokodilsuppe bahnten, stand sie da und winkte uns mit ihrem bunten Taschentuch. Wir winkten zurück. Es ging sehr flott voran, auch weil sich die Nilschwemme ihrem Höhepunkt näherte und uns mächtig nach Norden trieb. Die Ruderer hatten also nicht allzu viel zu tun, abgesehen von dem beständigen und zunehmend verzweifelten Abwehrkampf gegen die agilen jungen Krokodile, die immer wieder versuchten, ihrem Verlies zu entkommen. Unterwegs legten wir kurz in Aphroditopolites an, wo wir eine kleine, fröhliche Gruppe *meretrices* aus dem örtlichen Tempel der *Venus vulgivaga* an Bord nahmen. Es waren kräftige Mädchen, natürlich und freimütig, die zu den baldigen Feierlichkeiten zu Ehren des Höchststandes der Nilschwemme nach Alexandria entsandt wurden. Sie hatten keine Angst vor Krokodilen und halfen beherzt mit, die entwichenen Tiere zurück in ihr Verlies zu drängen. Auch sonst verschönerten sie unsere Reise und verwandelten unseren tristen Lastkahn in einen lustvollen.

In Kanopus kam ein missmutiger Beamter der Tempelbehörde an Bord und nahm die Krokodile in Empfang. Sie wurden gezählt, wobei er bemängelte, sie seien ziemlich abgemagert und noch sehr jung. Er äußerte Zweifel, dass sie in ihrem Zustand imstande wären, den Miasmen lange Widerstand zu leisten und die hiesigen Krokodilinnen zufriedenzustellen. Nach längerem Nörgeln unterschrieb er aber die Empfangsbestätigung und hieß uns, die freudig erregten Krokodile im Hafen freizulassen. Zum *gaudium* der zahlreichen Kinder, die gerade im Hafenbecken tauchten.

Nach ihm kam ein anderer Beamter, diesmal von der römischen Verwaltung, zählte die Pithoi, verglich alles mit dem Lieferschein, unterschrieb diesen und ließ die Fracht auf bereitstehende Karren verladen.

Nun konnten Nahum und ich weiterziehen. Wir verabschiedeten uns nicht ohne Bedauern von den Mädchen, welche noch ein paar Tage in Kanopus zu verbringen gedachten, bevor sie uns nach Alexandria folgen würden, mieteten für die Weiterreise drei kräftige Esel (einen für das Gepäck) und zogen los.

16. KAPITEL

in dem der Verfasser
Lukians Freundschaft gewinnt
und Chaja in sein Leben tritt

Lukian war ein magerer älterer Syrer mit langer Nase und besten Manieren. Er nahm die Steuerunterlagen aus Soknopaiu Nesos entgegen und schob sie auf ein Regal. Dann fragte er mich, ob ich auch die Steuererklärung der Firma *Mosel* dabei hätte. Ich verneinte und erklärte ihm, dass ich einer anderen Firma - *Apollos Träne* - angehöre und in Caesarea steuerpflichtig sei. Und was die Firma *Mosel* betreffe, so seien der *lesonis* Petosiris und Meister Mordechaj deren Geschäftsführer, an sie solle sich die Finanzbehörde auch halten. Lukian lächelte säuerlich und wechselte das Thema: »Ich kenne Arbeiten ihres Freundes, des Bildhauers, er ist nicht schlecht, auch weil er sich vor diskreten Absurditäten nicht scheut. Neulich hatte er einen Sarkophag für einen reichen Kaufmann fertiggestellt, gerade rechtzeitig zu dessen feierlicher Beisetzung. Der Kaufmann war bekannt als einer, der dem ›griechischen Laster‹ frönte. Und so meißelte ihr Kollege um den Sarkophag herum lauter nackte Adonisse, die den Waden des jeweils vorangehenden entsprießen. Sehr lustig, auch wenn er die Idee offensichtlich einem meiner Bücher, den *Wahren Geschichten* entnommen hat. Eigentlich müsste er mich zum Dank wenigstens auf einen Umtrunk einladen. Dabei schaute er mich fragend an, als wolle er wissen, ob auch ich sein Buch kenne. »Leider habe ich noch keines Ihrer Bücher gelesen, obwohl ich schon viel von Ihnen gehört habe. Nicht zuletzt von jemandem, dem ich für unsere kurze Bekanntschaft zutiefst dankbar bin, von Apuleius«, sagte ich. Lukians Gesicht verdüsterte sich. »Nein, nein«, beeilte ich mich zu sagen, »Apuleius bedauerte zutiefst dieses Missverständnis zwischen Ihnen beiden und ebenso seinen Argwohn gegen Sie.« Lukian seufzte erleichtert. »Er war mein bester Freund, und ich war damals genau wie er ein Myste der Isis, wenn auch nicht, im Unterschied zu ihm, in höchste Mysterien eingeweiht. Und das

Buch *Lucius oder Der magische Esel* schrieb ich tatsächlich, um ihm einen Streich zu spielen, aber rein freundschaftlich, ohne ihm schaden zu wollen. Schließlich wusste ich ja alles, was geschehen war, fast alles«, berichtigte er sich, »von ihm selbst. Aber der Scherz ist gründlich danebengegangen, und ich konnte es nicht mehr rückgängig machen, ohne dass man dann auf ihn mit dem Finger gezeigt hätte. So habe ich schließlich mich selbst zum Esel gemacht und unsere Freundschaft ruiniert.« Ich erzählte Lukian, dass ich Apuleius gemalt hatte, auf seinen Wunsch mit einer schönen Frau namens Phryne, die zusammen mit mir und Shlomo in Karthago war, und mit Apuleius wohl seit ihrer Kindheit bekannt. »Ja«, sagte Lukian trocken, »ich kannte sie auch. Sie war die schöne kleine Tochter dieser Hexe in Thessalien. Ich würde das Bild gern sehen, wenn es geht.« Ich lud ihn ein, uns zu besuchen und bei dieser Gelegenheit von Shlomo sein Honorar in Form von Wein zu fordern.

Als Lukian von Samosata uns daraufhin besuchte, hatte er auf einmal nichts mehr von einem römischen Beamten an sich. Sichtlich vergnügt eroberte er uns alle im Sturm, als er Shlomo zu seinen Sarkophagen und auch Porträtbüsten beglückwünschte, indem er erwähnte, er sei in jungen Jahren bei seinem Großonkel, einem bekannten Bildhauer, in der Lehre gewesen. Danach nahm er dem ihn begleitenden Sklaven eine Amphora mit jungem, süffigem etrurischen Wein ab und überreichte sie formvollendet Agraphena. Sie ließ Oliven, Brot, Käse und den Wein auftragen, und wir machten es uns bequem auf den *lecti triclinares*, den Speisesofas, um den großen Tisch. Ich war erstaunt und etwas beschämt, als sich herausstellte, dass nicht nur Shlomo, sondern auch Nahum einige seiner Bücher in lateinischer Übersetzung gelesen hatten. Und als der angeheiterte Nahum Lukian ein wenig spöttisch fragte, ob seine Götter ihm wegen der wenig respektvollen *Göttergespräche* nicht zürnten, erwiderte er verschmitzt, seine Götter seien so etwas gewohnt und darüber erhaben. Im Übrigen seien seine Scherze nichts im Vergleich zu der an Blasphemie grenzenden Giftigkeit, die gewisse jüdische Propheten dem Einen gegenüber an den Tag legten. Nahum, der schließlich der Neffe eines Rabbiners war und auch selbst ein Kenner der Schrift, war pikiert und wollte wissen, wie Lukian auf so etwas komme. »Nun ja«, gab der listige Syrer zu Antwort, »in meiner Eigenschaft als römischer Finanzbeamter habe ich auch viel mit Alexandriner Juden zu tun, die es, was Steuervermeidung betrifft, durchaus mit uns Syrern aufnehmen können. Und so habe ich, um zu verstehen, wie sie ticken, einige Eurer heiligen Bücher gelesen. In griechischer Übersetzung, versteht sich … so las ich auch einen Eurer Propheten namens Jur… Jeremia. Ich denke, so heißt er, nicht wahr? Nun, in einem Text von ihm heißt es, Gott habe ihm sinngemäß vorausgesagt, dass er gleich Besuch von einem verarmten Verwandten bekommen werde, einem Neffen oder so, der ihm, dem Jeremia, sein Land verkaufen wolle und dass er ihm dieses Land abkaufen solle. Kennt Ihr den Text?« Nahum nickte und man konnte ihm direkt ansehen, wie sein Respekt vor Lukian wuchs. »Der Neffe erschien daraufhin und Jeremia kaufte ihm gehorsam sein Land ab, und zahlte ihm eine genau benannte Summe aus. Stimmt?« Nahum nickte erneut. »Darauf folgt eine lange Passage mit Lobpreisungen Gottes ›Du, der du die Welt erschaffen hast … Du, der alles weiß … etc.‹ Nur, dass das Aber, was auf diese Lobpreisungen folgt, das Vorangegangene wie blanken Hohn erscheinen lässt. Denn Jeremia erzählt dann weiter, jetzt stehe der Feind vor den Toren der Stadt, sein Land sei futsch, sein Geld sei auch futsch, und so fragt er Gott, warum Er, der doch alles weiß, ihm gesagt habe, er solle dieses Land dem Neffen abkaufen … ER hätte doch wissen müssen, was kommt. Wenn das keine bissige Satire sei! Und was erhält der Arme als Antwort auf seine ätzend-saure Klage? ›Ja, ich bin dein Gott, der Allwissende!‹ Im Vergleich zu diesem Austausch von Nettigkeiten triefen die *Göttergespräche* geradezu von Respekt den Protagonisten gegenüber!« Lukian lachte. Nahum auch.

Auf das Motiv aus dem Buch *Wahre Geschichten* angesprochen, erzählte Shlomo, der Bibliothekar des *Serapeum* habe es ihm einst zu lesen empfohlen, als er beobachtete, dass Shlomo wochenlang Trübsal blies. Und tatsächlich, das Buch half ihm, aus der Krise herauszufinden. Er verließ uns geschwind, ging auf sein Zimmer und kehrte zurück mit einer Papyrusrolle, aus der er uns, Worte vor Begeisterung verschluckend, vorzulesen anfing. »… gut gewachsener kräftiger Rebstumpf, nach oben hin aber waren es Frauen … sie küssten uns mit ihren … und jeder, der liebkost wurde, war sofort betrunken … begehrte Geschlechtsverkehr mit uns, und zwei meiner Begleiter, die sich ihnen näherten, konnten sich nicht mehr lösen, sondern waren an ihre Schamteile gefesselt … wuchsen ineinander.« Grunzend auflachend rollte er den Papyrus weiter aus: »… Zunächst werden die Bewohner nicht von Frauen geboren, sondern von Männern. Die Männer heiraten nämlich untereinander und kennen das Wort ›Frau‹ überhaupt nicht. Bis zum Alter von fünfundzwanzig Jahren lässt man sich heiraten, dann heiratet man selbst.« Als unser Lachanfall abebbte, fuhr er fort: »… es gibt bei ihnen eine Sorte von Männern, die sie Baummenschen nennen und die auf folgende Weise entstehen: Wenn man den rechten Hoden eines Mannes abschneidet und in die Erde pflanzt, dann wächst daraus ein sehr großer und fleischiger Baum in Gestalt eines Phallus. Dieser trägt Zweige und Blätter, und seine Früchte sind ellenlange

Eicheln. Wenn sie reif sind, meißelt man Menschen aus ihnen heraus. Sie haben künstliche Geschlechtsteile, die teils aus Elfenbein, teils (bei den Armen) aus Holz gefertigt sind und beim Geschlechtsverkehr mit ihren Gatten benutzt werden …« Sein Vorlesen wurde jetzt endgültig von Schluchzern verschluckt und brach ab. Wir alle, inklusive Lukian, krümmten uns vor Lachen. Zugegeben, diese Art von Humor mag etwas ausgesprochen Direktes, Derbes an sich haben, doch unser Vergnügen, vom Wein kräftig unterstützt, war grenzenlos und unbefangen. Als ich mir aber später das Buch vornahm und diese Stellen abermals voller Belustigung las, sah ich darin eher tiefgründige Satire als plumpen Soldatenhumor.

Besonderen Eindruck machten Lukians Bücher auf Nahum. Und es waren nicht die Zoten, die ihn faszinierten, wie man meinen könnte, sondern verschiedene Absurditäten, die, wie er sagte, auf Menschen eine tiefe Wirkung haben könnten, wenn man nur Lukians beißenden Spott ein wenig verberge. Nahum traf sich fortan öfter mit ihm, meist in der Taverne neben dem *Serapeum*, wo sie sich mal laut lachend, mal durchaus ernst besprachen und wo Nahum sich Notizen machte, die er keinen von uns einsehen ließ. Sobald ihn jemand auf diese Geheimniskrämerei ansprach und versuchte, ihn auszufragen, schwieg er beharrlich und wechselte das Thema. Nur einmal rutschte ihm eine Bemerkung heraus, man könne Verrücktes erschaffen, das ins Metaphysische hineinreichen und eine eigene Mystik hervorbringen könne, die wiederum eine weitergehende Exegese dieser Verrücktheiten zur Folge habe und so aus einem Scherz hohes Geheimwissen entstehen lassen könne. Ein Geheimwissen, das sich verselbstständige und eine Existenzform annehme.

Nach der Lesung, als alle sich wieder beruhigt hatten, zeigte ich Lukian das Bildnis von Apuleius (die Kopie des

Bildes, das ich weiland nach Karthago geschickt hatte) sowie zahlreiche Zeichnungen, die ich danach gemacht hatte. Er suchte eine aus und fragte mich umständlich, ob ich mich nicht bereitfinden könne, für ihn ein Porträt nach dieser Zeichnung zu malen. Er würde sich überaus glücklich schätzen, ein Bildnis seines alten Freundes zu besitzen. Ich fand mich natürlich dazu bereit, und auch von einem Honorar wollte ich nichts wissen. Es sollte ein Geschenk werden, ein aufrichtiges Zeichen der Wertschätzung unserer neu geschlossenen Freundschaft. Später revanchierte sich Lukian, indem er die in vier Jahren aufgelaufene Steuerschuld der Firma *Mosel* dieser besagten Firma einfach erließ. Mit der Bemerkung, das Römische Reich werde deswegen schon nicht untergehen. Was es auch tatsächlich nicht tat.

Das Fest des Höchststandes der Nilschwemme fiel in diesem Jahr mit Rosh ha-Shana, unserem Neujahrsfest, zusammen. Auf dem Rückweg von der Synagoge, die sich im *judaeorum vicus*, dem jüdischen Viertel, befand, trafen wir im festlichen Getümmel auf die Gruppe von *meretrices*, unsere Reisegefährtinnen auf dem Lastkahn, und luden sie zum Festessen bei uns ein. Es waren ihrer sieben, sodass auch der *lesonis* Petosiris und die drei ›Serapis-Waisen‹ mit uns ausgelassen feiern konnten. Nur Mordechaj blieb unter der liebevollen, aber strikten Kontrolle Agraphenas unbeschäftigt und sah unserem fröhlichen Treiben zu, mit dem herablassenden Wohlwollen eines Onkels, der sich seiner jungen Tage noch gut erinnerte. Die beiden Kinder wurden nach dem Essen schnell auf ihre Zimmer geschickt, wo sie sich, unüberhörbar, wieder prügelten. In letzter Zeit übrigens, seit sie die Grundschule besuchten und von ihrem *magister ludi* regelmäßig verdroschen wurden, benahmen sie sich wesentlich besser und weniger laut. Nur noch an Feiertagen wie diesen waren sie wild und ungebärdig wie einst. Das Zusammenleben war damit um einiges erträglicher geworden.

Ich hatte gut zu tun. Aufträge für Totenbildnisse rissen nicht ab – die Ägypter sind vorausschauende Leute, und so saßen mir immer mehr Kinder Modell, deren Eltern wünschten, sie mögen, wenn es soweit sei, jung und schön vor Osiris erscheinen, auch wenn sie hoffentlich lange und glücklich lebten. Die Eltern selbst ließen sich oft gleich mitporträtieren, es gehörte neuerdings zum guten Ton unter den Alexandrinern, Porträts, die sie später ins Totenreich begleiten sollten, als Hochzeitsgeschenke beziehungsweise als Mitgift in die neue Familie einzubringen. Manchmal hatte ich auch bereits Verstorbene zu malen – eine unangenehme und wenig anspruchsvolle Arbeit, weil die Gesichter durch den Tod fast ausnahmslos entstellt werden und mir in solchen Fällen nichts anderes übrig blieb, als meine Fantasie anzustrengen, was mir, der ich auf die natürliche Anschauung setzte, fast wie Pfusch erschien und an meiner Berufsehre kratzte. Natürlich hätte ich eine Leiche als Leiche darstellen können, es wäre eine interessante Aufgabe, aber meine Vorstöße in dieser Richtung trafen bei den Angehörigen nicht auf Gegenliebe – sie vertraten einhellig die Meinung, es sei für die lieben Verstorbenen nicht sehr vorteilhaft, in diesem Zustand vor die göttlichen Richter zu treten. Deshalb versuchte ich, solche Aufträge an die ›Serapis-Waisen‹ abzuwälzen, deren Fantasie keine Grenzen kannte. Blieb nur zu hoffen, dass auch Osiris Geschmack daran fand.

Ab und zu hatte ich zwar durchaus Anwandlungen von Wehmut bei der Vorstellung, einen Großteil meines Schaffens ans Jenseits zu verlieren, aber sie wurden immer seltener. Denn, ja, die ultimative Erhabenheit der Malerei, die nicht für diese Welt bestimmt ist, ist nicht zu leugnen. Das hatte mich Krokodilopolis schon gelehrt. Allerdings zehrte die Bedingungslosigkeit einer solchen Beschäftigung auch an der Substanz, und so nahm ich dankbar Aufträge an, wie die Bemalung einer vornehmen Villa oder des exklusiven *lupanar* ›An den Zitzen der Ops‹, unweit vom Cibotushafen. Diese Aufträge waren leicht zu erledigen und bereiteten mir eine reine, ungetrübte Freude. Sie waren eben nicht von der schweren Verantwortung für das jenseitige Wohlergehen der Auftraggeber belastet.

Nahum, der mir tagsüber zur Hand ging, führte, sobald es dunkelte, ein geheimnisvolles Leben. Wenn er nicht mit Lukian gerade etwas ausbrütete, ging er in eine kleine Synagoge im jüdischen Viertel, die zumeist von sonderbaren Leuten frequentiert wurde. In der dortigen Yeshiva genoss er bald den Ruf, ein großer Mystiker zu sein, eingeweiht in die Geheimnisse der Merkabah, des Thronwagens des Einen, sowie ein intimer Kenner der himmlischen Paläste. Und auch wenn er sein Verhalten nicht im Geringsten änderte, begegneten ihm die Leute aus dem jüdischen Viertel immer ehrfürchtiger und sprachen ihn bald nur noch mit ›Rav Nahum‹ an. Es war Shlomo, der mir ein Licht aufsteckte: Nahum lehrte dort aus einem Buch, das er, wie es hieß, in Krokodilopolis entdeckt hatte, ein Bericht, den angeblich Rabbi Ishmael verfasst hatte, und zwar über seine Reise in den Himmel vor den Thron des Einen und über seine Gespräche mit Henoch, dem Sohn von Jered und dem Vater von Methusalem, den der Eine lebend zu sich berufen und ihn zum Metatron, dem Fürsten der Engel, erhoben haben soll. Was ich der Erzählung Shlomos entnehmen konnte, kam mir sehr merkwürdig, um nicht zu sagen ›lukianisch‹, vor. Daher bat ich Nahum, mir das besagte Buch zu zeigen. Zu sagen, er sei über diese Bitte erfreut gewesen, wäre eine Übertreibung, aber sie mir abzuschlagen, kam für ihn natürlich auch nicht infrage. Die Papyrusrolle, verfasst auf Hebräisch, war nicht sehr umfangreich, bewies aber, dass der Autor sämtliche Engel und heiligen Tiere aus persönlicher Anschauung kannte. Deren Beschreibung allerdings musste unweigerlich jeden, der den natürlichen Menschenverstand über Ehrfurcht und Geheimnis stellte, an Spott und Satire denken lassen. Den Fürsten der Engel, Ophaniel, der für die Ophanim, die Räder des Thronwagens, zuständig zeichnete, beschrieb das Buch folgendermaßen: »... er hat sechzehn Gesichter, vier auf jeder Seite, und einhundert Flügel pro Seite. Er hat 8764 Augen, entsprechend den Stunden eines Jahres, 2191 auf jeder Seite. In jedem Augenpaar und auf jedem Gesicht huschen Blitze. Aus jedem Auge brennen einem Fackeln entgegen ... Die Höhe seines Körpers gleicht 2500 Jahren Wanderns ...« Die dem Ophaniel zugeordneten Räder sind auch nicht ohne: »Sie sind voll von Augen und Flügeln, Augen entsprechend den Flügeln und Flügel entsprechend den Augen« – was immer das bedeuten mag. Und so war das ganze Buch – voll von Fackeln, Flügeln, Welterzitterungen, Blitzen, Kronen, aber auch voll von alles überstrahlenden Saphiren und Rubinen. Es war zu viel von allem. Die Fantasie des Verfassers erschöpfte sich in dieser Maßlosigkeit. Das sah Nahum ähnlich, ihm lag die Übertreibung. Schließlich war er es gewesen, der damals in Caesarea anfing, alle Phalli, die wir als Votivgaben produzierten, immer größer und schöner zu gestalten. Hier, in diesem Buch, konnte er sich nun richtig austoben. Und dass Lukian ihn dabei literarisch beriet, stand außer Zweifel. Unklar blieb für mich bis zum heutigen Tag, in welchem Proporz bissiger Spott und ehrfürchtige Hingabe an das Mysterium zueinander standen. Selbst die Erzählung, wie der Fürst Metatron höchstpersönlich auf Befehl des Einen mit

Schlägen von sechzig Feuerpeitschen bestraft wurde, und zwar für etwas, wofür er nichts konnte, verschafft keine Klarheit darüber, ob das *Buch Henoch* Satire oder Eloge ist. Eines muss man dem Text allerdings lassen: Die Zusammenarbeit von Nahum und Lukian war zweifellos ungemein fruchtbar. Ich gab Nahum das Buch also kommentarlos zurück – was er nach getaner Arbeit trieb, war schließlich seine Sache.

Dass zwei so erfolgreiche Glaubensbrüder wie ich und Shlomo immer noch Junggesellen waren, wurmte die jüdische Gemeinschaft von Alexandria ganz außerordentlich. Zahlreiche Ehevermittler versuchten mit löblicher Ausdauer und Beharrlichkeit, uns unter die Chuppa, den Hochzeitsbaldachin, zu bringen. Bis dato vergeblich. Nun aber schien die Festung Shlomo langsam zu wackeln. Berufsbedingt hatte Shlomo mit einem jüdischen Händler zu tun, der sich auf Steine spezialisiert hatte – schneeweißer Marmor aus Thassos, rosafarbener Granit aus Syene, warmgelber Kalkstein aus den Tura-Steinbrüchen ... Shlomo zählte zu seinen wichtigsten Kunden und wurde von ihm auch heftig umworben, indem er an den Feiertagen häufig zu ihm nach Hause eingeladen und auch sonst mit gelegentlichen Geschenken bedacht wurde. Wie zum Beispiel mit einem sehr guten Tropfen, den er zusammen mit Marmor aus Thassos kommen ließ. Außer auf Steine war er auf Töchter spezialisiert, ganze acht hatte er mit seiner kleinen runden Frau gezeugt. Söhne hatte er keine, auch wenn er sich ständig von kundigen Leuten beraten ließ, welcher günstigen Sternenkonstellationen und Stellungen es bedürfe, um doch noch einen hinzubekommen. Sechs der Töchter hatte er bis dato schon unter die Haube gebracht, zwei waren noch unbemannt. Die eine, sie hieß wie meine Großmutter, Malka, hatte er Shlomo zugedacht. Und das nicht ohne Grund, denn

Shlomo, eines Tages vom Thassos-Wein erweicht, schwadronierte, wobei sein Adamsapfel auf und ab hüpfte, er würde sie schon sehr gern in Stein modellieren, so präsent seien ihm ihre Formen. Und ihre formvollendeten Zehen seien würdig, selbst von einem Myron gemeißelt zu werden, wenn dieser noch am Leben wäre. Ich hielt diese Komplimente für übertrieben, aber das Mädchen war entzückt und der Steinhändler nicht minder, er deutete sogar an, er sei bereit, seinen besten Marmorblock dafür zur Verfügung zu stellen. Den, der eigentlich für den Sarkophag Priscillas, der kürzlich verstorbenen Frau des Legaten, gedacht war. Damit war es um Shlomo geschehen, es gab kein Zurück mehr, wollte er seinen Ruf als wichtigster Bildhauer Alexandrias nicht aufs Spiel setzen. Der Steinhändler hatte wohl mit dem Gedanken gespielt, auch seine letzte Tochter, quasi in einem Aufwasch, mit mir zu vermählen, aber ich hütete mich, ein Totenbildnis des Mädchens in Aussicht zu stellen, und so ließ er von mir ab. Als Shlomos Freund blieb ich trotzdem einigermaßen wohlgelitten. Nach der Hochzeit, deren Zeremonie Nahum als gelernter Rabbiner leitete, zog Shlomo mit seinem angetrauten Modell in ein Haus, das sein Schwiegervater für die beiden direkt am Steinlager angebaut hatte und in dem Shlomo sich eine geräumige Werkstatt einrichten konnte.

Ich war nun in unserer Gemeinschaft als Einziger unbeweibt geblieben und erntete seitens Agraphena mitleidige Blicke. Sie stiftete sogar den zahm gewordenen Mordechaj an, mit mir das Gespräch zu suchen, um mir die Vorteile und Wohltaten einer Ehe etwas näher zu bringen. Ich kann nicht behaupten, dass er sich dieser ihm anvertrauten Aufgabe sehr überzeugend widmete. Nahum war der gleichen Meinung. Dabei war mir weniger das Ehejoch an sich ein Gräuel, es war vielmehr das Gefüge einer exponentiell verzweigten Verwandtschaft, das meine Freiheit einschränken würde, all diese Schwiegereltern, Tanten etc., die alle etwas zu sagen haben und in mein Leben dreinreden wollen würden, das bis jetzt so herrlich selbstbestimmt war und, wenn es nach mir ginge, auch bleiben sollte. Das alles habe ich eines Abends Agraphena auch haarklein auseinandergesetzt. Wir feierten gerade die Inbetriebnahme eines neuen Werkes von Shlomo – des Sarkophages der erwähnten Priscilla –, als Agraphena abermals anfing, mir die Ketten Hymens schmackhaft machen zu wollen. Malka, deren schöne Zehen Priscillas Sarkophag zu Shlomos absolutem Meisterwerk machten, beschenkte mich mit einem glücklichen und selbstzufriedenen Lächeln. Auf meine Erklärungen hin schwieg Agraphena, und man sah, wie angestrengt sie nachdachte. Dann lächelte auch sie mich an. Erleichtert ob einer getroffenen Entscheidung. Ich weiß bis heute nicht, was sie da für mich entschieden hatte, weil das Schicksal alle ihre möglichen Pläne hinterlistig vereitelte. Wenige Tage nach diesem Abend klopfte es an meiner Tür, gerade als ich dabei war, eine ausladende, würdige und fromm wirkende Matrone für ihre Gerichtsverhandlung unter dem Vorsitz des Osiris malerisch auszurüsten. Und sie bedurfte einer besonders wirkungsvollen Ausrüstung, denn sie war die Besitzerin des schon erwähnten exklusiven *lupanar* ›An den Zitzen der Ops‹, dessen Wände ich das Vergnügen hatte zu dekorieren und dessen gern gesehener, wenn auch nicht sehr häufiger Gast ich war. Angeklopft hatte eine sehr junge Frau, die Mutter Ops hierher bestellt hatte. Bestens ausgestattet und schön anzuschauen, war sie sich dessen auch bewusst. Mutter Ops zeigte auf die junge Frau und bat mich, sie als Modell für den Teil abwärts der Schultern zu verwenden, sie selbst habe einst ganz genauso ausgesehen wie dieses beneidenswerte junge Ding, das ich wohl noch nicht kenne, da sie es erst vor ein paar Tagen in ihre Dienste genommen habe. »Eine von euch, übrigens.« Das beneidenswerte junge Ding hieß Chaja. Beim Modellsitzen erzählte sie mir, sie sei quasi eine Waise, denn ihre Mutter sei schon vor einigen Jahren mit einem Legionär durchgebrannt, und ihr Vater verschwand, nachdem er bei den Wagenrennen alles verspielt und auch bei Mutter Ops Schulden hinterlassen hatte, die sie nun abzuarbeiten habe. Irgendeine Verwandtschaft sei ihr nicht bekannt, obwohl ihr Vater einige Male ein Dorf namens *Anus Mundi* erwähnt habe, aber so kann doch kein Dorf heißen, oder? … Das war also die Tochter des Aufschneiders und Epikuräers Joseph ben Chaim, der damals in *Anus Mundi* meine Träume geweckt hatte, und den aufzusuchen ich mich scheute, um die Erinnerung an ebendiese Träume zu schützen. Der Eine findet schon seltsame Wege, um von einem seiner Geschöpfe Schulden einzufordern.

Die Ops war zwar nicht begeistert davon, dass ich Schulden Joseph ben Chaims begleichen wollte, aber mit ihrem Totenbildnis war sie so zufrieden, dass sie überzeugt war, damit nicht nur Osiris, sondern auch das ganze Richterkollegium für sich einzunehmen. Und so trat sie Chaja an mich ab, nicht ohne sie, gerührt wie sie war, zu ermahnen, sich gut um mich zu kümmern. Was Chaja ihr auch eilfertig versprach und womit sie eventuelle weitere Versuche Agraphenas, mich doch noch unter den Hochzeitsbaldachin zu verfrachten, von vornherein untergrub.

17. KAPITEL

in dem der Kreis sich schließt
und der Verfasser vorläufig
seine Ruhe findet

Die ›Serapis-Waisen‹ fuhren erneut nach Caesarea, um die Vorräte der Firma *Mosel* aufzufüllen und kamen zurück mit Briefen und Grüßen unserer Freunde. Auch Nahum bekam einen Brief – von seinem Onkel, der ihn ermahnte, sich ohne länger zu zögern nach Hause zu begeben. Nahums Frau sei wegen seines Ausbleibens nur noch schlecht gelaunt, was man durchaus verstehen könne, und er selbst gedenke, sich von seinem Rabbinerposten zurückzuziehen und seine Stelle an Nahum zu übertragen, falls der gewillt sei, sie zu übernehmen. Von dem Respekt, den Nahum sich bei den Alexandriner Juden erworben habe, habe man selbst in Caesarea gehört, und die Gemeinde harre seines Kommens in freudiger Erwartung. Alle Einzelheiten, darunter auch die finanziellen, sollten aber von Nahum selbst an Ort und Stelle geregelt werden. Er rechne fest mit seiner Zusage.

Auch Asasel schrieb, Phryne habe vor, ihren Beruf aufzugeben und sich zur Ruhe zu setzen, sie fühle sich langsam den neuen jungen Legionären kaum mehr gewachsen – ihre Kniegelenke machten ihr zu schaffen, schließlich sei sie auch nicht mehr die Jüngste. Deswegen wolle sie ihr Haus mit allem Drum und Dran an eine talentierte junge Nachfolgerin verkaufen und verhandele gerade über den Kauf einer schönen Villa in Tiberias, direkt am Strand des Yam Kinneret, dem See Genezareth. Er werde mit ihr dorthin ziehen. Der Firma *Apollos Träne* gehe es sehr gut, fast alle meine ehemaligen Mitschüler aus der Werkstatt von Meister Kleon arbeiteten nun für uns. Als künstlerischen Leiter habe man Fabulus gewinnen können. Titus und Amos meinten, man müsse expandieren, und seien dabei, eine Handelsfiliale von *Apollos Träne* in Tiberias zu eröffnen, über die er und Phryne dann die Aufsicht übernähmen. Und wenn ich Lust hätte, so könne ich mich ihnen dort anschließen. Jedenfalls sei es zu überlegen, falls ich daran denke, wieder neue Wege einzuschlagen.

Ja, zu überlegen war das. Ägypten war für mich ausgereizt, im Unterschied zu Shlomo hatte ich nichts, was mich dort band. Und so entschloss ich mich, zusammen mit Nahum und Chaja zurückzukehren und dann weiterzusehen. Aber unser alter Freund *lesonis* Petosiris machte mir einen Strich durch die Rechnung, indem er plötzlich verstarb. Und so musste Nahum zunächst alleine fahren, denn der *lesonis* hatte zu Lebzeiten kein Totenbildnis von sich machen lassen, und nun oblag es mir, diesen Fehler auszuwetzen. Aber das brauchte seine Zeit und war eine Arbeit, die ich auf keinen Fall den ›Serapis-Waisen‹ überlassen konnte. Ich fühlte mich zutiefst verpflichtet, dem Freund und Partner vor seinem Gericht beizustehen. Und ich kannte ihn so gut, dass sein Leichnam ungestört in der Einbalsamierungswanne ruhen konnte, ich malte ihn aus dem Gedächtnis. Das Porträt wurde eines der Besten, das ich jemals gemalt habe. Als es fertig war, hatte ich das erhebende Gefühl, nicht nur meine Pflicht erfüllt zu haben, sondern auch durch den Einen der verborgensten Mysterien teilhaftig gewesen zu sein. Die Erinnerung daran gehört zu meinen Kostbarsten.

Shlomo ließ seinerseits alle Aufträge ruhen und entwarf für ihn einen marmornen Sarkophag, der eines echten Lebemannes und frommen Priesters, wie der *lesonis* Petosiris einer gewesen ist, würdig war. Bei der Ausarbeitung der Entwürfe ging ich Shlomo zur Hand, daher kenne ich alle Details. Im Hintergrund waren die Umrisse des *Serapeums* zu erahnen. Weiter vorne kräuselte sich ein Geflecht sich windender Körper, die voller Hoffnung auf ein mildes Urteil vor das Gericht des Osiris-Apis traten. Und im Vordergrund prangte die eigentliche Figur des *lesonis*, verharrend in tiefer Demut. An seinen Füßen konnte man allerdings feststellen, dass die Zehen von Malka für Shlomo immer noch ein Quell der Inspiration darstellten.

Als das Porträt des *lesonis* endlich vollendet war (Shlomo hatte noch lange an seinem Sarkophag zu meißeln), wurde es Zeit, sich von unseren Freunden mit einem großen Fest zu verabschieden. Selbst Lukian, der auch an dem Abschiedsessen für Nahum teilgenommen hatte, war gekommen. Diesmal brachte er eine Papyrusrolle mit einer Abschrift seiner *Hetären-Gespräche* mit einer Widmung für Nahum mit und bat mich, sie ihm zu übergeben. Außerdem hieß er zwei Sklaven, die seiner Behörde gehörten, uns eine riesige Amphora mit schwerem rubinfarbenen Wein unbekannter Herkunft ins Haus zu bringen. Diesen Wein hatte das Zollamt, das ebenfalls Lukian unterstand, tags zuvor aus einer *corbita* als nicht verzollt beschlagnahmt.

Nicht zuletzt dieser Wein war es, der bewirkte, dass unser Abschied so rührselig und tränenreich wurde. Agraphena, Malka, Mordechaj, Shlomo, die ›Serapis-Waisen‹ und der sonst so gallige Lukian, wir lagen uns alle in den Armen, wobei Lukian, wie ich registrieren durfte, übertrieben lange in Chajas Armen lag. Jedenfalls zu lange für die kurze Dauer ihrer Bekanntschaft.

In diesem trunkenen Zustand machten wir uns endlich zum Einschiffen in Richtung Hafen auf. Nur Mordechaj blieb schlafend am Tisch zurück, vom Wein und seinem Alter überwältigt. Dies hatte ein Nachspiel. Als Agraphena, die uns bis zum Schiff begleitete, plötzlich feststellte, dass Mordechaj nicht zu sehen war, machte sie ein großes Theater und durchsuchte mit lauten *lamentationes* die ganze *corbita* nach einem passenden Pithos, in dem ihr Mordechaj sich versteckt haben könnte. Als sie ihn nicht fand, weinte sie bitterlich, bis sie sich schließlich, von dem taumelnden Lukian umarmt, nach Hause begleiten ließ. Der Anker wurde gelichtet.

Zurück in Caesarea, zogen wir, Chaja und ich, zunächst bei Phryne ein. Das war deren Idee, denn unser altes Haus, in dem auch *Apollos Träne* seinen Sitz hatte, war bereits überfüllt, und in meinem ehemaligen Zimmer logierte Bezalel. Zudem war der alte Kaleb, der ewige Veteran des Hasmonäischen Krieges, unleidlicher denn je. Er geisterte überall mit stolzgeschwellter Brust herum, denn ›seine‹ Ipsitilla war in anderen Umständen. Und das zum ersten Mal in ihrem Leben. Kaleb führte es auf seine *generandi amor*, die Liebe zur Fortpflanzung, zurück und rieb es jedem, der ihm begegnete, unter die Nase. Besonders gerne triezte das alte Ferkel Titus damit, indem er ihm hämisch seine fachkundige Hilfe anbot, falls er es bei Thekla nicht so richtig hinzukriegen vermochte. Ruhe gab er erst, als Titus ihm überzeugend versicherte, er werde ihn beim nächsten Scherz dieser Art im Lokus ertränken, ungeachtet all seiner militärischen Verdienste.

Bald nach unserer Ankunft machten wir einen Kassensturz. Dass die Geschäfte gut liefen, das wusste ich schon vorher, aber dass alleine mein Anteil an *Apollos Träne* so viel abwarf, hatte ich nicht erwartet. Zusammen mit dem, was ich in Ägypten verdient hatte, ergab sich ein anständiges Vermögen. Ich war also imstande, Pläne zu schmieden, ohne an den Lebensunterhalt denken zu müssen. Ich war sogar in der Lage, unerhörterweise ganz auf Aufträge zu verzichten, jedenfalls vorläufig, und nur das zu tun, worauf ich Lust hatte. Und genau das galt es herauszufinden. Ich hatte nur vage Vorstellungen davon. Eigentlich gar keine Vorstellungen, sondern nur ein Kribbeln im Bauch, ein Gefühl, reif für etwas zu sein, was ich noch nicht beschreiben konnte. Nicht unähnlich dem Gefühl, mit dem ich weiland *Anus Mundi* verlassen hatte – einen Dromos zu beschreiten, der meinem Dasein erst Sinn und Rechtfertigung geben sollte. Wobei wir bei der Frage anlangen, ob das Dasein überhaupt eine Legitimation braucht. Alles furchtbar tiefschürfende Gedanken also, deren Rechtfertigung wiederum darin besteht, dass unser Kassensturz von einem sehr saftigen Lamm am Spieß und sehr viel Wein begleitet wurde. Und Letzterer ist bekanntlich der Geburtshelfer allen Philosophierens. Das habe ich übrigens von Lukian gelernt.

Noch bevor ich Nahum, der unser neuer Rabbiner geworden war, besuchte und ihm das Geschenk Lukians überbrachte, hörte ich, er sei ein Großer, ein Gelehrter, der sich im Himmel auskenne, wie ein normaler Sterblicher es nicht mal in seinem Zuhause tue. Trotz seiner jungen Jahre soll er sogar einen Briefwechsel mit dem verehrten Jehuda ha-Nasi unterhalten haben, der ihn ebenfalls sehr schätze. Mir kam Nahum abgemagert und nervös vor. Als ich hereinkam, schrieb er gerade etwas, was er schnell versteckte, kaum dass er das Knarren der Tür hörte. Als er mich sah, atmete er erleichtert auf. Die *Hetären-Gespräche* erfreuten ihn ungemein, aber er versteckte das Buch unverzüglich. Vielleicht lag es auch an seiner Frau, die mich hineingeführt hatte und uns argwöhnisch beäugte, als hätte sie zu befürchten, dass ich sie ihres endlich wieder verfügbaren Ehemannes erneut berauben könnte. Offensichtlich hatte sie Nahum seit seiner Rückkehr unter strenger Kontrolle. Ihrem Bauch und triumphierenden Blick nach zu urteilen, war diese Kontrolle bereits von erstem Erfolg gekrönt. Etwas verlegen erzählte mir Nahum, dass er weiter an dem *Buch Henoch* arbeite, es ihm aber immer schwerer falle, ohne Lukians Sarkasmus das Gleichgewicht zwischen tiefer

Metaphysik und kritischer Selbstreflektion zu halten, weil die Beschäftigung mit Metaphysik einen eigenen starken Sog entwickele, den er damals, als er anfing, damit Schabernack zu treiben, nicht vorhersehen konnte. Und dass er jetzt wisse, dass es mir mit der Malerei auch nicht viel anders ergehe. Womit er recht hatte. Denn es gehe im Kern, wie er weiter ausführte, um tiefere Erkenntnisse mittels eines Produkts unserer Unzulänglichkeit. Egal, ob von seinen Studien oder meinem bildnerischen Schaffen die Rede sei. Und wer sich dieser Unzulänglichkeit nicht ständig bewusst sei, wer sich selbst – Gott bewahre! – ernst nehme, für den verwandelten sich die Erkenntnisse im Nu in billigen Tand, verlören ihren Sinn und würden im schlimmsten Fall zu Götzen. Das sei wohl der tiefere Sinn hinter dem Bilderverbot und auch hinter der Warnung vor metaphysischen Studien für Uneingeweihte.

Nahum war ein kluger Rabbiner. Er erriet, was ich über ihn dachte und lächelte stolz. Und wurde sich prompt seiner Unzulänglichkeit wieder bewusst, als seine Frau einen Besucher, einen jungen Mann, meldete, der dem Rabbiner eine knifflige Frage stellte. Die Frage lautete: Wenn man schon Milchiges und Fleischiges voneinander trennen soll, weil geschrieben steht »Du sollst ein Zicklein nicht in der Milch seiner Mutter kochen«, warum darf man dann ein Hähnchenbrustfilet, in Ei getunkt, braten? Nahum wurde rot. Zunächst dachte er wohl, wie auch ich, dass der junge Mann sich bloß über ihn lustig machen wollte, aber der schaute so treuherzig drein, dass das völlig ausgeschlossen war. Ich hätte ihm geantwortet: Weil eben nicht geschrieben steht »Du sollst das Ei nicht mit dem Brustfilet seiner Mutter braten«, aber die Frage galt schließlich dem Rabbiner und nicht mir, und so verabschiedete ich mich grinsend und ließ die beiden allein.

Nur Bezalel machte uns Sorgen – der junge Mann war ein geborener Unruhestifter. So wie damals in Ägypten, so war er auch hier ständig bereit, sich für eine Sache zu begeistern und für sie zu kämpfen. Auch für die dümmste. In Caesarea gab es zwar keine Krokodile, die unter Holzverbrennung litten, aber anderes Getier gab es in Hülle und Fülle. Zum Beispiel die rostbraunen Skorpione, riesengroß, giftig und scheußlich anzusehen. Nun hat aber die römische Stadtverwaltung, zum größten Verdruss der Skorpione, beschlossen, das Aquädukt, das vor etwa achtzig oder neunzig Jahren in Betrieb genommen worden war, zu reinigen und einige Stellen zu erneuern. Die Spalten zwischen den Steinquadern aber dienten den Skorpionen als Behausung. Als Bezalel davon hörte, entflammte er in selbstloser Liebe zu den Gliederfüßlern. Er organisierte eine Protestbewegung, die sich aus der Stadtjugend rekrutierte und die selbst vor Sabotageakten nicht zurückschreckte – Bauwerkzeug wurde zerbrochen, Leitern angezündet und vieles mehr. Als die Stadtverwaltung dahinterkam, wer das alles zu verantworten hatte, wurde Bezalel verhaftet.

Und es war Phryne, die ihre guten Beziehungen nach ganz Oben spielen ließ, damit er freigelassen wurde. Allerdings kostete es sie etwas – eine ausgiebige Gratis-Behandlung des Legaten und seines Sekretärs, der dies alles aushandelte. Daraufhin beschloss der Familienrat, bestehend aus Kaleb und Ipsitilla, Bezalel unverzüglich zurück nach *Anus Mundi* zu schicken, damit er sich dort um Erhalt und Gedeih der heimischen Ziegenrasse kümmere. Jedenfalls bis Gras über die Sache gewachsen sei.

Er reiste ab, beladen mit Geschenken für die ganze zahlreiche Verwandtschaft, auch für meine lautkehlige Tante Geula, ihren Mann Motti und deren Kinder. Zwei Monate später geschah das, was ich immer befürchtet hatte und was, logisch betrachtet, unausweichlich war: Eines Tages standen bei uns vor der Tür zwei Urenkel von Kaleb, ein Cousin von mir – Yechiel ben Motti, und Pinkas, jüngster Spross von *Pinkas und Söhne*. Alle waren sie mit Beinlingen aus Ziegenfell bekleidet und umweht vom fürchterlichen Gestank des *foetor judaicus*. Die beiden Ersten rechneten fest auf die Hilfe von Kaleb und ihrer neuen ›Stiefurgroßmutter‹ (die so Bezeichnete befand sich im Schockzustand), um in Caesarea Fuß zu fassen, in welchem Gewerbe auch immer.

Der noch bartlose Yechiel, der anscheinend von seinem Vater die Liebe zu zweifelhafter Dichtung geerbt hatte und eine dicke Papyrusrolle mit sehr gewagten Liebesgedichten, einer mir unbekannten Hortensia-Sarah gewidmet, mitbrachte, erhoffte sich durch mich Zugang zu den literarischen Kreisen von Caesarea und eine Stelle als Schreiber – er habe die schönste und sicherste Handschrift von ganz *Anus Mundi*. Seine eingehende Beschäftigung mit dem Lied der Lieder, dem Hohelied unseres Königs Shlomo, ließ sich nach Lektüre seines Werkes nicht leugnen.

Pinkas überbrachte mir ein Schreiben seiner Altvorderen, in dem sie mich an meine Schuld erinnerten und ermahnten, ihrem Jungen zu helfen, einen Käseladen in Caesarea zu eröffnen. Die Waren fürs Erste habe er bereits bei sich. Daran bestand tatsächlich kein Zweifel. Der Käse wurde schnellstmöglich abgeladen und in luftdichten Pithoi in unserem Tonschuppen weggeschlossen. In Zukunft waren diese Pithoi zu nichts mehr zu gebrauchen und mussten entsorgt werden. Deshalb brachten wir sie einen Monat später heimlich nachts zu der Baustelle am Aquädukt. Was für die leidgeprüften Skorpione wohl zu viel wurde – für längere Zeit waren sie verschwunden. Räumlichkeiten für den Laden fanden wir schließlich nach vielen kategorischen Absagen weiter östlich, außerhalb der Stadtmauern, in einem abgelegenen, verlassenen Bauernhaus. Das Schild über der Eingangstür verkündete einfallsreich: ›Erlesener Käse von *Pinkas und Söhne*. Kaiserlieferant seit dem Jahr 3690‹. Nach unserer jüdischen Zeitrechnung, versteht sich …

Yechiel brachte ich bei Phryne unter, was für ihn eine künstlerische Wende zur Folge hatte: seine neuen Liebesgedichte waren fortan einer mysteriösen Ph. gewidmet. Ansonsten war er kaum zu gebrauchen. Ein Träumer mit zwei linken Händen. Aber gelehrt war er durchaus. Und auch gewillt, weiterzustudieren. Daher ging er, versehen mit einem Empfehlungsschreiben von Nahum, nach Zippori, wo sich der verehrte Yehuda ha-Nasi aufhielt, und wo Yechiel viel lernen konnte. Allerdings empfahl ich ihm, seine Gedichte dort nicht unbedingt publik zu machen, da sie möglicherweise Anstoß erregen könnten. Unverständnis seitens der Banausen, mögen sie auch hoch gelehrt sein, ist nun mal das Schicksal der Dichter. Das leuchtete ihm ein.

In *Apollos Träne* hatte ich nichts zu tun. Ich war zwar einer der drei Kompagnons, neben Shlomo und Ipsitilla, aber meine frühere Funktion versah nun Fabulus. Und er machte es gut. Ich wurde nicht mehr gebraucht und, um ehrlich zu sein, ich wollte auch nicht mehr zurück. Weiter stolze Phalli zu modellieren oder Bilder zu malen, die dann vervielfältigt werden, um das breite Publikum zu ergötzen, nachdem ich schon für das Jenseits und den Himmel gearbeitet hatte? Nachdem ich an den Mysterien der Schöpfung teilhaben durfte, mich wieder auf das Maß eines niederen Handwerkers zurückstutzen lassen? Wenn ich mittellos wäre, na ja … das wäre etwas anderes, aber jetzt, da ich es mir leisten konnte, mich mit Höherem zu beschäftigen, in vollem Bewusstsein meiner Unzulänglichkeit, versteht sich … Das kam also nicht infrage. Es ist immer leichter festzustellen, was man nicht machen will, wesentlich schwieriger aber ist es, den Weg zu erkennen, denn hier hilft nicht mal ein langes Sitzen auf dem Lokus in Begleitung einer Karaffe Wein, obwohl freilich nirgendwo sonst sich so frei und ungezwungen denken lässt wie an diesem freundlichen Ort. Dem Geburtsort vieler Mysterien, wie ich vermute.

Phryne und Asasel verkauften Phrynes Haus, wie geplant, an eine junge aufstrebende Dame, kauften schließlich nach langem Hin und Her die schöne Strandvilla in Tiberias und zogen dorthin. Chaja und ich kamen mit und stellten fest, dass ein angrenzendes Grundstück zum Verkauf stand. Das Haus darauf war zwar verfallen, aber man könnte ja ein Neues bauen. Ich entwarf ein zweistöckiges Gebäude mit Atrium nebst einer großen und hellen Werkstatt mit Oberlicht. Chaja wünschte sich zudem ein *stagnum*, einen Teich, um Wasserlilien zu pflanzen, also wurden unweit des Sees ein Becken und ein Graben ausgehoben. Später musste ich das Gewässer samt Graben einzäunen lassen, als nämlich Priester Cheteba, Sohn des Cheteba, Sohn des Setiutawety, Sohn des Ma'aRa, der von Shlomo erfuhr, dass wir uns hier niedergelassen hatten, mir ein Geschenk zukommen ließ – ein junges heiliges Krokodil, angeblich ein Urenkel des Reptils, dessen einbalsamierte Hülle ich bei unserer ersten Reise nach Krokodilopolis gemalt hatte. Ein Geschenk, das für nicht wenige Irritationen unter unseren Nachbarn und den ansässigen Fischern sorgte, besonders, als es – ich hatte ihm den Namen Cheteba gegeben – ihm gelang, durch den Zaun hindurchzuschlüpfen und in den See zu entkommen. Aber das trug sich erst später zu und bis dahin waren wir unter der Nachbarschaft ganz gut gelitten.

Asasel und Phryne, die zunächst ihre Ruhe genießen konnten, hatten bald keinen Grund, über Langeweile zu klagen. Denn nicht nur Amos übersiedelte nach Tiberias, wo er eine Filiale von *Apollos Träne* eröffnete, eine äußerst erfolgreiche übrigens, sondern auch mehrere andere Kinder Asasels mit ihren Familien zogen hierher – mit einer großen Herde judäischer Ziegen, die es gar nicht so toll fanden, aus ihren kühlen Bergen in die wesentlich heißere Gegend des unteren Galiläa getrieben zu werden. Sie gründeten ganz in der Nähe von uns ein Dorf, das sie natürlich *Anus Mundi* nannten. Eine Käserei haben sie auch vor, hier anzusiedeln. Seinem Schicksal kann man eben nicht entkommen. Nirgendwo.

Ich lebe nun am Ufer des Yam Kinneret, male Landschaften, Ziegen und auch Porträts, und vergrabe sie. Die Kunst um des Himmels Willen, le-Shamaim. Vielleicht die einzige Möglichkeit, um nach etwas zu streben und gleichzeitig das Urteil Kohelets zu überwinden – »... alle Mühsal und alles Können entsprießen dem Neid. Auch das ist Eitelkeit und Greifen nach dem Windhauch.« Unsereiner ist an sich bedeutungslos, nur durch diese Teilhabe an der Schöpfung und durch das nagende Gefühl unserer eigenen Unzulänglichkeit, wie es Nahum richtig erkannt hatte, gewinnt unser Leben eine gewisse Bedeutung. Das ist das Einzige, was wirklich zählt. Aber alles Erschaffene bleibt in der einen oder der anderen Form bestehen, auch wenn wir es nicht wahrnehmen können. Da ich meine Bilder nicht in Enkaustik, sondern in Tempera male, werden sie nicht überleben, sie werden in aller Demut vor dem Einen in Ihm wieder aufgehen, in Ihm aufgelöst. Einen größeren Selbstverzicht kann man doch von niemandem erwarten. Oder?

Ich höre den klugen Apuleius darauf erwidern: Ja, aber nur auf Zeit. Die echten Mysterien sind kurzlebig. Wenn sie zu Routine und zu Tradition werden, verlieren sie unausweichlich jenes sakrale Element, das ihnen zuvor von allein

entströmte. Sie werden zu Instrumenten des Kultes und führen auf Dauer zum Gegenteil dessen, was angestrebt war –
anstatt von ihnen erleuchtet zu werden, das Unfassbare zu
empfangen, kommt man nicht umhin, das Sakrale in sie hin-
einzudeuten. Und je weiter man sich von dem ursprünglichen
Quell entfernt (was genauso wenig zu verhindern ist, wie dieser Sonnenuntergang hier), desto detaillierter wird die Erinnerung an das Sakrale hineingedeutet, um die leere Schale
wenigstens zum Schein aufzufüllen.

Und dagegen helfen nur Beinlinge aus Ziegenfell, *foetor
judaicus* und ein Neuanfang.

Postskriptum:

Wie ich neulich gehört habe, hat unsere Phryne vor Kurzem
den ehemaligen Legaten der *Legio XII fulminata* verklagt, sie
vor gut zwanzig Jahren mehrmals sexuell belästigt zu haben.

SHIMONS JÜDISCHE SPRACHBOX

Adar   der 6. Monat des jüdischen Kalenders (der ein Mond-Sonne-Kalender ist), beginnt etwa Mitte Februar

Bezalel   biblischer hebr. männl. Vorname, ›im Schatten Gottes‹, berühmter Kunsthandwerker des Altertums (2. Buch Mose); Israels 1906 gegründete bedeutendste Kunstakademie in Jerusalem heißt Bezalel

Chumash   die Fünf Bücher Mose, die *Torah*; häufig mit rabbinischen Kommentaren zu den Wochenabschnitten; das gedruckte Buch im Unterschied zu den Schriftrollen

Chuppa   zeltartiger Hochzeitsbaldachin, unter dem die Trauung eines jüdischen Paares vollzogen wird; symbolisiert das gemeinsam zu schaffende Zuhause und erinnert wohl auch an die Wanderung in der Wüste, als es kein Zuhause gab

Elul   der 12. und letzte Monat des jüdischen Kalenders, fällt in den August bzw. September

Goy   hebr. ›Volk‹; das jüdische Volk ist ›am‹; ein *goy* (Pl. *goyim*, auch *gojim*) ist also ein Nichtjude

ha-Olam   hebr. ›die Welt‹, hier ›von der Welt‹

Hillel   bedeutendster Rabbiner des Altertums, geschätzt wegen seiner Weisheit und Liberalität, um die Zeit der Zerstörung des Tempels (1. Jahrhundert n. u. Z.), Begründer einer Denkschule, die das jüdische Erkenntnisprinzip der Meinungsverschiedenheit hochhielt

Kiddush-Becher   von hebr. ›kedusha‹ ›Heiligung‹; der Becher oder das Glas Wein, über das am *Shabbat* und an Feiertagen der Segen gesprochen wird

le-Shamaim   hebr. ›für den Himmel‹

Mazza   hebr., Pl. *Mazzot*, das ungesäuerte Brot, das zur Erinnerung an den Auszug aus Ägypten während der *Pessach*-Woche gegessen wird

Megillah   Schriftrolle; Textsammlung aus der Mischna (mündl. Überlieferung der *Torah*) bes. die ›Esther-Rolle‹ für das Purim-Fest

Merkaba   hebr. ›Wagen‹; bezieht sich auf Hesekiels Thron- oder Streitwagen-Vision – ein Bild für die Mysterien der himmlischen Thronwelt aus der ersten Phase jüdischer Mystik (1. Jahrhundert v. u. Z. bis 10. Jahrhundert n. u. Z)

Mesusa   hebr. ›Türpfosten‹; kleine Kapsel, in der sich, zum Schutz des Hauses, ein winziges handbeschriebenes Pergament mit Auszügen des ›Shma‹-Gebets befindet

Mikwe   rituelles Tauchbecken, dem im Judentum sinnstiftende und die Existenz der Gemeinde sichernde Bedeutung zukommt

Minjan   das vorgeschriebene Quorum von zehn (im religiösen Sinn mündigen) Männern, die es braucht, um einen regulären jüdischen Gottesdienst abhalten zu können

Mohel   fachkundiger Mann, der die rituelle Beschneidung (Brit Mila) des acht Tage alten männlichen Säuglings vornimmt

Nissan   der 7. Monat des jüdischen Kalenders, ca. Mitte März bis Mitte April, in den das *Pessach*-Fest fällt

Ophanim   hebr. ›Räder‹; die Gruppe niemals schlafender Engel, die Hesekiel in seiner Streitwagen-Vision in den Rädern erblickte

Or le-Goyim   hebr. ›Licht der (nicht-jüdischen) Völker‹, Hinweis auf die geistig-moralische Verpflichtung der Juden gegenüber der Welt

Paganim   hebr. ›Ungläubige‹, vgl. lat. paganus ›heidnisch‹

Pessach   von hebr. ›Überschreiten‹; achttägiges Fest im Frühling zur Erinnerung an den Auszug der Juden aus Ägypten, die Verschonung der Erstgeborenen und die Errettung aus der Sklaverei

Rosh ha-Shana   hebr. ›Kopf des Jahres‹, das jüdische Neujahrsfest um den 1. Neumond im Herbst (1. Tischri), auch ›Tag der Verhüllung‹ und ›Tag des Gerichts‹; einer der höchsten Feiertage

Seder   hebr. ›Ordnung‹; die zeremonielle Mahlzeit am Beginn von *Pessach*, während der die Geschichte vom Auszug aus Ägypten gelesen und entsprechende rituelle Speisen gegessen werden

Shabbat   der jüdische Ruhetag, der bei Sonnenuntergang am Freitagabend beginnt und am Samstag bei Sonnenuntergang endet und an dem besonders strenge Verhaltensregeln gelten

Shammai   *Hillels* Gegenspieler; ein reizbarer und ultra-orthodoxer Rabbiner des Altertums, der (neben *Hillel*) die andere große Denkschule des Altertums begründete

Shechina   hebr., bedeutet soviel wie das Zelt (die Wohnstatt) Gottes auf Erden; die Allgegenwart Gottes

Tanach   die hebräische Bibel, beinhaltet neben der *Torah* noch weitere heilige Schriften

Tefillin   zwei kleine, lederne, mit Riemen versehene Gebetskapseln, die von frommen Männern während des Betens am Arm und an der Stirn angelegt werden; sie enthalten auf Pergament geschriebene Texte aus der *Torah*

Torah   hebr. ›Gebot, Weisung‹; die Fünf Bücher Mose, der zentrale Teil des *Tanach*

Yehuda ha-Nasi   einer der bedeutendsten Rabbiner des Altertums (2. Jahrhundert n. u. Z.); ihm wird die abschließende Fassung und Herausgabe der Mischna, der mündlichen Überlieferung, zugeschrieben

Yeshiva   religiöse Schule, in der Talmud und *Torah* gelehrt werden

Bibliografische Information der Deutschen Nationalbibliothek:
Die Deutsche Nationalbibliothek verzeichnet diese Publikation
in der Deutschen Nationalbibliografie; detaillierte bibliografische
Daten sind im Internet über http://dnb.de abrufbar.

© 2020 Hirmer Verlag GmbH, München
und Pavel Feinstein

Alle abgebildeten Zeichnungen: © Pavel Feinstein

Lektorat: Patricia Reimann
Korrektorat: Johannes Graf von Preysing
Druck und Bindung: Friedrich Pustet, Regensburg
Satz: Hirmer Verlag GmbH, München
Lithografie: Reproline mediateam GmbH & Co. KG, München

Printed in Germany

ISBN 978-3-7774-3464-3

www.hirmerverlag.de

DER AUTOR ALS KÜNSTLER

»Teuflisch gute Bilder«
Jewish Voice from Germany

Pavel Feinstein
Das kleine Format

Text: Deutsch/Englisch
124 Seiten, 82 Abbildungen in Farbe
24 × 28 cm, gebunden
ISBN: 978-3-7774-2447-7   29,90 €
Erschienen im **Hirmer Verlag**

Zitrusfrüchte und leere Austernschalen, Hühnereier mit Haltbarkeits-
stempel oder verharrende Akte in leerem Raum: Inspiriert von der
Malerei des 17. Jahrhunderts, überführt Pavel Feinstein Künstlertradi-
tionen in die Gegenwart, spielt mit den Wahrnehmungen des Betrach-
ters und verwischt bisweilen die Grenzen zwischen Maler und Modell.

»Es ist vor allem das Gespenstische, das Tragische an Feinsteins Bild-
welt, das Gefangensein im ewigen Kreisen um Schuld und Sühne,
das diesen Werken Eindringlichkeit verleiht.«
Die Zeit

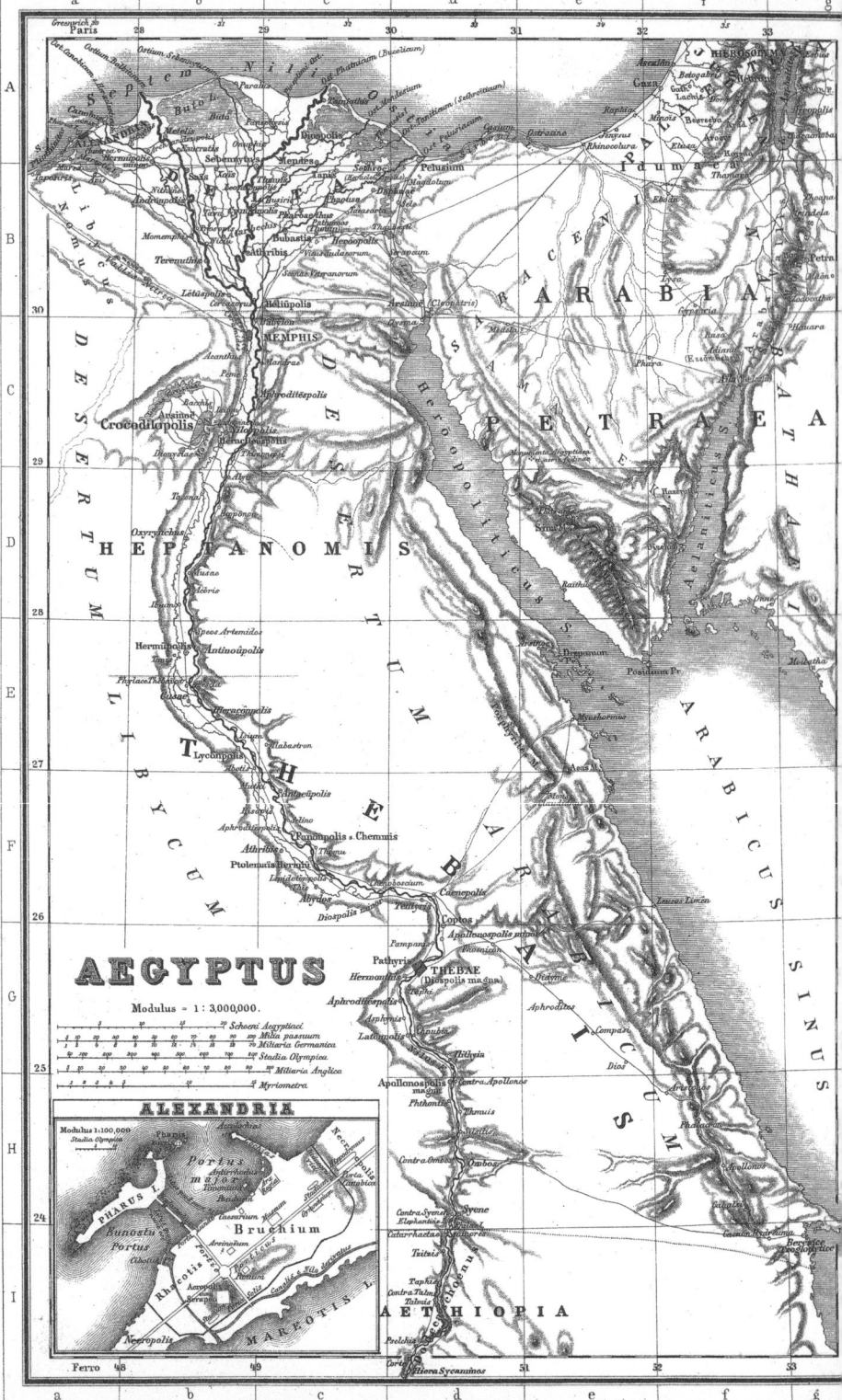

AEGYPTUS

Modulus = 1 : 3.000.000.

ALEXANDRIA

Modulus 1:100.000